時間的階梯 上

시간의 계단

The Stairway of Time

周榮河

陳品芳——譯

目錄

1　名為結婚的閃耀階梯

她買了江詩丹頓的手錶。

「哎呀，夫人，沒看過妳戴這只手錶呢。」

「果然只有我們李代理識貨，我就是為了聽妳這麼說才來銀行的，呵呵呵呵呵。」

滿臉笑容，大大露出雪白牙齒的藝珠熙，左手腕上掛著一只光彩奪目的手錶。

「真是太美了。我也一直很想買江詩丹頓，但我只是個領死薪水的上班族，能有這個就很滿足了。」

妍雅露了一下她的左手腕，一只卡地亞的藍氣球腕錶閃閃發光。

「真美。年輕的小姐還是適合卡地亞，江詩丹頓有些太老氣了。」

「您怎麼這麼說呢？這很適合夫人您的氣質，看起來非常非常優雅。」

「對吧？果然啊，貴的東西就是有它的價值，呵呵呵呵。」

位於GT塔二十七樓，思韓銀行瑞草洞高級貴賓接待經理中心，又名PPWM中心諮詢室內，傳出了刺耳尖銳的笑聲。

俗話說，名稱越長代表東西越貴、越好。這個中心有個冗長的名稱，只接待百分之0.01的銀行顧客。是專為總資產超過一千億韓元、金融資產在一百億韓元以上的最頂級顧客而開設的特別據點。

這裡沒有掛招牌，又有著嚴密的安全防護措施，只有經過精心挑選的顧客才能進出，幾乎可稱作是金錢堆砌而成的堡壘。如畫廊一般的優雅接待室裡，播放著輕柔的古典音樂，還有咖啡師常駐，為顧客親自磨豆、煮咖啡。此外，也能以居高臨下的姿態欣賞江南的開闊市景。只有每三個月就能換一只要價八千萬韓元的手錶、把粉紅色愛馬仕柏金包當市場菜籃使用的人，才能夠享受的奢華特權。

藝珠熙也是其中之一。她先生是疼痛醫學院的院長，在瑞草站附近擁有一棟大樓，整棟都作醫院之用。

不知不覺一小時過去，看了看時間，上午十一點四十分。很快就是午餐時間了，那現在差不多該開始了。

妍雅悄悄拿出月付一億韓元的海外基金加入申請書。

「話說回來，夫人，上次我跟您說的那件事啊。」

「嗯？哪件事？」

又在裝傻了，這位大嬸的特技就是裝傻。

藝珠熙打算起身離開，正在整理自己的包包。

「一個月繳納一億韓元的海外基金，上次我跟您介紹過。上週五下午三點，我也寄了電子郵件給您。您前天在電話裡跟我說已經跟院長討論過，今天會申請加入。」

為了避免她藉故推託，必須要將時間、地點以及事情的全貌仔細且具體地說明清楚，徹底封鎖任何推辭的機會。

「是這樣沒錯啦……」

藝珠熙瞇起眼。

「不能下次來再加入嗎？我忘了，我還得去附近辦事。」

這女人還真是該死，就知道會這樣。

「哎呀，不會花您幾分鐘啦。上次您也說很忙，所以我已經先幫您把要簽名的地方都標出來了。您只要簽名就好，就簽個名。」

妍雅將準備好的申請書放到桌上，並不著痕跡地往前推。申請書上已用黃色螢光筆將要簽署的部分標記出來。藝珠熙有些不情願地拿起筆，看起來似乎還沒有下定決心。但妍雅可不能錯過今天，畢竟兩個月後就要開始人事考核了，得在這個時候做一件讓主管印象深刻的大事，她才有可能躋身升遷名單。看著藝珠熙的手握著筆繞了幾下，妍雅忍不住嚥了口水。

「……」

最後，藝珠熙還是啪一聲放下了原子筆。

「還是下次再簽吧。」

真是隻老狐狸。妍雅心想，枉費自己花一小時聽她炫耀讀首爾大學的孩子。都這樣花時間陪她說話了，好歹也得給點回報吧？

「下次再簽嗎？我明白了，那就這麼辦吧。」

見藝珠熙起身，妍雅卻沒有一絲慌亂的神色，反倒是露出大大的笑容。

在PPWM中心待到第三年，她早已深諳就算拉屎也得笑著拉這個道理。無論心裡多麼生氣、多麼不耐煩，迅速戴上蠟做的笑容面具對她來說是易如反掌。況且能進出這中心的顧客，都是擅長操控銀行職員心情的高手。當然，PPWM中心的職員也是一樣。高手過招，怎能因為一點小事就氣得臉紅脖子粗？

「我下次一定會加入。那我就先走了，李代理。」

「好的，夫人，您請慢走。」

藝珠熙勾著粉紅色柏金包轉身。

「啊，對了，妳說妳就要結婚了，對吧？是十二月嗎？」

像是突然想起什麼，正打算推開玻璃門的藝珠熙，又轉身回到妍雅面前。

「是的，三個月後。」
「那現在應該很忙吧？」
「一邊在銀行上班一邊準備，確實有些蠟燭兩頭燒。」
「決定辦在哪了嗎？」
「決定好了，會辦在新羅飯店。」
「翡翠廳？」
「迎賓館。」
兩人的嘴角漾起淺淺的微笑。
這時候，藝珠熙的腦中肯定在算，能在這樣的地方辦婚禮，妍雅婆家的財力有多少，社會地位又有多高。
「聽說妳未婚夫是皮膚科醫生？是城日大學畢業的。」
「是的。」
藝珠熙從柏金包裡翻出一張名片。
「這是城日大學醫學院的醫生娘聚會召集人的電話。」
妍雅的臉上露出了真正的笑容。
就是這個，這就是忍耐的回報。

「那妳也很快會辭掉銀行的工作，成為這裡的顧客嗎？」

「哎呀，沒到那個程度啦。他只是在狎鷗亭開了一間小醫院而已，要追上夫人您還差得遠呢。」

在這個地方，先生的地位就等同於妻子的地位。雖然兩人把自己先生的成就，說得好像是自己的成就，但無論是聽的一方還是說的一方，都絲毫不感到奇怪。

妍雅雙手接過名片，小心翼翼地放在桌上。一抬頭，她能感受到藝珠熙看她的眼神有些不同。那不再是對待下人的眼神，而是看待同類的視線。是認同妍雅與她身處同一世界的目光。一股顫慄感瞬間流遍全身。

就是這個，她極度渴望獲得的東西，一道能爬上天界的金光梯子。

「那我們下次就在聚會上碰面了。」

藝珠熙莞爾一笑，推開玻璃門離開了諮詢室。叮鈴，掛在玻璃門上的鈴鐺，發出的聲音格外清脆悅耳。妍雅呆看著藝珠熙逐漸遠去的背影。

現在真的沒剩多久了。三個月後，她應該就能稱呼那位偉大的藝珠熙夫人為「姐姐」了。

「李妍雅到了手的魚，竟然也有溜掉的一天？這是怎麼回事？」

就在她打算查看那張名片時，不知何時來到諮詢室的劉美愛課長出聲挖苦。

「我就一直提醒妳了，妳怎麼就是聽不懂呢？藝珠熙夫人就是隻老狐狸，每次都要加入不加入的。她就是喜歡把銀行員玩弄在股掌之間，把我們當成隨從來使喚。」

劉美愛塗著一張大紅唇，嘴角露出扭曲的笑容。那張又扁又圓的臉，帶著一九九〇年代流行的過時濃妝。身上穿了一件有著繁複荷葉邊的雪紡衫，下半身則是一看就知道非常廉價的黑色西裝裙。真是俗不可耐。

妳啊，外表看上去就俗氣到不行，客人肯定都受不了妳。

藝珠熙原本是劉美愛課長的客人，後來卻被兩年前調來的妍雅給搶走。之後只要一有機會，她便動不動把「藝珠熙夫人呢」、「以前藝珠熙夫人啊」之類的話掛在嘴邊，好像她比妍雅還要了解藝珠熙一樣。妍雅不是不明白她的心情，畢竟自己比她晚兩年進來，卻又一直搶走她的客人。但這又能怎麼辦呢？她那麼庸俗，難道能怪罪妍雅嗎？

「怎麼會說是到了手的魚呢？課長，您說那是什麼話？也太膚淺了。我們是什麼生意人嗎？還是什麼漁夫？」

妍雅這麼一回嘴，讓劉美愛整張臉皺了起來，像是被壓扁的包子。

「在PPWM中心工作的人，可不能說這麼沒有教養的話。」

妍雅換上嚴肅的神情駁斥，也是在告訴劉美愛，她不想再繼續這段對話。

「妳知道妳很好笑嗎？以為在這裡接待那些一百億、兩百億的小客人，妳就跟他們一樣了嗎？醒醒吧，我們只是銀行員。只是在銀行領死薪水，就算客人說不要，也要想盡辦法推銷基金、推銷保險的銀行員。」

不，只有妳是區區的銀行員，我可是很快要成為醫師娘，進入另一個世界的銀行員。

劉美愛還想繼續說點什麼，妍雅放在桌上的手機卻突然鈴聲大作。妍雅心想，難道是婆婆已經到了嗎？她趕緊查看手機，螢幕上顯示的卻不是「媽」，而是另一個名字。瞬間她心一沉。那是接近本能的反應，因為這個人打電話來，從不會有好事。

即便如此，她仍沒有不接的道理。

「我去接個電話。」

「幹嘛？是妳背著我搶走的顧客打來，不能在我面前接嗎？」

「不，是我私人的電話。啊，對了，課長，我午餐要在外面吃。我婆婆說她到附近辦事，我們約好要一起吃飯了。」

妍雅一把抓住響個不停的手機，趕緊離開了諮詢室。

「這次又是什麼事？」

妍雅接起手機低聲說，一邊快步走下逃生梯。那裡是她唯一能夠避人耳目通話的地方。

〔妳這沒教養的賤女人，這是什麼說話方式？〕

話筒那頭，傳來一個像是喉嚨裡卡了不少痰的沙啞嗓音。

「我不是說過不要賤女人、賤女人的叫？這是你對外甥女的態度嗎？」

〔妳就叫做賤女人啊，是想怎樣？賤女人[1]！〕

才說不到幾句話，妍雅就覺得自己氣得七竅生煙。

「就跟你說不要這樣叫我了，到底要講幾次？」

〔吵死了。妳現在立刻轉五百萬到我戶頭。〕

「你又闖什麼禍了？」

對方沒有回應。

「快告訴我啊！你又闖了什麼禍？肇事逃逸？賭博？詐騙？」

對方逐漸高漲的憤怒，終究在言語刺激之下爆發。

〔喂，妳這賤女人！妳就是這樣看我這個舅舅的，是吧？我看妳是膽大包天了。是要我像以前一樣，教訓妳一頓才肯聽話嗎？嗯？快點轉帳來，沒用的女人。〕

「我為什麼要給你錢？」

妍雅吼完，整個逃生梯間都迴盪著刺耳的回音。

「我為什麼要給你錢？這已經是第幾次了？你一天到晚在外面闖禍，我拿出來幫忙擦屁股的那些錢，都是我在這裡放下所有自尊賣笑賺來的！我要結婚了，那又不是什麼小錢。我為什麼要把這些血汗錢給你，拿去幫你收爛攤子？我為什麼要？」

妍雅連珠炮似地宣洩心中的不滿，舅舅似乎因此有些退縮，好一陣子沒有回話。妍雅喘著氣，感覺自己氣得頭頂冒火，心臟拚命跳個不停。

「我也沒錢，我這次絕對不會給你一毛錢。」

三個月後就要結婚了。她已經為了婚禮拚命存下每個月的薪水，但用現在手上的錢要送給婆家的回禮、買嫁妝都嫌吃緊，說不定還得去貸款。婆家送了一棟位在盤浦洞的公寓，就算妍雅能給的回禮還不到公寓價格的十分之一，她也不願拿不出一毛錢，讓人說她寒酸。

〔好，那我打給我姊就是了。就這樣。〕

舅舅準備掛電話。

該死，舅舅毫不留情地刺向妍雅最大的弱點。

「不要打。」

〔……〕

---

❶ 韓文的「賤女人」與「李妍雅」發音類似。

「不要打給她。」

「……」

「……」

「五分鐘內匯錢給我。」

掛上電話，妍雅盯著手機看了好一會，隨後無力地癱坐在樓梯上。雖然今天穿的是香奈兒的裙子，換作是平時，肯定會像神主牌一樣愛惜，生怕會出現任何一絲皺褶或髒污，但現在可顧不了那麼多了。她實在太憤怒，整顆頭不住抽痛。

明知道舅舅會使什麼花招，但她每次都會上當，每一次。

舅舅泰光從來不曾親手賺過一毛錢，花別人的錢如流水是他與生俱來的才能。妍雅的獎學金、辛苦打工存下來的錢，他一分一毫都沒有放過。進入銀行工作之後則更變本加厲，幾乎是把妍雅當成自動提款機，時不時便打電話來討錢。這些日子以來，以收拾爛攤子、補貼生活費為名被拿走的錢，少說有上千萬，這樣的生活實在是令妍雅厭惡至極。只因為他是自己的家人，不知還得忍受這種遭遇多久。這名為家人的枷鎖緊緊束縛著她，讓她的財務狀況宛如破了洞的水缸，絲毫沒有好轉的跡象。現實像條臭水溝，實在令她膽寒。

「好想快點擺脫。」

妍雅雙手摀著臉。不管怎麼想，她都覺得只有一個方法能擺脫這樣的現實——

「只要結婚就好。」

是的，再忍這一次。三個月後，她就能跟現在的生活道別。

她拍了拍裙子上的灰塵，重新站起身來。

妍雅氣喘吁吁地趕往位於江南站辦公區的日式料理店，邊跑還不忘邊看看時間。已經十一點五十五分了。跟泰光通完電話才出發，害她稍微晚了一些，但幸好還能趕上約定的時間。妍雅進了電梯，面對鏡子查看自己的模樣，並稍微整理了下儀容。

很好，合格。

走出電梯來到餐廳接待處，餐廳職員便領著她往包廂去。

「媽！抱歉，我應該先……」

拉門才一推開，妍雅便瞬間僵住。開門前才換上最為虛假的笑容，如今都顯得遜色。即將成為她婆婆的正淑，與小姑敏京並肩坐在包廂裡。她可沒聽說敏京也要來。

「孩子，我們等妳好久了。妳這孩子，怎麼這麼沒有時間觀念？是腦袋不好，還是動作太慢啊？結婚典禮那天也要遲到嗎？」

都還沒進到包廂裡，正淑冰冷的話語就如匕首一般刺進她的胸口。

「抱歉，媽。我應該提前過來才對，但正打算離開的時候，剛好有重要的顧客進來，我花了點時間接待客人，所以才有些晚了。」

妍雅努力維持臉上的笑容，並以最和藹可親的語氣回應。雖然時針才剛指到十二，她並不算遲到，但她決定不做這些辯解。

「媽，看來我們的重要性比不上客人。她現在對我們就這麼隨便了，結婚之後肯定有我們好看的。她會不會不讓妳吃飯，刻意餓妳、虐待妳啊？」

敏京雙眼盯著手機，頭也不抬一下地對正淑說。

怎麼有辦法把讓她們稍微等了一下這件事扭曲成這樣？火上加油這件事，是敏京最擅長的把戲，而且她加的油還不是一點點，而是一整桶。

敏京的出現，預告了這頓午餐絕對不會太平靜，妍雅的頭又抽痛了起來。

「我好餓，先點餐吧。」

「對啊，媽，快點餐吧。點最貴的。嫂子買單，對吧？」

妍雅試著讓自己依舊急促的呼吸盡快平息下來。她拿起杯子喝了一口水，希望杯裡的冰水能讓自己找回冷靜與理性。

正淑與敏京母女無論是外貌還是個性，都跟未婚夫赫俊沒有一絲相似之處。此刻兩人正頭靠著頭看著菜單，思考著該點什麼才好。看著眼前這兩個在正式結婚後，就會與自己成為一家人的女人，姸雅內心不禁感到鬱悶。她們真能和平相處嗎？她實在沒有信心。雖然現在她更想擺脫這為錢所苦的現實，但這樣的生活一久，她很疑惑自己是否真的不會後悔這個選擇。

不，絕對不能有這種想法。她已經選擇了安穩且滋潤的人生，並決定要忍受這樣的難關。

這頓午餐就如她所預期，如坐針氈。

「哎呀，結婚這件事啊，本來是該講究門當戶對。但我們赫俊實在是太重情義了，連結婚都被情字給沖昏頭，真是的。」

「哎呀，媽，我突然想到，妳那個前輩的女兒，那個賢雅姐？她好像很快要從美國回來了。她以前不是跟哥交往過嗎？好像一年左右吧，那時候妳就一直把她當媳婦看了啊。」

兩人一如既往，異口同聲地挖苦、指責、在言語上瞧不起姸雅，姸雅卻一聲不吭，像個傻瓜一樣陪笑。忍到了甜點玄米冰淇淋上桌時，她才藉口有些消化不良，肚子有點痛，離席去了一趟洗手間。

站在洗手台前，姸雅從包裡拿出隨身攜帶的助消化劑，一口氣喝光。她握拳敲了敲自己的胸口，悶脹的感覺卻沒有消失。看著鏡子，日光燈下自己蒼白浮腫的臉看起來十分憔悴。在那包廂裡才坐了四十分鐘，卻覺得自己老了十歲。她心想，幸好有帶消化劑在身上。但同時也想到，每一次跟婆家的人吃飯都得帶消化劑，實在有些悲傷。

要晚一點再回去嗎？

這時，廁所的門大開，敏京走了進來。

她連五分鐘的平靜都不被允許。

敏京瞥了妍雅一眼，便自顧自地來到洗手台前，對著鏡子開始補起口紅。矮小的個子、肥胖的身材、全身行頭都是名牌。雖然長得有些難看，卻渾身散發一股莫名的貴氣。

「小姑，我先回去了。」

妍雅轉身正準備離開，敏京突然開口說：

「嫂子，聽說妳是世賢高中畢業的？」

敏京透過鏡子看著妍雅，冷不防扔出這麼一個問題。

世賢高中。

聽到這幾個字，妍雅渾身發麻，感覺連髮根都豎直了。那是費盡力氣、刻意想遺忘的名字。是她深埋在心中最陰暗的角落，甚至上了鎖的一段回憶。

「喔，對……沒錯。」

妍雅連回答的聲音都在顫抖。敏京又瞥了她一眼，注意到她不尋常的神色，便意識到這一句話，讓過去一直努力維持撲克臉的妍雅終於被動搖。

「妳是二〇〇五年畢業的吧？我朋友的姊姊是那裡的校友。」

「是、是喔？」

妍雅突然覺得胃開始絞痛。是剛才吃的東西還沒消化嗎？感覺有什麼正不斷從腹部深處湧上來。

「我跟她說了妳的名字，她就說她認識妳。」

一股想嘔吐的衝動湧現。妍雅覺得胃不停翻攪、頭暈目眩，整個人站也站不直。她隨即衝進廁所的隔間，對著馬桶把剛才吃下去的東西都吐了出來。

「嘔、噁、嘔。」

吐了一陣，噁心的感覺卻不見停歇。她剛才也沒吃多少東西，現在能吐的只剩下黃色的膽汁。

「妳消化不良喔？」

她並不期待敏京會擔憂地拍拍她的背，而敏京也一如預期地站在遠處，雙手抱胸觀望。敏京這一番反應，再一次親切地提醒幫助她意識到自己面對的現實。

「我就說啊……」

敏京帶著笑意的聲音從身後傳來。

「人吃到不適合自己的東西，就是會消化不良。」

「來，乾杯之前誰要來說點話？沒有嗎？嗯？真的沒有嗎？那就由我來嘍。好，大家舉杯跟我說：敬我們，到永遠！」

「敬我們，到永遠！」

混了燒酒與啤酒的酒杯在空中碰撞，發出如鈴鐺般清脆的聲響。

這些人的關係哪可能持續到永遠？真是搞不清楚重點。

妍雅去了趟洗手間回來，只剩下高次長旁邊還有空位。五年前，高次長把自己的妻子小孩送到國外生活，獨自留在國內打拚。至今每到下班時間，高次長便會急匆匆地拉著下屬說要去喝酒。泛黃的襯衫、亂糟糟的頭髮、皺巴巴的西裝褲，雖然都與PPWM中心沾不上邊，但他的業績卻始終都是第一。

雖不知道他是如何糾纏客戶，但只要接受過一次高次長的諮詢，客人們便寧願排隊也要跟高次長見面。或許是因為這樣，他總是從容且悠閒，絲毫不像背負競爭壓力的人，有時甚至會擺出超脫的態度。這樣的他，每到聚餐時就會性情大變。他特別喜歡在乾杯前致詞，因此每次聚餐都不斷重複喝酒、致乾杯詞、喝酒、致乾杯詞的循環。這樣折騰下來，讓所有參與聚餐的人一下就喝得醉醺醺。

「哎呀！太爽啦！這就是加班的樂趣啦。在極度疲憊的深夜喝杯酒，再聊聊上班族的喜怒哀樂，這不就是最大的享受嗎？對吧？嗯？棒呆了吧？壓力咻飛走了吧？嗯？嗯？」

聽著他用像喉嚨裡裝了根火車煙囪一樣的沙啞嗓音嘶吼，反倒讓人壓力更大了。

「搞什麼？妍雅，妳怎麼沒喝？」

還有，他也很喜歡灌人酒。

「我胃不太舒服。」

「哎呀，那就更該喝啊。以前有句話說，胃痛就是要靠喝酒來緩解。」

奇怪，誰會說這種鬼話？這應該是高次長剛才隨口編出來的吧？

雖然內心是這麼想，但所有人的目光都集中在自己身上。雖然沒有人開口，但都用眼神示意她「喝吧，快喝」。做作、小氣，絕對不會提及個人私事的自私鬼。妍雅很清楚其他人是怎麼看待她的。那些越是完美無缺的人，便越讓人想看見他們崩潰的一面，一般人都有這種心態。也因此其他人都暗自支持高次長強迫妍雅喝酒的要求。在氣氛的壓迫之下，妍雅無奈地拿起酒杯。

仰頭將杯中的酒一飲而盡。

「嗚喔喔喔喔！」

眾人敲著桌子歡呼。刺激著味蕾的燒啤，順著妍雅的食道流入腹中。

「真不愧是姸雅！太會喝了！拍手！大家鼓掌！」

高次長站起身來引導眾人鼓掌，那聲音如山谷間的回音一般在姸雅耳邊迴盪。當她把杯中的最後一滴酒都喝光後，便一把將空杯放在桌上。不過才乾了一杯，她便感覺醉意湧現。似乎是因為身體狀況不佳，對酒精的耐受度也變差了。

還是因為中午把午餐都吐光了，之後一直處於空腹的狀態？

一想到午餐，她便突然想起某段回憶。她早該將那段回憶遺忘，那回憶卻仍固執地在腦海盤旋。

「嫂子，聽說妳是世賢高中畢業的？」

敏京跟她說這句話的畫面，在腦海中不斷重複播放。

敏京是知道些什麼才刻意這麼說，還是單純想確認她畢業的高中而提問，姸雅實在不敢確定。不，不對，從敏京的表情來看，她很顯然知道些什麼。問題是她知道什麼，以及她究竟了解到哪裡。

敏京那句話為她帶來巨大的震撼，也使她陷入極度的焦躁，即使回到公司，她也無法再靜下心來處理任何事。因此她的下半天失誤不斷。即使被強迫參加聚餐，滿腦子想的仍是那件事。也因此她覺得自己實在無法融入，跟參與這場聚餐的人們就像分離的油水。

「所以我還是很後悔啊。現在回想起來，那是我人生中最後悔的事。為什麼那時沒有留住那個女的？」
高次長誇張的肢體動作逗得所有人哈哈大笑。
「要是當時跟那個女的結婚，次長您的人生會不一樣嗎？」
「當然會啊！要是那樣，我還會在這裡當銀行員嗎？肯定是在江南蛋黃區有棟二十層的大樓，平時幫老婆管理事業的新好男人啦。」
女職員們又再一次爆出笑聲。
「何止是這樣？我應該還會每個月去承租人的店裡晃一圈收租金，享受到國外打高爾夫的優雅、悠閒生活。這樣一想，那簡直是夢幻得不得了。現在說一說反而更覺得可惜了……所有上班族的夢想，成為主！成為建物主！我居然放棄了這樣的大好機會。」
「欸，但至少次長您現在很幸福啊。我呢，最後悔高中畢業的時候沒讀書。一想到我那時滿腦子只想當藝人，後來卻被經紀公司趕出來，就覺得好後悔。哎呀，要是有稍微讀點書，我肯定就在銀行當正職，而不是當約聘了。」
身為約聘櫃檯接待人員的張荷娜抱怨。氣氛因為她說的話變得有些低落，高次長便又開始鬼扯。
「少來！要是讓妳重來一次，高中的妳會讀書嗎？一樣啦，絕對不會！」
「如果能保留現在的記憶，只有身體回到高中，那當然就會不一樣啊。我已經知道我的人生會變成這副德性，還不會拚命讀書嗎？」

「沒錯。這樣大考肯定也能考滿分。」

「哎呀，還能上首爾大呢。」

人們你一言我一語地接起話來。

「都回到過去了，就一心只想著讀書喔？如果能帶著現在的記憶回到過去，那至少也要去買三星電子的股票，或去盆唐或板橋買一棟房子啊。」

「樂透！把樂透號碼背起來怎麼樣？」

「不對喔。不管怎麼說，還是有確切情報的投資才是最好的。」

所有人開始附和鄭課長的話。

「妍雅呢？如果能回到過去，妳想做什麼？」

一群人之中，突然有人把話題轉到妍雅身上。

「什麼？」

所有人都好奇地看著妍雅。

該死，剛剛沉浸在自己的思緒裡，沒有跟上話題。

「你們說什麼？」

「如果能回到過去，妳想做什麼？」

「大家應該都有一兩個這樣的回憶吧？想要改變的過去之類的。」

張荷娜在旁補充說明。

如果能回到過去，會想做什麼？問這幹嘛？妍雅心想，她想做的事情就只有一件。

「我絕對不會牽扯進去，絕對會避開。」

「咦？什麼？」

所有人都露出疑惑的神情，妍雅卻沒有多加解釋，只是繼續灌著酒。

如果能回到過去，如果真能回到過去，她絕對不會跟那傢伙有牽扯。絕對會避開那傢伙。

那個狗東西。

毀掉我人生的狗東西。

2 毀掉我人生的狗東西

江南站的鬧區，擠滿了享受星期四夜晚的人群。姸雅踉蹌走在夜晚霓虹燈閃爍的華麗街道上。本打算要搭地鐵，但最後她決定多走幾站的距離，順便醒醒酒。眼前的燈光搖曳，整個世界天旋地轉。但無論喝得再醉，敏京那句話仍在她腦海中揮之不去。

「如果敏京、媽還有赫俊知道那件事，那會怎麼樣？」

如果真是這樣，婚可能就結不成了。

不，不會的。別想太多。還不知道敏京是抱持什麼意圖提起那件事，也不曉得她究竟知道些什麼。這肯定不是什麼大事。

姸雅試著安撫自己，但籠罩在心頭的烏雲卻不肯散去。這時，握在手中的手機響了。是允思。恰好她此刻很需要一個能說話的對象，顯然對方跟她有相同的想法。

「允思。」

「哎呀，我真的是喔，妳知道我今天遇到多誇張的事嗎？我隔壁的社會老師真的……喂，妳聲音聽起來怎麼這樣？妳喝酒嘍？發生什麼事了？」

光聽聲音就知道狀況不尋常，真不愧是允思。

「嗯。」

〔妳在哪？聲音怎麼這麼虛弱啊？是怎麼了？〕

允思維持一貫的說話速度，連珠炮似的提問讓妍雅沒有說話的機會。

「公司聚餐啦。我在江南站這邊，為了醒酒想說乾脆走回家。」

〔哇，這麼晚，很危險耶。搭計程車啦。〕

「……」

〔幹嘛不說話？〕

「允思，我該怎麼辦？我好像遇到大麻煩了。」

〔怎麼了？發生什麼事？〕

妍雅哽咽地把今天的遭遇從頭到尾說了一遍。雖然因為醉意而說得有些顛三倒四，但允思還是靜靜等她說完，隨後才開始發表意見。

〔但妳不知道她為什麼要提這件事，對吧？就先按兵不動。妳要是反應太激烈，反而會讓她覺得這其中有什麼秘密，很值得深入挖掘。而且其實如果她真要挖，妳又有什麼方法能阻止？妳現在該煩惱的，是萬一事情被他們知道了，妳該怎麼——〕

「不，不行，事情絕對不能被發現。我小姑要是知道那件事，那我就結不成婚了。妳也知道，我把一切都賭在這段婚姻上。赫俊是我現在唯一能扭轉人生的希望，我不能錯過他。所以那件事不應該被發現，不，絕對不能被發現。」

好害怕。一想到過去的事情可能被發現，妍雅便感到無比恐懼。壓抑已久的淚水最終還是流了下來。一想到自己可能錯過赫俊，她便更加迫切。

「允思，我那時到底為何要跟那傢伙交往？那個混帳真的是我人生的污點。就是因為他，我的人生徹底被毀了。」

路過的行人都把拿著手機哭個不停的妍雅當成怪人。但不知要向何處宣洩心中的悔恨，妍雅又哭了好一陣子才停下來。

四層樓的華廈頂樓，老舊的大門吱嘎敞開。微弱的月光透過敞開的門縫爬入屋內，妍雅一腳踩上冰冷的地板。昏暗的室內，觸目所及是蜷伏在屋內的破舊家具。她感覺渾身癱軟無力，即使立刻昏倒在床上也絲毫不為過。

她伸手解開雪紡襯衫的鈕釦。柔滑的絲質雪紡衫掉落地面，發出輕巧的碰撞聲。身上只穿了一件內衣的她本想直接進廁所，但還是站在原地，微微側過身，透過梳妝台的鏡子看了看自己的後背。她伸手摸了摸自己的後背，摸到的是凹凸不平的醜陋疤痕。那是從肩膀經過背部中央，一直延伸到腰部的燒傷痕跡。那道疤痕，有如火紅的烙印一般佔據她的背部。那是她極力想忽視，卻怎麼也無法抹滅的傷痕。

突然，隨意堆疊在外頭陽台上的一個箱子引起她的注意。那是從上面數來第二個，用膠帶封死的箱子。妍雅著了迷似地往陽台去，把那箱子拿下來放到地上，並緊盯著那箱子看。

誰想到有一天會再把這些東西拿出來看？

這都是些她連燒也燒不掉的回憶。層層包裹的黃色膠帶，包覆的好像不是箱子，是她最疼痛的傷口。

妍雅突然感到一股衝動。她趕忙翻箱倒櫃找出刀子，將那些膠帶都拆開來。從那劃開的縫隙中，似乎有什麼會砰的一聲衝到外頭。妍雅小心翼翼地以顫抖的雙手打開箱子，裡頭裝滿了成績單、筆記本、信件等雜物。都是些留下了時間的污漬，老舊且破爛的物品。妍雅撿起那張最後遺留在箱底的照片，光是這一張照片，就讓她心跳加速、心情混亂。

照片下方印著「二年十二班學期末紀念照」這樣一行字。團體照裡，一字排開的人臉如小指甲般那麼大。她從中找出自己稚氣未脫的臉龐，那臉上有著不符合那個年紀的沉重陰影。

記得拍照當時，擔任班導的朴燦龍老師一一點名，並要求大家依座號順序站好。盧志煥、南慶勳、都聖材、閔友植、朴宇鎮……但沒有「那傢伙」。

她突然感到胸口一陣悶痛，心痛得像是被誰緊緊捏住。被封印的記憶遭到釋放，恣意浮現到意識的表面。

妍雅啪的一聲大力將照片翻面。

夠了。

我再也不想記起你的長相。

二〇〇三年四月。白天強烈的日照光線，照在世賢高中二年十二班的教室裡。國文老師林亞朗站在講台上來回踱步，以清脆的聲音唸著課本上的內容。還保有學生氣息的林亞朗老師，朗讀著閔泰瑗❷的散文隨筆〈青春禮讚〉，並刻意在唸到「青春」這個詞的時候加重語氣，發出「春！春！」的聲音，好像十分沉醉在自己的朗讀之中。但可惜的是，因課本上的字句而感動的，僅僅只有林亞朗老師一人而已。身為必須把這當成考試內容來讀的學生，要受到感動哪是簡單的事？大多數的學生都像吃了藥的小雞，不是在打瞌睡，就是分心在做其他的事。

坐在第二排後面數來第二個位置的妍雅，正看著窗外的操場。這天，天氣格外晴朗。操場上，穿著俗氣綠色運動服的學生們，正列隊做著開合跳。

「妳在看什麼？」

有人敲了敲妍雅的桌子並與她搭話，原來是坐在另一側的浩允。

「只是覺得天氣很好。天空好藍，很適合上體育課。」

「遲鈍的人就是這麼好，還能在這邊說些天下太平的鬼話。妳都不覺得後腦勺有些刺痛嗎？」

「我後腦勺怎麼了？」

浩允手指了指後頭，轉頭一看，發現是志勳雙手抱胸坐在那，翹起椅子的前腳晃啊晃的，眼睛還一邊瞪著她。

「他從剛剛開始眼睛就像雷射一樣一直盯著妳，妳怎麼都沒感覺？我看妳後腦勺都要被他看穿了。」

跟志勳一對上眼，妍雅就瞪大眼睛，以眼神問了句：「幹嘛？」志勳的臉色卻更陰沉了，一臉就是「明知故問嗎」的意思。

「什麼啊？他是怎樣？又在想什麼有的沒的，為什麼要那樣瞪我？」

妍雅咬著下唇，像在用腹語術說話一樣低聲詢問浩允。

「因為妳一直在看那些在上體育課的人。」

「那又怎樣？」

❷ 1894～1934，韓國小說家，也曾使用筆名「閔台原」。

「妳不知道三班有崔有成嗎？也不知道妳老公超級會吃醋嗎？」

「啊。」

妍雅似乎這才終於明白，為什麼志勳會愁眉苦臉地瞪著自己。妍雅手指了指窗外，然後畫了個大大的叉。

「我不是在看有成。」

志勳立刻便看懂她的意思，緊皺的眉心轉眼舒展開來，接著手指了指窗外，再比了一個劃破喉嚨的動作。

「妳再往外看就死定了。」

妍雅比出沒問題的手勢，志勳凶惡的表情才終於變得柔和。即使知道浩允正盯著他們看，志勳仍嘟起嘴來送出了一個飛吻。

「你們真是有夠肉麻，簡直就是惹人厭的一對蟑螂情侶。」

沒有理會浩允的抱怨，妍雅也回送了志勳一個飛吻，簡直當作浩允不存在。

「柳志勳！」

伴隨著一聲響亮的呼喊，二年十二班的後門哐啷一聲彈開。擠在教室後頭不知在做什麼的志勳一群人，全都被這聲音嚇了一跳，趕緊抬頭查看，接著是一陣不知在藏匿什麼的騷亂聲。

氣得臉紅脖子粗的妍雅，手扠著腰往他們一群人走去，她的目標正是志勳。

「喂，柳志勳，你老婆來了。」

慶民戳了戳志勳的腰間，戲謔地說。

「但你老婆看起來超生氣的。」

宇泰也不知好歹地多嘴。

「我就跟你們說了，不要那樣叫我。」

妍雅惡狠狠地瞪了慶民和宇泰一眼，目光再度轉回志勳身上。

「又幹嘛了？」

志勳問話的口氣雖不是太好，臉上的表情卻有些退縮，就像做了什麼壞事被逮個正著。站在面前的妍雅冷不防揪住他的耳朵，一把將他拉了起來。

「喂喂喂喂喂，李妍雅，妳快放開我！」

「閉嘴。」

「不要讓我在大家面前丟臉！」

「我今天絕對會給你好看。」

妍雅揪著志勳的耳朵，使勁拉著他往校舍後面去。經過走廊跟樓梯時，一旁的學生都在竊笑，但妍雅那沖天的怒氣，讓志勳只能喊痛卻不敢反抗。

來到校園裡人煙稀少的區域，妍雅像是要將耳朵從志勳身上扯下一樣，一把將他甩開。力氣之大，讓志勳從耳垂到臉頰都顯得紅通通。

「喂，妳是怎樣？妳瘋啦？」

志勳雙手摀著耳朵怒問。

「我才想問你是怎樣咧，到底都在幹嘛？」

「這是什麼意思？」

「現在是要裝蒜嗎？」

「妳講話這麼沒頭沒腦，我最好是聽得懂。」

「你對五班權俊碩做了什麼？」

妍雅的一句話似乎直搗核心，志勳立即把眼睛別開，不敢看向妍雅。

「我哪有怎樣？」

「你不是把他拉去揍嗎？」

「哎呀，沒有啦，哪有揍他？只是男生之間打打鬧鬧而已……」

「我就跟你說過了，不要使用暴力！不要跟人起衝突！你為什麼要這樣？你到底哪裡不爽，為什麼要這樣？」

妍雅氣得咬牙切齒，忍不住直跺腳。妍雅直衝天際的怒氣讓志勳一時有些退縮，但隨即又露出委屈的表情為自己抱屈。

「拜託，妳根本什麼都不知道。靠，那傢伙一天到晚纏著妳啊！根本就像隻哈巴狗！」

「那叫纏著我嗎？所以你覺得借一下參考書，在走廊上講幾句話就叫纏著我嗎？而且你能因為這樣就揍他嗎？」

「對啦，我是打了他一拳啦，但這都是因為妳啊！」

「你要繼續這樣賴給我嗎？什麼叫都是因為我？你是用你的拳頭打的，還是用我的拳頭打的？」

「只要妳乖一點，就不會有這種事了啊！」

「以為嘴巴長在你身上就可以胡說八道喔？乖一點？我不跟你計較，你就越來越囂張了。你在那放什麼狗屁啊？你東西收一收，滾回朝鮮時代去啦！去找個乖巧一點的女人來交往啦！」

「唉唷，我剛剛是說錯話啦，不小心的。是我不對……喂！重點不是這個好不好？」

雖是校園裡人煙較稀少的區域，但還是有不少人從樓上探頭出來，以看好戲的心態圍觀。浩允、慶民、宇泰也不斷發出怪聲鼓譟，站在四樓走廊欣賞兩人吵架的樣子。這對惹人厭的蟑螂情侶，根本就不在乎全校學生的目光。就算在眾目睽睽之下，只要一有機會，他們小倆口就會這樣鬥嘴。不，他們說不定根本就是變態，要有人圍觀才會感受到喜悅。

「喂，姜浩允，你覺得他們為什麼吵架？我這樣聽下來，還是聽不太懂耶。」

「不知道，應該只是因為想吵所以才吵吧。」

浩允冷漠地回應慶民的問題。

「你們看喔，這根本沒什麼好吵的嘛。我看他們絕對是被不吵架就會死的鬼附身了。為什麼要吵成這樣？別把事情搞那麼複雜不行嗎？只要大聲說『我喜歡妳喜歡得要死了，就算看到妳跟其他男生擦肩而過都氣到要爆炸，以後絕對不要跟其他男生來往。』這樣一句話不就夠了嗎？」

浩允覺得，這裡還有一個搞不清楚狀況的人。不對，是兩個。

「不對吧？這樣講有用嗎？要更凶一點才對啦，志勳就是太軟弱了，態度應該要強硬一點！『我以為這樣就能擁有妳！我想讓妳成為我的女人！』」

絲毫沒有意識到浩允無奈的眼神，宇泰用盡全身的力氣吶喊。

「白痴喔，不是這樣好不好？語氣要有一點撒嬌啊。像這樣：『妳不要看其他男人嘛，不然我就打爆妳喔！』」

不光是宇泰入戲，連慶民也跟著演了起來。果然，對一般的高中男生來說，要持續且正經地討論一個話題超過三分鐘幾乎是不可能的任務。見慶民和宇泰沉醉在自己的小世界裡，高聲重複著「打爆妳喔、讓妳成為我的女人」這些台詞，浩允忍不住搖搖頭轉身離開。那背影好像是在說，這次也看到了不該看的東西。

午餐時間的鐘聲響起，早早吃完午餐的浩允、慶民跟宇泰瞬間衝出教室。他們運著籃球往操場跑去，卻發現不遠處有一對蟑螂，正坐在階梯式看台上卿卿我我。妍雅拿著冰棒，志勳拿著糖果貼在一起，兩人吃吃傻笑，不知在看什麼。

「你們在幹嘛？」

浩允、慶民跟宇泰三人來到兩人身旁，走路的樣子像極了不良少年。這兩個人不是一個小時前才吵得你死我活嗎？現在又是怎麼回事？

「我本來在做美術課的作業，妍雅畫了大頭跟英文老師的臉，超好笑，你們要看嗎？」

志勳拿起筆記給三人看，自己還笑個不停。只用幾筆線條就畫出人物的特徵，作畫能力的確令人讚嘆，但兩人的行為卻讓他們笑不出來。

「接下來要不要畫數學老師？」

「好耶，畫畫看。妳真的很會畫畫，妳是天才吧？」

志勳一把抱住妍雅小小的腦袋瓜，不僅嘴巴湊上去猛親，還不斷發出啵啵聲。

「真的嗎？那我要不要乾脆往藝術方面發展？」
「可以啊，我贊成。」
隨後他們又頭靠著頭膩在一起，絲毫不把三人像踩到狗屎一樣難看的臉色放在眼裡。
「要吃冰嗎？」
妍雅把明顯吃到一半、沾滿自己口水的冰棒拿給志勳。三人驚呼了一聲，臉上閃過不可思議的神情，志勳卻沒有一絲猶豫，大大咬了一口。
「要吃糖嗎？」
這次換志勳把咬在嘴裡的加倍佳棒棒糖拿出來塞進妍雅嘴裡，妍雅則若無其事地將棒棒糖含在嘴裡。這畫面真是太驚悚了。
「靠，真的是……」
「怎樣？」
妍雅皺起眉頭把棒棒糖拿出來，志勳像發生什麼大事一樣做出誇張的反應。
「糖果裂開的地方好像割到我的舌頭了，我有流血嗎？」
妍雅伸出舌頭來。
「嗯，割到了，有一點點血。」
「嗚嗚，好痛。」

「那要我幫你抹口水嗎？用舌頭。」

「什麼？喂！你找死喔！」

「哈哈哈哈，開玩笑的啦。」

哎喲喂呀，這齣戲還真是精采啊。

「靠，我要吐了，走啦。」

「我要去洗眼睛，我覺得我眼睛要瞎了。」

「靠，你們兩個髒鬼！就跟你們說不要這樣了！其他的都可以不管，但這真的讓人很受不了耶！想吃冰就買兩支啊！真是髒東西！」

沒錯，這對惹人厭的情侶吃飯點餐只點一人份、冰棒只買一支，連飲料都絕對只買一杯。然後會把吃到一半的東西留給對方，也不在乎吃飯用的都是沾過自己口水的餐具。真的不是普通的髒，不是普通的變態。

「什麼髒東西！你怎麼能對大嫂這樣講話？妍雅，妳先吃喔，小心點慢慢吃。我吃這個。」

志勳轉頭痛罵了慶民一聲，隨後立即轉換模式，溫柔地拍拍妍雅的肩膀哄她。這對情侶的關係瞬息萬變，讓旁觀者感到無比痛苦。

柳志勳與李妍雅。

瘋狗配賤人。

他們就是世賢高中最出名的肉麻情侶、擾人情侶。

七個月後，那傢伙……

死了。

答答答答。

輕快的鍵盤敲擊聲。

唰——唰——

翻閱文件的聲音。

時針走到比數字七多一點的地方，辦公室裡的氣氛卻彷彿只是下午兩點。人人都以嚴肅的神情敲打著鍵盤、翻看著文件。只是此刻正是星期五的夜晚，他們的靈魂早已出竅，飄到不夜城的街頭狂歡。

妍雅因為下班後有約而顯得有些坐不住。但她進公司才第六年，要當第一個不在乎他人目光關電腦下班的人，她的資歷還稍嫌淺了些。

「好了，已經七點了，整理一下就下班吧。大家今天有約嗎？」

偶爾還是會莫名感謝高次長，雖然他應該只是想帶沒約的人去喝酒而已。總而言之，因為有他代替所有人發難，辦公室隨即轉換成下班模式。妍雅也沒有錯過機會，趕緊按下關機鍵。

「妍雅呢？今天要不要喝一杯？」

「很抱歉，我已經有約了。」

今天可是「星期五」啊。

「有約？什麼約？跟誰約？」

真要說起來，高次長的專長不光只有約聚餐。他還有另一項特技，那就是刺探年輕員工的隱私。住在哪裡、父母親從事什麼工作、有沒有交往的對象、週末在做些什麼等等。這些讓人不太願意回答的問題，他總是能毫不在乎地脫口而出。他自認為這樣是在努力與年輕員工拉近關係，但被問的那一方卻不怎麼情願。

「跟朋友。」

「啊，是那個電視記者嗎？」

她有跟高次長提過浩允的事嗎？

「不是，是在學校當老師的朋友。」

「是喔，好，那祝妳玩得開心。那今天妍雅不能來，張荷娜，今天要不要喝一杯？」

「哎呀，次長，今天是禮拜五耶！」

「那要不要來喝一杯烈一點的啊？」

顯然，張荷娜那一夥人今天又會被高次長牽著鼻子走。趁著所有人的注意力都在高次長身上時，妍雅抓緊機會離開銀行，允思已經在銀行後面的居酒屋等她了。妍雅搭電梯下樓，出了電梯便快步往大樓門口走去。

嗡——嗡——

手機突然震動了起來。妍雅看了下來電者，是赫俊。記得他今天說，要跟醫院的夥伴們聚餐，會等聚餐結束的時候再跟妍雅聯絡。這電話來得有點早，讓妍雅莫名感到不安。

「喂？赫俊？」

〔下班了嗎？〕

「嗯，剛下班。」

〔妳今天是跟允思碰面嗎？〕

「她在公司附近的居酒屋等我。你今天不是說要跟醫院的夥伴聚餐嗎？取消了嗎？」

〔沒有啦，我不是要講這個。〕

赫俊的聲音十分平靜。他平時就是個冷靜理性的人，很少大聲說話，只是他今天的聲音格外低沉。

「那你聲音怎麼這樣？發生什麼事了？」

「那個……」

妍雅感到一股不安自心底油然而生。

「敏京跟我說了一些奇怪的事。」

「小、小姑嗎？」

妍雅感覺心都涼了半截。敏京果然知道一些關於她過去的事。

「嗯。她說她要去聽一些好玩的事，還說很快就會跟我說一個大消息，叫我等著。她今天早上說完這句話就出門了，我總覺得這件事應該跟妳有關。」

妍雅感覺自己心跳加速，冷汗直流。

「為什麼？她有說是跟我有關的趣事嗎？」

「沒有，但她說完以後就一直看著我，還問我『嫂子好嗎』。」

這狐狸精！惡魔女！

她是故意的。就是知道赫俊會把事情告訴她，所以才會故意在赫俊面前講那種話。她肯定是覺得生活太無聊，如今終於出現一件有趣的事情。就像得到玩具的孩子一樣，她肯定是以玩遊戲的興奮心情，在看待這些能徹底翻轉他人命運的事。

再往後退一步就是萬丈深淵，如今妍雅眼前已經浮現自己墜落深淵的景象。

「欸，應該是她跟她朋友的事情吧？我又沒發生什麼事。」

妍雅擺出一副心平氣和的態度，極力掩飾自己顫抖的聲音。赫俊雖仍然存疑，但也只說之後再聯絡，隨後便掛上電話。

嘟嘟——

才一掛上電話，妍雅便覺得全身無力。

該怎麼辦才好？

想了一想，妍雅決定傳訊息給敏京。她很清楚，這就是敏京當初這麼做的用意，但她仍無法按捺心中的焦慮。

【小姑，昨天妳們有順利到家嗎？不曉得我的事有沒有影響到妳們的心情？真的很抱歉。】

妍雅先若無其事地詢問昨天的事，等了幾秒看到對話視窗出現已讀的訊號，她感覺自己心跳越跳越快。

【妳知道就好。吃飯吃到一半看到那種畫面，真是差點把吃下去的東西都吐出來了，呵呵。】

【昨天的事我是真的很抱歉，妳今天有時間嗎？】

她知道敏京今天已經有約，但還是刻意提出邀約。

【但我今天有約了。對了，我上次有跟妳說吧？我朋友的姊姊，跟嫂子妳是同一所高

中畢業的。我今天就是要去跟她碰面。】

妍雅感覺自己的手在顫抖。

【是嗎？太可惜了。那祝妳玩得開心喔。話說回來，跟我讀同一所高中的那個人叫什麼啊？說不定我也認識她。】

妍雅緊盯著手機螢幕，對話視窗裡卻始終沒出現「已讀」的標示。在那個當下，一分鐘對她來說就像一小時那麼長。焦躁的心情使她手掌心不停冒汗。

【叫金正慧，妳認識嗎？】

金正慧……？

她沒聽過這個名字。

3 第十三道階梯

打開居酒屋的門，便聽見廚師以日文大聲吆喝「歡迎光臨！」擠進狹窄的店內，妍雅便看到允思坐在最角落的位置。她好像已經先開動了，正自顧自地以毛豆配清酒，一個人喝得十分起勁。允思有著高挑的個子，留著一頭短髮、單眼皮的大眼、俐落的五官。小時候看起來像個男孩子，如今卻是渾身散發迷人中性魅力的模特兒。

一看到熟悉的臉孔，妍雅便忍不住哭了出來。

「允思！」

被妍雅的反應嚇了一跳，允思瞪大了眼睛。

「怎麼了？發生什麼事了？」

「嗚、嗚嗚嗚……我該怎麼辦？嗚嗚嗚，我看這個婚是結不成了。」

妍雅一坐下便哭了起來，邊哭邊把剛才發生的事從頭到尾說了一遍。允思靜靜聽她說完，隨後咕嘟一口喝光杯裡的清酒，再啪一聲重重放下杯子。

「那女人真的很可惡。」

妍雅點頭贊同。

「第一次聽妳講起她的時候，我就已經很不喜歡她了，沒想到她不管做什麼都這麼惹人厭！」

「就是說啊！」

「她肯定是想把妳逼到無路可退，看妳在那裡提心吊膽、焦慮到不行的樣子，最後再一口氣把整件事爆出來。」

激動的允思先是花了點時間數落敏京，接著似乎是罵累了，才話鋒一轉感嘆了起來。

「唉，那現在該怎麼辦？」

「不知道。」

妍雅真的不知道。雖然她們已經討論了三個多小時，卻絲毫想不出解決辦法。但仔細想想，這也很正常，畢竟主動權在別人手上，她們在這裡想破了頭，又有什麼用呢？

「話說回來，允思，妳真的不記得金正慧嗎？」

「嗯，我完全不記得這個人。」

「怎麼會連妳也不知道？妳以前不是學校的名人嗎？」

一句不經意的話惹來允思的一個白眼。妍雅趕緊解釋：

「不、不是啦，我的意思是說……不光是那時候的事情，因為柳志勳，妳也算是很有名啊。畢竟柳志勳那傢伙，在學校本來就很出名。」

妍雅刻意故作輕鬆地解釋，極力避免表現出太過在意的樣子。

「對啊，沒錯，不可能有人不認識我。」

兩人陷入短暫的沉默。妍雅感覺自己像在沒有出口的大樓裡不停打轉，心情實在鬱悶極了。允思似乎也有相同的感受，只見她哀嘆一聲，再度拿起酒杯來豪邁地一飲而盡。

「不過啊，妳這個婚真的非結不可嗎？」

允思放下杯子，把話題帶到其他的地方。

「當然啊。我們連喜帖都印好了，現在要是說不結，那我就死定了。不是因為悔婚很丟臉，是因為我真的很想跟赫俊結婚。不對，我一定要跟他結婚。之前我舅舅一直跟我要錢，再加上阿姨的醫藥費，我在銀行上班卻一毛錢也沒存到，只剩下房子的押金還有臉上的一堆皺紋。我三十二歲，已經沒有價值了，赫俊是我人生中最後一輛賓士車，錯過了他，我要去哪裡才能再找到這種男人？」

「喂、喂！妳是為了翻轉人生才結婚喔？妳跟赫俊認識還不到三個月，妳根本就不夠了解他吧？他是妳的顧客，妳對他的認識除了戶頭餘額之外還有別的嗎？妳是真的愛他嗎？」

愛這種東西嘛，結了婚以後就會有了。結婚後，他們可是要共度未來五十年、六十年的人。感情深厚的夫妻都可能會離婚了，現在去談愛不愛的一點也不重要。

「在婚姻這件事上，條件比愛情更重要。愛很容易改變，但條件不會。況且看條件結婚真的有那麼糟糕嗎？條件又不光只講錢，也包括人品、喜好、興趣、價值觀、成長環境啊。我是綜合以上所有條件，最後才選擇了赫俊的。赫俊是個好人，我有信心，我們結婚後會過得很好。」

允思從一開始就不怎麼滿意這樁婚事。兩人交往才一個月就閃電發布結婚消息，讓她實在感到不安。

不知不覺，時間已經來到十一點半。兩人以話題配酒，不知不覺也喝了三瓶。

「差不多該走了。禮拜五就是這樣，心裡是覺得自己能撐到凌晨四點，但體力上不允許。」

「欸，等一下，我的手機……我手機放哪去了？」

又來了，這是第幾次了啊？允思！

「該不會是放在學校了吧？妳仔細找一下。」

妍雅也左右查看了一下，卻怎麼也沒找著允思的手機。

「可惡，怎麼辦？我好像真的忘在學校了。我明天要去濟州島耶，要先去幫二年級的校外教學踩點。早上吳老師會來接我，然後我們要直接去機場。」

「真的嗎？確定忘在學校？」

「我最後一次拿出來就是跟妳傳訊息的時候啊。印象中，我離開學校之後就沒再把手機拿出來了。」

不同於一般手機不離身的人，允思很少查看手機，也不太會注意手機放在哪。因此弄丟手機是家常便飯，這已經是今年第二支被她搞丟的手機了。

「就跟妳說要顧好手機了！我真是要被妳氣死！現在已經十一點半了耶。」

「我想我得回學校去拿了，妳也一起……」

允思話說到一半便停了下來，因為妍雅的表情瞬間沉了下來。

「不，不用了，我自己去拿吧。時間很晚了，妳趕快回家。」

允思抓著包包起身。來到店外，九月的風迎面吹來，依然帶著一股黏膩潮濕的氣息。

「我先走了。找到手機就會跟妳聯絡，別太擔心。」

簡單與妍雅道別，允思轉身大步離開。

看著允思逐漸遠去的背影，妍雅的心裡並不好受。都這麼晚了，一個女人還要去什麼學校？允思再怎麼獨立自主，也都還是會害怕。妍雅實在無法因為自己跨不過去的門檻，而放任朋友一個人在深夜到學校拿東西。

「等我啦！」

最後，妍雅還是追上了允思的腳步。

計程車停在校門前，妍雅看著眼前被黑暗所籠罩的紅磚校舍。

世賢高中。

睽違十四年了。她沒想到時隔十四年，竟是因為要陪朋友拿手機而回到這裡。十四年前她逃難似地離開這裡，但也並不是這樣就從此與學校毫無瓜葛。因為允思後來以體育老師的身分，重新回到母校任教。只是顧及高中時期有過可怕回憶的妍雅，她很少聊起跟學校有關的事情。

「妳要在這裡等嗎？」

街上的店家都已經拉下鐵門休息，一陣陰森的風呼嘯而過。寂靜的街道上，隨意放置的雜物在風的撞擊之下，發出駭人的聲響。

不，不要，這樣更可怕。

「我可以跟妳進去。」

顯然是因為酒精作祟，才會有這樣的勇氣。

允思走進大門，筆直地朝警衛室走去。警衛室裡，只有小小的電視發出青藍色的光芒，卻不見警衛先生的人影。允思探頭往警衛室裡看了看，發現留在桌上的便條，便借了妍雅的手機來撥打電話。

「警衛先生，我是李允思老師。對，我的東西忘在辦公室了。啊，門是開著的嗎？保全系統呢？十二點才啟動嗎？我知道了，謝謝。」

「警衛先生呢？」

「他說他去辦點事。校舍中間的門還開著，保全系統十二點才會啟動。」

「哪有這麼晚才啟動的？十二點不會太晚嗎？」

「我們學校的晚自習到十一點半啊。再加上最近學校在籌辦奧林匹亞數學競賽班，超過十一點半根本是家常便飯。而且學生不是常常忘東忘西嗎？很多人會回來拿書或錢包什麼的，可能是想等學校人都走光了才上保全啦。」

「我還以為現在已經沒有晚自習了，看來還是一樣嘛。」

「現在不像以前是強制的，是開放大家自由參加，但反正學校的制度要改變也沒那麼容易啦。」

允思走在前頭，妍雅帶著些許的猶豫小心翼翼地跟在後面，兩人一前一後進入黑漆漆的校園。面前那棟紅磚色的主校舍建築，與左邊的副校舍形成一個直角。校舍與操場之間，則有階梯式的看台。看台區中間是有著白色石屋頂的司令台，下方則有雜物間、洗手台等各種附帶設施以及造景用的花圃。從正門往左邊走，便能看見操場邊上的藤製長椅。

走過那長椅，便是通往後門的路。右邊的路則是一條緩坡，連接到主校舍。

如果是白天來，不，如果是其他人來到這，肯定會覺得這一切很值得懷念。然而對妍雅來說，籠罩在黑暗中的校園實在無比陰森。

「你知道為何學校是特別的空間嗎？」

她想起很久以前某人問過她的問題。

「聽說大部分的學校，在以前都是公墓，就是有很多靈魂遊蕩的地方。這麼多靈魂跟學生充滿活力的性格與能量碰撞會怎麼樣？」

「會怎麼樣？」

「會砰！一聲炸開來啊。」

「什麼東西炸開來？」

「什麼都會炸開來。」

「這是什麼意思？」

「也就是說，學校是很特別的地方，非常特別。妳想想，沒有別的地方跟學校一樣不會變。因為要讓這麼多的靈魂能安然停留在這，所以無論是十年前還是現在，學校都會維持原樣。」

妍雅走在平緩的斜坡上。晚夏，樹上的蟬仍不停歇地鳴叫。來到主校舍前，允思便打開中間的那扇門。吱嘎一聲，玻璃門發出的鐵片摩擦聲，劃破了夜裡寂靜的空氣。穿越中央玄關，左右兩旁便是長長的走廊。左邊走廊的盡頭掛著牌子，那裡就是教師辦公室。

「妳要進來嗎？」

妍雅搖搖頭。雖然是為了允思才跟到這來，但她可不想四處走動。可以的話，她想盡可能避免跟學校接觸。允思獨自穿越走廊進入辦公室。

妍雅本以為自己酒已經醒了，沒想到她仍覺得醉醺醺的。明明只是站在那裡，她仍覺得視線很模糊。不知是不是因為醉意，即便獨自站在校園裡，她也並不特別感到恐懼。

真是的，天底下什麼事都有。從沒想過自己會在這時間出現在學校。

她看了看左手腕上的手錶，指針指著十一點五十五分。

再過五分鐘就是十二點了。

十二點。一段記憶突然在腦中閃現，那是很久以前她曾經做過一次的事。雖然只做過那麼一次，但她始終不敢相信那是真的，一直當成是個夢。

該不會，現在也可以吧？

十四年前，妍雅與志勳曾經為了扮鬼而躲在三樓廁所。浩允負責把班上出了名膽小的孝善帶來，等兩人上到三樓，妍雅與志勳就會從中間「哇」一聲衝出來，好好嚇一嚇孝善。但不管怎麼等，他們都沒聽見兩人上樓的動靜。不知不覺，時間已經接近午夜。興奮的感覺逐漸消失，妍雅開始感到害怕。

「怎麼一直不來？我很怕耶。」

「有什麼好怕的？」

志勳十分平靜，妍雅卻一直覺得彷彿隨時都會有東西從黑暗裡衝出來。例如一直都是全校第一，卻因為某一次考試被擠到全校第二而選擇自殺的菁英，或是擁有各種不同顏色衛生紙的廁所衛生紙大亨鬼等等。

「哎喲，真是浪費時間。是我太蠢，不該相信你們！我真的要嚇死了！」

「有這麼可怕喔？」

「嗯。」

志勳突然啪一聲垂下頭。沉默了好一會，他才緩緩抬起頭來，做出十分陰森的表情。

「妍雅，妳還是把我當成志勳……」

「你是找死喔？不要鬧！不要再鬧了！」

「喂，好了啦，很痛耶！不要打了，我不鬧妳了！」

「你真的很壞！現在這種情況你還有心情嚇我？」

「抱歉啦，抱歉，我不會再嚇妳了！是我錯了。」

出手擋住妍雅胡亂揮舞的拳頭，志勳卻依然嘻嘻哈哈的，看起來一點也不感到抱歉。妍雅還在氣頭上，依然緊皺著眉頭。最後在志勳幾次的安撫之下，表情終於比較和緩。

「是有點可怕啦。對了，妳知道我們學校那個傳說吧？十三階樓梯。那道樓梯就在那裡。」

志勳指著眼前那道從三樓通往四樓的樓梯。妍雅用力往志勳的腳踩了下去。

「你又來了！你要是再多講一句廢話，你今天就死定了！」

「很痛耶。妳聽我說啦，這不是什麼可怕的事情。其實那道樓梯原本只有十二階——」

「不要說，不要！不要再講了！」

妍雅摀住耳朵大聲尖叫。

「就跟妳說不可怕了。到了晚上十二點整，一邊走在樓梯上一邊數有幾階，就會出現第十三階樓梯，然後就會發生奇怪的事。」

「奇怪的事？怎樣奇怪？」

妍雅輕輕鬆開摀住耳朵的兩隻手。志勳說的事情確實沒那麼可怕，她也很好奇究竟會發生什麼。

「好像是說學校會變成一片血海，還是說會有人死掉之類的。」

「欸，什麼啊！」

「妳看吧，就跟妳說不可怕了。怎麼樣？我們要不要來試試看，看會發生什麼事？」

志勳不懷好意地笑著。

「不，我才不要，絕對不要。」

「有我在啊，有什麼好怕的？」

即使妍雅拒絕，志勳仍拉著她的手來到樓梯前面。恰巧就在這時，某處傳來午夜十二點的鐘聲。兩人開始慢慢爬上樓梯。

噹——

「一。」

噹——

「二。」

噹——

「三。」

鐘聲每響一次，他們就爬上一階樓梯。明知道事情不會發生，但妍雅的心跳依然快得不得了。

學校不會真的變成一片血海吧？

妍雅緊緊握住志勳寬大的手。

「九、十、十一……十二……」

「咦？」

妍雅難以置信地看著眼前的樓梯。

「十、十三……？」

兩人驚訝地看了看彼此，並朝著第十三階跨出一步。第十三階開始發出白色的光芒，很快成了一道令他們睜不開眼的強光。

後來發生的事，她沒有告訴任何人，但「那件事」確實發生了。妍雅盯著階梯上張著大嘴的黑暗，緩慢地移動自己的腳步。不知從哪吹來一陣冷風，輕輕拂過她的後頸。喀噠、喀噠，寂靜的校舍裡，迴盪著皮鞋踩在水泥地上的聲音。

一樓、二樓，然後是三樓。

妍雅扶著光滑的木製扶把向上爬。老舊腐敗的木頭與發霉的校園用品發出一股臭臭的霉味，讓她產生一股似曾相識的感覺。妍雅在三樓停了下來，靜靜看著通往四樓的那道階梯。

「午夜十二點整時爬上樓梯。」

她猶豫了一下，右腳踩上第一階。

「配合鐘聲爬上樓梯，還必須一邊數數。」

噹，一聲響起，某處傳來十二點的鐘聲。

「一、二、三、四……八、九、十、十一、十二。」

「然後第十三階就會出現，就在那一瞬間……」

噹一聲，鐘聲停止了。

「十、十三……？」

腳下發出了白光。蕩漾的白光以妍雅腳下為中心逐漸擴大，光芒很快將她吞噬。那光芒無比刺眼，幾乎令她睜不開眼，一如記憶中的那道光。

這……這是什麼？

四周的空氣都在震盪，並緊緊束縛住她的身體。強烈的光芒、翻轉的氣流，令她無法穩住自己的重心。她的眼前瞬間一亮，隨後啪一聲，意識便被中斷。

「好刺眼。」

妍雅皺著眉，舉起手遮著臉。那一道白光強烈到她的眼睛連一條縫都睜不開。

滴哩哩哩哩。滴哩哩哩哩哩。

某處傳來刺耳的鐘聲。

大半夜的，誰用鬧鐘？

以為是火災的警報聲，妍雅睜開眼查看。

哦。

我的……

我的天啊！

這怎麼可能？

首先，現在竟然是大白天？不是因為從樓梯之間冒出來的白光把四周照得像是白天。而是外頭刺眼的陽光，把整棟校舍照得無比明亮。

「喂，你死定了！還不快給我站住？」

「我是白痴嗎？你叫我站我就站喔？」

「等我啦！我也要一起去！」

「你怎麼這麼慢？打鐘了！」

「下一節是數學嗎？是不是有說要小考啊？」

眼前穿著制服的學生吵吵鬧鬧地上下著樓梯。靠在樓梯平台窗邊大呼小叫的學生、不知急什麼在走廊上奔跑的學生、穿著體育服一次兩階跳下樓梯的學生……這是典型校園裡吵鬧又充滿活力的風景。

怎麼回事？我是喝了酒在樓梯上睡著了嗎？但怎麼到現在都沒人把我叫……

「李妍雅！妳在幹嘛？打鐘了！體育課遲到一分鐘就要罰跑操場一圈耶，妳忘嘍？」

一名留著短髮，看上去像個淘氣男孩的女生，一把拉著妍雅的手就跑。妍雅手忙腳亂地被拉著，三步併作兩步地開始下樓梯。

「嗚啊啊啊！」

前進的速度實在誇張。女孩一手拉著妍雅的手臂，另一手掃過欄杆，展現神乎其技的下樓神功。

慢一點，慢一點啦！這樣會跌倒！

「妳先放開……」

「要遲到了啦！」

不光是她們兩人，還有一整群學生爭先恐後地跑下樓梯。噠噠噠噠的輕快腳步聲震動著空氣。

「等、等一下！」

「不要吵！」

縱使妍雅遲疑，女孩仍毫不猶豫地大力拉扯催促她前進。妍雅幾乎都不記得自己上次這樣跑是什麼時候了。飛快的速度讓她擔心自己下一刻就要扭到腳，只是她感覺有些奇怪。

哎呀？身體怎麼這麼輕盈？

配合女孩下樓梯的速度，她也踩著飛快的步伐。

噠噠噠噠噠噠、踏踏踏、噠噠噠噠噠噠、踏踏踏。

轉過幾個樓梯轉角，下樓的速度仍然沒有減慢，雙腿也依舊輕快。終於來到一樓，妍雅甩開拉著自己的那隻手，不停喘著氣。

「妳怎麼一直在這邊磨蹭啦！」

這名像個男孩的女孩轉過身來。

竟然有這種事！

妍雅張大了嘴。眼前的女孩不是別人，正是穿著高中體育服的允思。

妳瘋啦？妳是想重溫穿制服的感覺嗎？

妍雅本想這麼說，但允思的臉卻又有些陌生。她依然有著一雙長腿、依然留著短髮，但一張脂粉未施的臉和鼓鼓的臉頰，看起來稚氣十足。妍雅覺得有些奇怪。這麼說來，四周的景色似乎也有些怪異。她突然感覺一陣毛骨悚然。

怎麼回事？有哪裡怪怪的。

「妳還要繼續拖喔？是剛開學就要被體育老師那個歇斯底里的老變態教訓一下，妳才會清醒一點嗎？去年坐他隔壁的國文老師結婚以後，他就變得更凶殘了，妳都沒感覺喔？」

允思嘰嘰咕咕地走在前頭，妍雅則一言不發地拚命查看四周，並跟在允思身後走出主校舍的大門。

「到底該把他跟誰配在一起好？阿娘嗎？不行，年紀差太多了。不然……」

妍雅只是跟在允思身後，沒真的把她的話聽進耳裡。接著她猛然回頭，看到玻璃門上映照著自己的倒影。她又再度吃驚地張大了嘴。

這是怎麼回事？那真的是我嗎？這是我？

妍雅朝著玻璃門走近一步。她實在不敢相信自己的模樣，雙手不停摸著自己的臉頰與身體。玻璃上模糊的倒影，顯然是穿著體育服的自己。高高綁起來的黑長直髮、圓圓的眼睛和鼓鼓的臉頰。那是她如今有些陌生，卻又極度熟悉的高中時期。

真不敢相信！這怎麼可能？難道是昨天喝酒回春了嗎？

「李妍雅！妳有在聽我講話嗎？喂！妳到底在幹嘛？妳現在新學期還多了檢查外表這個手續喔？」

妍雅看著玻璃門上的倒影出了神，允思勾住她的手臂數落著她。

「允思，我現在是幾歲？」

妍雅用顫抖的手搭住允思的肩膀。

「哎呀？妳這瘋女人，腦袋壞啦？先走啦，我們邊走邊說。」

重重嘆了口無奈的氣，允思一把拉著妍雅的手往前走。兩人開始走下階梯式看台。操場上，男生們正在踢球，女生們則三三兩兩地聚在一起聊天。體育老師似乎還沒來。

「說吧，現在是哪一年？幾月幾日？我們幾年級？不對，我們幾歲？」

離開看台來到操場邊緣，一站定位，妍雅便立刻逼問允思。

「妳是怎麼搞的？現在是二〇〇三年啊。今天是三月三日，我們高二，明年就高三了，可惡。」

二〇〇三年？

對，這是夢。

非常、非常真實的夢。

否則哪可能這樣回到過去？又不是在拍電影還寫小說。

這是夢！

「喂，李妍雅！」

聽到有人出聲叫自己，妍雅反射性地回頭。

啪——！

妍雅感覺眼冒金星。不知哪飛來一顆足球，正面擊中她的額頭。劇烈的疼痛震得她暈頭轉向，眼珠子轉了轉便往上飄。她整個人向後倒下去，一切都成了慢動作。跑上前來的同學、允思驚訝的表情，以及人群之中的那一張臉。

「對了，這就是我跟那傢伙的第一次見面。」

砰一聲，妍雅的意識中斷。

「她眼睛睜開了。」

「妳醒了嗎？認得出我是誰嗎？」

在一片黑暗中徘徊的意識終於回到現實，首先感受到的是吵雜的聲音。醒來才發現，額頭上不斷傳來悶悶的痛感。

「呃……」

妍雅撐起沉重的眼皮，模糊的視線中，隱約能看見三張臉正在盯著她。

那是允思、體育老師邊章浩，以及……柳志勳。

柳志勳！

妍雅嚇得猛然坐起身來。這突如其來的劇烈動作，令額頭再度傳來火燒般的熱辣疼痛。妍雅整張臉痛得皺在一起，整個人還有些坐不太穩。這時不知打哪伸出一隻手指往她的額頭戳了一下，讓她直接倒了回去。就在她手足無措地喊叫時，她安然地降落在枕頭上。

「躺著。」

「喂！她受傷了耶！你在做什麼啊？」

允思對手指的主人破口大罵。

「她只是被球打到一下，昏過去真的太誇張了啦。」

「你講這是人話嗎？女生的臉上要是留下疤痕怎麼辦？」

「她長這麼醜，額頭再塌一點也不會有什麼差啦。」

惡毒的嘴、不以為然的態度、語尾微微上揚的口氣、在胸膛迴盪的低音。據說人類的五感之中，最能清楚令人回想起過去的就是聽覺。本以為自己已經連對方的臉都不記得了，回憶卻在聽見那聲音的當下全部浮現。真令人不敢相信。

比同年齡的孩子更大上一號的健壯體格。

沒錯，他的肩膀真的很寬。不對，與其說是肩膀，更該說是他的體型本來就很寬大，幾乎就跟成年男性沒有兩樣。

黝黑的皮膚、細長的眼睛、高聳的鼻梁、俐落的下顎線、隨意散落的頭髮，以及右眼下方的小痣。

每當他感到不好意思時，總會習慣性去摳那顆痣。灰色制服褲子配白襯衫、隨手繫在脖子上的領帶、當拖鞋來穿的室內鞋，看上去有點像不良少年，卻又顯得自由奔放。

那樣的你，我曾經無比羨慕，無比……

妍雅覺得心口有些悶，眼前突然一片模糊。

但為什麼？你為什麼又出現了？不是好一陣子沒出現在夢裡了嗎？但為何又找上我了？

一跟志勳對上眼，妍雅便哭了出來。一股酸澀的情感自內心深處湧現。

不要出現，拜託放過我吧，讓我忘了你吧。

妍雅緩緩閉上眼。她必須再次入睡。只要睡著，這個夢就會如塵埃般消失。

「喂！」

有什麼東西打了她的額頭一下。令人幾乎就要暈過去的疼痛，讓妍雅從床上彈了起來。

「有痛到需要假哭嗎？睡夠了就快點起來回教室了！」

邊章浩老師板起一張臉說。妍雅伸手摸著自己疼痛的額頭。

「很、很痛。」

咦？痛？會痛？這是夢，怎麼可能會痛？

妍雅舉起雙手大力打著自己的臉頰。這突如其來的怪異舉動，讓志勳、允思與邊老師都驚訝地看著她。

好痛。有時候在夢裡也會產生痛覺，但她從沒感覺過這麼「真實」的痛感。

「這該不會……不是夢吧？」

真不敢相信，這怎麼可能不是夢？那道樓梯的第十三階，難道真的是通往過去的時空之門嗎？不，不可能。這絕對是夢，是一場夢，是真實到令人抓狂的夢。

妍雅轉頭看著志勳。似乎是帶著些許的愧疚，志勳尷尬地別開了眼。

目睹這一幕的當下……

怦、怦怦、怦怦怦怦。

心臟竟不聽使喚地跳了起來。管他是不是夢，該做的事情只有一件。妍雅趕緊下了床，一溜煙就從志勳面前晃過，朝保健室門口走去。

「喂。」

志勳一把拉住她，她轉了半圈跟志勳對上了眼。

「沒事吧？」

明明是志勳主動開口，他卻迴避著妍雅的目光，還伸出手抓了抓自己的眼角。

「嗯。」

妍雅極力用最冷漠的聲音回答。

管他是不是夢，現在該做的只有這個——

絕不跟這傢伙有牽扯。

妍雅從志勳手裡抽出自己的手臂，一溜煙便離開保健室。走廊上，允思靠過來悄聲問她：

「妳是被打到頭耶，馬上爬起來沒問題嗎？」

「允思，我跟那傢伙不能牽扯在一起。」

「咦？這是什麼意思？妳什麼時候開始跟柳志勳……」

「允思。」

必須由妳來阻止我。

「妳聽我說，我絕對不能跟那傢伙牽扯，不對，是連面都不能碰到。一定要避開他，知道嗎？」

說完，她便快步爬上樓梯，留下允思目瞪口呆地愣在原地。

就先把這當成是一個清晰到不可思議的夢吧。這是一個幾乎就像真的，甚至會讓人感覺到痛的夢。但等到醒過來之後，這肯定也只會被當作不值一提的塵埃。她只會用一句

「這夢也太真實了」簡單帶過。肯定是因為她太過埋怨過去，因而想回去改變一切，所以才透過幻想反映出來。

所以至少在夢裡，就照自己的想法去做吧。

絕對不要跟他扯上關係，無條件避開他。

妍雅帶著堅定的神情前進，試著讓自己急促的呼吸緩和下來。

這不是夢。

二年十二班教室，坐在第二排從後面數過來第二個的妍雅，雙眼渙散地看著黑板。

「我要長居，我要長居在青山之中。來，這裡的青山是……」

講台上，國文老師林亞朗正以悅耳的聲音朗誦〈青山別曲〉，並一句一句解釋其中的含意。

如果這是夢，根本不可能這麼無聊。秒針答答走著，每一秒都過得非常紮實。如果是夢，時間的流逝不可能跟現實一樣。而且空間也會隨時變換啊。時間、空間都會不停跳躍，這才是夢的特質吧？況且無論再怎麼想，都覺得這個環境給人的感覺實在太清晰了。

長年使用而幾乎都要磨平的課桌、鄰座金在昱身上的汗味、林亞朗老師那帶著點鼻音的聲音……

還有……

啪！

妍雅再次打了自己一個耳光。

這熱辣的疼痛感。

「妳瘋啦？」

鄰座的在昱咬著牙用氣音問道。附近幾個人紛紛回頭看了妍雅一眼，但妍雅並不在乎，只是撐著下巴陷入沉思。

她真的回到過去了嗎？樓梯的第十三階，真的有通往過去的路嗎？以前也曾經有過類似的經驗。她跟志動一起在學校裝鬼的那天，平時只有十二階的樓梯，那天出現了第十三階。一道白色的光射了出來，然後她清楚看見了。

處在不同時間的人們。

驚訝之餘，他們趕緊離開那一階樓梯，而一離開那道光之後，一切便從眼前消失。但她確實「看見」了。

我真的回到過去了嗎？真的？

妍雅趕緊打開掛在書桌旁邊的書包。翻了翻前面的袋子，找出自己的手機。

哇，真沒想到會再看到這種上古文物。

她人生的第一支手機，是SKY出的銀色滑蓋機。她滑開手機上蓋，打開簡訊匣。小小的黑白畫面裡，一下擠滿了文字。

【妍雅，今天阿姨比較早出門，沒能跟妳見上面。上學路上小心，讀書要認真。加油！】

【李妍雅！真是太好了！我們同班，哈哈。】

是阿姨跟允思的簡訊。而就在她點選下一則的時候……

「啊！」

在空中展現華麗的旋轉，劃出一道完美弧線的粉筆，不偏不倚打中了妍雅的額頭。這該死的額頭，肯定一點也不剩了。本來就已經很塌了，今天又被打了好幾次。妍雅摸著自己的額頭抬頭一看，林老師正怒氣沖沖地從講台上往她的方向走來。

「李妍雅，站起來。」

妍雅反射性地起身。雖然腦袋一直在想「這是場夢，不需要起來！」但身體依舊記得學生時期的反應。

「我是不是說過，上課時間不准玩手機？沒收，交出來！」

林亞朗老師嚴厲地看著她並伸出手，妍雅也稍稍有些惱火。

仔細想想，她比我小耶？

林老師大學一畢業就被錄取，年紀應該是二十五歲左右吧？妍雅上下打量了老師一番，她的樣子比記憶中要稚嫩很多，根本還是個小鬼頭。

林老師似乎還不熟悉責罵學生，因而顯得有些緊張，妍雅能清楚看出她努力維持教師威嚴的樣子。

也沒辦法了。

妍雅將手機交到林老師手上。

「等等到老師辦公室來拿。」

林老師轉身回到講台上。在周圍同學的恥笑聲中，妍雅感覺到一股熟悉的視線。回頭一看，是坐在第一排最靠窗的志動正看著她笑個不停。妍雅氣得瞪了他一眼，志動則回了她一個「怎樣」的表情。妍雅一對上那傢伙深邃得彷彿能將人吸入其中的眼睛，他便換了個姿勢，手撐著下巴直盯著妍雅看。

志動動了動眉毛，一雙眼睛瞇得更細，單邊嘴角還微微上揚。窗外的涼風吹來，將他的頭髮吹得一團亂。陽光灑落下來，照得黑色髮絲閃閃發亮。應該要把視線移開才對，卻怎麼也移不開。最後依然是妍雅先撇過頭。但妍雅能感覺到，那傢伙的眼睛直到下課鐘響為止，都一直盯著自己的側臉。

宣告下課的鐘聲響起，妍雅立刻趴在桌子上。真是奇怪。她睏得不得了，連一刻都撐不住。但進公司上班以來，別說是午睡了，她甚至從不曾感覺到睏。

這不是夢嗎？人在夢裡也會覺得睏嗎？明明是夢，她為什麼會睏成這樣？

她的意識逐漸模糊，卻突然有人在這時踹了她的椅子一腳，讓她整個人驚醒過來。抬頭一看，模模糊糊地看見志勳的身影。

「瞌睡蟲，又要睡喔？」

哎喲，嚇死人了。

妍雅瞬間睡意全消。志勳突然出現在自己眼前，讓她嚇了一跳，心跳瞬間開始加速。

「嗯，我要睡了。那我先睡了，再見。」

妍雅忽視自己心臟的反應，再度趴回桌上。她把志勳晾在一旁，趴在桌上動也不動。只是她雖然閉著眼，卻依然能感覺到籠罩在自己頭上的陰影。

走開啦，走開！「我先睡了」後面又說「再見」，就是叫你滾的意思啊！

即便趴著，但睡意早已消失得無影無蹤。妍雅清醒地趴在桌上，承受志勳的注視，這只讓她覺得自己像是大白天被鬼壓床。

「啊，對了，廁所。」

最後妍雅還是坐了起來並試圖逃離現場，志勳卻一把拉住她的手。那力量之大，讓她整個人轉了半圈，差點一頭撲進志勳懷裡。

「額頭呢？」

「什麼？」

身高的差異，讓妍雅必須抬頭才能看到志勳。

「額頭好點了嗎？妳本來就很醜了，要是再更醜那可不得了。」

志勳皺著眉說。

「嗯，我沒事。完全沒事。那我先走了！」

「妳知道我是誰吧？」

我們學校哪有人不知道你是誰？這句話差點脫口而出。妍雅拚命按捺內心的衝動，試圖把自己的手拉回來。

「我們一年級的時候……」

「不，不知道，我不認識你。」

一瞬間，志勳那雙細長的眼裡閃過了一絲失望。

「抱歉，我很急。」

妍雅甩開志勳的手，飛快地往後門跑去。她能感覺到志勳盯著她的背影，但她不想理會。剛才被志勳抓住的那隻手仍在抽痛，她的心臟也噗通噗通跳個不停。
怕別人不知道他是空有力氣沒長腦的高中生嗎？
妍雅才剛走出後門，就看見允思從走廊的另一頭跑過來。
「喂，李妍雅！快跑！」
「幹嘛？」
「只剩七分鐘了！」
妍雅發出驚慌失措的喊叫聲，被允思一把拉著在走廊上跑了起來。這樣下去，會不會今天一天就把一年份的運動量都做完了？
真是個讓人不需要再另外花力氣減肥的夢啊。

4 拚命躲開吧

姸雅跑到，不，是飛到了地下一樓。本想停下來喘口氣，注意力卻被眼前的混亂吸引。這輩子真是沒見過這麼混亂的場景。飢腸轆轆的人們為了一把米、一塊餅乾碎屑而爭個你死我活，在場所有人都為食物瘋狂。

地下室的福利社，簡直就像戰爭時期的糧食配給所。有些人擠在櫃檯前點餐，迅速敏捷地抓住飛來的麵包；有些人為了結帳而舉起手肘拚命敲著前面那個人的腦袋；有些人則拿著切得很醜的薯條擠番茄醬，卻噴得到處都是。是不是有人說，十八歲是個怎麼也吃不飽的年紀？學生們對食物的熱情可說是超乎想像。

「走吧。」

允思悲壯地吆喝了一聲，活動了一下自己的脖子和手腳關節。轉動的那一刻，她的關節發出喀啦聲。完成準備運動後，允思一把抓住姸雅的手臂，開始擠進人群中。她舉起手肘推開左右兩側的人，趁著縫隙短暫出現的瞬間擠向前。姸雅受困於人群之中，一下被擠到那，一下又被擠到這。酸臭的汗水味與廉價的油耗味混雜，成了令人作嘔的氣味因子，折磨著她的嗅覺。好不容易擠到櫃檯前把頭探出去，發現自己已經是一頭亂髮。

「兩根熱狗！」

允思啪一聲，將千元紙鈔大力放在桌面上，接著用不到零點一秒的時間便將兩根熱狗握在手裡。兩人拚命保護兩根熱狗，好不容易才逃離這混亂的熔爐。

「我上課的時候真的餓到爆，還以為我會原地往生。」

允思感激涕零地咬下一大口熱狗。那熱狗麵衣的部分嚴重膨脹，中間的肉腸卻只有小指那麼粗。如此廉價的熱狗，讓妍雅噗哧一聲笑了出來。

對，她以前真的很愛這個，總會在下課時間跟允思一起來買。以前真的覺得很好吃。

她咬了一口。

「嘔。」

妍雅才嚼了兩下就吐了出來。

怎麼回事？這垃圾味？

感覺就像在咀嚼捲成一捆的報紙。麵衣散發劣質豬油的味道，熱狗則充滿廉價的人工香料。真是噁心。

她以前真的覺得這好吃，還吃得津津有味？

「怎麼了？妳不吃嗎？」

用全世界最幸福的表情撕咬手中那根熱狗的允思，看見妍雅的反應顯得有些驚訝。
「呃，這我吃不下去。」
「妳是怎麼回事？講到熱狗妳都會立刻跳起來耶。」
「那可以給我吃嗎？」
突然有個人從後頭咬了妍雅手中的熱狗一口。回頭一看，發現是比其他男孩子要高一個頭的浩允，正咀嚼得津津有味。
「謝啦。」
是浩允。看到浩允學生時期的模樣，她同時感到喜悅與陌生，她瞪大了眼睛。浩允的頭髮比現在要短，膚色也更暗沉一些。沒有雙眼皮的大眼、清秀的五官，跟現在沒有太大的差異。個子也是。也對，浩允的身高可是比志勳還高，在我們班上，不對，是全校最高的學生。
原來在這個時候，浩允就已經長成完全體了。
不光是因為班長這個頭銜，更是因為他有些許的成熟，不對，是因為他喜歡假裝自己成熟，因此每一次全校學生舉辦人氣投票，他總是能拿到前兩名。浩允這張臉妍雅並不陌生，但看到學生時期的模樣，她的感觸卻意外深刻。
「姜浩允，你真的是！你也太齷齪了吧！自己拿錢去買來吃啦！」

骨髓。

允思拚命拍打著浩允的背。被正在準備考體大的允思這樣毆打，疼痛的感覺肯定深入骨髓。

「本來就是搶別人的東西來吃才好吃啊，妳不知道喔？在旁邊吃別人的一口泡麵、一口冰淇淋，這才是最美味的啦。」

「所以大家才會說你齷齪！你現在跟池慶民還有宋宇泰混在一起，被他們傳染到齷齪嘍？」

「欸嘿！那些小廢物怎麼能跟我比？還有，妳那個不要隨便亂揮，那是凶器喔，是殺人武器喔。」

「什麼？『那個』？我這纖細瘦弱的手腕，你居然說是『那個』？」

浩允摸著自己的背，不甘示弱地跟允思鬥起嘴來。

如果浩允在這，那……一如預期，志勳就站在浩允身後距離一步之處。不知是什麼事情讓他不高興，只見他眉頭深鎖。想必是剛才在教室說不認識他之後拔腿就跑，讓他感到很不高興吧。兩人一對上眼，雙手插在口袋裡的志勳便大步走上前。妍雅的心臟再度劇烈跳動。她將手裡的熱狗塞進浩允嘴裡，立即跑出了福利社。

「嗚嘔、呸呸！」

「李妍雅！妳要去哪？」

一陣鐘聲響起。

年輕的身體真好，居然能跑得這麼快。

姸雅兩階、三階的踩，一下子就爬上樓。

在餐廳裡花了五分鐘把午餐扒進嘴裡，姸雅便一個人來到操場上。允思原本說要跟她一起，但她說想一個人想些事情。

她認為這是個夢，是個真實到令人發瘋的夢。她覺得，這是她想改變過去的渴望所創造出來的虛假夢境。但人怎麼可能分不清楚夢境跟現實呢？被足球砸到時感受到的痛、同學身上發出的酸臭汗味、油膩膩的熱狗所帶來的噁心感，都是在活生生的現實裡，她親身所體驗到的感受。

這真的是過去嗎？要命，真是要發瘋了，怎麼會有這種事？

是真的，樓梯的第十三階是通往過去的門。

姸雅這才真正意識到，她回到了過去。不對，她或許早已下意識認知到這個事實。雖然她拚命否定，但「熱狗」坐實了她的猜想，只是她需要更明確的事證。僅僅只是待在學校裡，不足以證明這真的是二〇〇三年。

姸雅往學校正門走去。只是門口有警衛大叔盯著，她不可能真的走出去，不過還是能貼在正門邊看看學校外頭的風景。從正門開始往外延伸的斜坡盡頭，聚集了幾間小小的商店。世賢小吃、木花餐廳、摩亞文具店、那萊超市，都還是以前的樣子。小小的巷子裡，散落著三輪車和破掉的花盆，偶爾還會看見學生隨手丟棄的餅乾包裝等垃圾飛過。

真希望能看到報紙之類的東西。

本來還在想能否把頭伸出門外，更仔細查看一下整條路，警衛大叔卻用覺得她可疑的眼神盯著她。灰濛濛的天空則恰好在這時，發出轟隆隆的可怕聲響。妍雅抬頭，心想可能是要下雨了，雨滴便隨之落下。原本還只是零星的一兩滴雨水，霎時之間變成了傾盆大雨。

妍雅用手遮著頭，往操場邊的藤椅跑去。躲到藤蔓的遮蔽之下，雖然是比直接淋雨要好一些，但雨水仍不時會從藤蔓的縫隙之間滴落。這樣下去，她渾身濕透也是遲早的事。大家都已經進到校舍裡了，操場上一個人也沒有。遠方，一陣鐘聲傳來。

唉，得回教室去才行。

雖然已經過了十四年，但她仍然像帕夫洛夫的狗，一聽到上課鐘聲響起，便會自動緊張起來。妍雅呆看著猛烈的雨勢，成群的雨柱下在操場上，濺成了白色的水霧。初春，不，即便是在晚冬，濕溽的空氣卻幾乎令人窒息。

這不是夢，這怎麼可能是夢？

就在她陷入思考時，遠方有人快速朝她靠近。
灰暗的天空很不尋常。轟隆隆的雷聲響起，彷彿很快就要下一場大雨。志勳坐在教室裡看著窗外。他的視線跟著姸雅穿越操場，來到學校的正門旁。
「你這傢伙！怎麼能這樣對我？你怎麼可以！」
「不是啊，就要去福利社，怎麼還有時間等你跑去拉屎？我叫你的時候，你就算拉到一半也要先出來啊！」
「什麼？你的義氣真的是連螞蟻的蛋蛋都不如！快把吃的交出來喔！把你嘴巴裡的東西吐出來！」
「什麼？你這滿肚子大便的傢伙！」
教室後方，慶民和宇泰正吵得口沫橫飛，對話的內容程度之低，連路旁的雜種狗都不忍卒睹。甩著招牌中分頭的慶民個子相當纖瘦，只是眉眼銳利且有個鷹勾鼻，讓他看上去像凶神惡煞。他的行為舉止說好聽點是「靈動」，其實是非常輕佻。相較之下，宇泰身材魁梧且壯碩，遠看就像一個巨大的肉塊在移動。但有別於他的外貌，他是個膽小且愛哭的和平主義者。
這樣外型截然不同的兩人，只有在吃這件事情上一拍即合。因此只要一有機會，他們就會因為食物而吵架。剛認識他們的人，肯定會因為身材差異而擔心慶民，但會有這樣的擔憂，表示那個人對他們認識不深。雖然慶民的身材還不足宇泰的四分之一，卻有著能夠響徹整間教室的大嗓門，光是這點便已經完全壓制宇泰。志勳跟浩允把頭別開，努力忽視他們的換帖兄弟。

要跟這兩個傢伙當換帖兄弟，那還不如當太監呢。要是把他們兩個的肚子剖開，恐怕是沒心沒肝也沒肺，而是全部都被胃給塞滿。

志勳忽視耳邊的噪音，繼續看著操場。妍雅跟剛才一樣，依舊在大門旁探頭探腦。每一次她轉頭，那根馬尾就會跟著甩出波浪線條。

妳到底在看什麼？

妍雅個子雖小，但頭也很小，腿又相對很長，身材比例很好。志勳就這麼呆看著妍雅的背影。裙襬下方露出的那雙筆直長腿絲毫沒有停歇，而是不停地來回走動。志勳像在欣賞風景一樣看得出神，下一刻卻發現雨一滴、兩滴落下，接著便轉眼成了傾盆大雨。妍雅不知該如何是好，只能著急得跳腳。

「她很可愛吧？」

浩允勾住志勳的脖子，冷不防問道。他的視線也跟志勳停留在同一個方向。奇怪的是，志勳跟浩允的喜好非常相似。聽說只要成了好友，說話的語氣、外貌跟愛好都會變得非常相似，現在似乎連對女性的偏好也越來越像了。

聽浩允這麼一說，原本還在鬥嘴的慶民跟宇泰便迅速衝了過來。

「誰？在說誰？」

「在說她。」

順著浩允手指的方向看過去，便看見妍雅低著頭往藤椅的方向跑去。

「你們嘴巴很臭，走開啦。」

志勳用手指推開兩人的臉，慶民跟宇泰依舊連聲詢問「是誰」。最後，兩頭野獸閃爍著光芒的眼睛，終於找到了妍雅的身影。

「李妍雅？」

不知為何，他們的聲音突然失去了活力。

「我還以為是吳素拉或崔仁京那個等級的美女咧。」

「她是長得很可愛，但這裡不行啊，這裡。」

宇泰雙手在胸前比出兩個大大的圓。

「臭小子，我也是這樣想的。」

「當然啊，除了臉之外，就這個最重要。」

慶民露出陰險的笑容，一把抓住宇泰的雙手。剛才還吵得死去活來的兩人，一下子又建立起了只有紙窗那麼厚的同志情誼。

「那又怎樣？還是很可愛啊。」

浩允話才說完，志勳便瞇起了眼。

「是嗎？」

「有一種清純感。」

志勳發出低吟，歪頭盯著妍雅看。

可愛且清純啊……是啊，可愛且清純。

「醜八怪。」

志勳起身，往教室後門走去。

「喂！柳志勳，你要去哪？打鐘了耶！」

即便聽見慶民的呼喊，志勳也只是伸手揮了兩下，便離開了教室，手上還拿著雨傘。

這雨下得像是天上破了一個洞，看起來一點也沒有停歇的意思。不知不覺間，制服襯衫已經吸滿了水，整件襯衫貼在皮膚上頭。如果是十八歲的她，或許還會想辦法衝回教室，但如今妍雅已經三十二歲，她死也不願意這麼做。她不僅討厭衣服濕掉，更不喜歡接踵而至的憂鬱感。但她也知道，她不能一直站在這躲雨。

為了確保視線清晰，她把手掌靠在額頭上充當遮雨棚，並拔腿往警衛室的屋簷跑過去。每當腳上的室內鞋踩在地上，泥水便會噴濺起來。毫無防備地衝進大雨裡，才發現比想像中更劇烈的雨勢無情地拍打著她的臉龐。

下一刻，突然一個影子從上頭罩住了她。

「怎麼回事？」

妍雅用手擦去蓄積在眼角的雨水，並抬頭往上看。

「喔。」

原來是志勳拿著雨傘來到她身旁。砰的一聲，妍雅的心再度沉了下去。

「氣象局的人到底都在幹嘛？沒聽說今天會下雨啊。」

志勳沒好氣地說，卻沒正眼看著妍雅。

妍雅直直盯著身旁的志勳，握著傘柄的手幾乎就要碰到她的臉頰。那把傘顯然只夠一人使用，志勳還刻意讓傘往妍雅的方向傾斜，也讓自己另一側的肩膀暴露在大雨之下。一滴成功闖進傘下的雨水沿著志勳結實的手臂滑落，停留在手肘的位置，接著答一聲滴落地面。從旁邊飄來的體香、近距離才能感覺到的體溫，都喚醒了妍雅的記憶。

「都打鐘了，妳還在操場上幹嘛？」

心臟的跳動讓妍雅覺得自己整個人都在嗡嗡作響。用詞、語氣、聲音都沒了意義，化成碎片在她耳邊繚繞。兩人單獨待在傘下，那些早已褪色的情感又開始漆上鮮明的色彩。

「妳這樣看起來就像淋雨的麻雀。」

妍雅沒有回應，志勳只能一個人自言自語。

「簡直是掉進水裡的老鼠。」

「我討厭齧齒類。」

十八歲那年，愛情令我無比悸動、無比緊張。我就像才剛破殼而出的小鳥，以為你就是我的世界。跟你一起做的每件事，都代表著歡喜與驚奇。只要跟你在一起，就算只是在過馬路、只是一起撐一把雨傘走在街上，都成了最特別的記憶。

你曾是我的宇宙，是我世界的中心，也是我的全部。

內心深處一隅發麻疼痛。整顆心被疼痛所籠罩，心狠狠地絞痛。

不行，不能這樣。就是從跟你來往開始，我的人生便徹底扭曲。

而你也是。

如果我們沒有在一起，那麼那天毀掉你我的事情或許就不會發生。

天秤傾向現實的那一端，但我也分不清這究竟是夢境還是現實。但如果這是現實，如果我真的回到過去，那我要實現我內心最深沉的渴望——

不跟你有任何牽扯。

徹底避開你。

妍雅離開傘下走到雨中。

「帶著你的雨傘離開！」

雖然能聽見志勳在身後說話的聲音，但妍雅仍充耳不聞地跑開。她滿心祈禱著，希望內心的動搖能被這場大雨帶走。

執著的傢伙、沒完沒了的傢伙、像水蛭一樣的傢伙，跟水蛭稱兄道弟的傢伙！

上第五、六節課的時候，妍雅感覺自己某一側的後腦勺被視線刺得坐立難安。而那正是因為志勳在上課時直接側坐著面向她，兩眼一直盯著她不放。那露骨的視線，甚至讓班上的同學都忍不住議論紛紛。妍雅能從他的眼神中感受到「這樣妳還有辦法不看我嗎」的傲氣。

第五、六節課結束，一到下課時間，志勳便以驚人的速度往妍雅的座位衝了過去。妍雅離開教室，志勳便跟著離開教室，妍雅進到廁所，他便一臉凶惡地守在廁所門口。兩人持續了一整個下午的你追我跑，志勳開始有了些火氣。他又不是想把妍雅捉來吃，只是想問她被球打到有沒有哪裡不舒服。但他只要一靠近，妍雅便會一溜煙逃跑，這樣過分的反應讓他的心情不太好。

被球打到感覺有這麼差嗎？還是說……

「我給人的印象有那麼差嗎？」

斜靠在教室後方的窗邊，志勳忍不住喃喃自語。聽見他的自言自語，在旁看著漫畫、吃餅乾的慶民跟宇泰便隨口接起話來。

「他說什麼？」

「他在疑惑自己給人的印象是不是很差。」

「哇，我最討厭這種人。明知道自己長得帥，還想特別聽到別人稱讚他帥。」

「但客觀來說，長得帥跟印象好確實是兩回事。」

「對耶，那傢伙是長得帥，但給人的印象真的很糟糕。你記得那件事嗎？我們去書店買參考書那天，有個小鬼撞到那傢伙跌倒，爬起來看到他的臉就哭了。」

「對，沒錯，那個小鬼哭著跑去找媽媽，說有一個可怕的大叔瞪他。」

「哈哈哈哈，他不是說可怕的大叔，是說『媽媽，有個壞大叔罵我』。但他其實只是想把那小鬼扶起來。」

說到這裡，慶民跟宇泰便放下漫畫書，手拍著桌子開心地大笑了起來。

志勳心想，肯定是他發瘋了，才會想得到那些傢伙的安慰。

「喂！宋宇泰！你不是說要去拉屎嗎？為什麼還坐在這裡看漫畫？還不快滾去廁

所？」

砰一聲，志勳一把踢開宇泰的椅子，氣沖沖地離開教室。

「神經病！自己問我們的！而且我就便秘啊！可惡！」

宇泰哀怨的聲音從身後傳來。

妍雅來到辦公室門前敲了敲門。門一拉開，裡頭的霉味便撲鼻而來。辦公室裡緊密排列的鐵製辦公桌上，堆滿了像山一樣高的文件。老師們三三兩兩地散落其中，正翻看著文件。

我看看，因為是二年級，所以學年主任是禿鷲，又名大禿，是朴燦龍老師。

「位置是在……」

令人訝異的是，她很快就在無數的座位中找到禿鷲的位置。潛意識真是個可怕的東西。本以為徹底消失的記憶，竟一一浮現在腦海。但她現在可沒有時間感嘆。妍雅握緊拳頭，筆直地朝朴燦龍老師的位置走去。

「老師，我有話想說。」

聽見妍雅的聲音，原本正在看文件的朴老師便抬起頭來。

「李妍雅嗎？好，妳有什麼事？」

「請問我可以轉組嗎？」

「轉組？妳想從文組轉到理組？」

「對，不管怎麼想，我都覺得自己選錯組了。我知道分班已經分完了，但我在想可不可以申請轉組順便轉班。」

雖然不過幾個小時，但妍雅已經意識到，既然身處同一班，要躲開志勳就有困難。除了上課時間之外，她幾乎都會跟志勳接觸。雖然數學令她避之唯恐不及，但轉組反倒對未來的人生更有好處。不如趁機認真讀書，如果能考上醫學院那當然是最好。

「理組啊……」

大禿拿出學生名冊翻了幾頁，用手敲著書桌。他的頭髮幾年前還是二八分，如今卻連最後剩的幾撮頭髮都掉光了，轉眼間成了學生們口中的大禿。似乎是找到妍雅的學涯紀錄，大禿的目光在某一頁停留了許久。

「妳看這個，妳自己看！臭丫頭！數學成績這個樣子，是要讀什麼理組？就憑妳這數學成績，別說是模擬考了，連推甄都不用想！還真會做白日夢！」

雖然已經預料到轉組並不容易，但沒想到大禿的反應比預期的還要劇烈。妍雅都還沒開始爭取，就已經在氣勢上輸人一截。

「那是一年級的成績啊，老師。現在開始會不一樣啦，我會認真，會很認真，會非常認真讀數學。我想上醫學院，拜託老師幫幫我啦，好嗎？」

妍雅義正辭嚴地開始說起自己為何想讀醫學院、打算多認真讀數學。她好歹已經當了六年的銀行員，靠著三寸不爛之舌，把基金跟各種金融商品賣給身價上億的資產家。在她滔滔不絕地說明之下，大禿看起來似乎有些動搖。

「如果妳真的這樣想……」

大禿的手指再度敲起桌面，妍雅緊張地吞了口口水，盯著大禿的指尖看。最後，大禿的指尖終於停了下來。

「文組跟理組的選修科目不一樣，妳就在分班上課的時候先去聽理組的課吧。」

「什麼？老師，我想要的不是只有換選修科目，是希望能乾脆轉班……」

對大禿的提議很是不滿，妍雅正想反駁。

「分班都多久了，妳現在才想轉班？不行！從下節課開始去聽理組的課吧，這已經是很大的讓步了。」

大禿擺出一副寬容大度的模樣，揮了揮手要妍雅離開。這是個無論怎麼爭也行不通的年代，況且大禿的立場始終不輕易改變，只要他說不行，就算天塌下來也絕對不可能改變想法。無奈之下，妍雅只能點點頭，拖著沉重的無力步伐離開辦公室。

有沒有別的方法？

嘆了口氣抬起頭，他才注意到走廊上靠牆站著的志勳。

他難道是長在我身上的尾巴嗎？為什麼一直跟著我？妍雅心想。

兩人對上了眼，妍雅卻不做任何反應，轉過身往反方向走去。已經到了放學時間，一樓的走廊上擠滿了來來往往的學生。

「妳不知道嗎？放學時間去找班導沒用，要在午休時間結束前的十分鐘去才對。老師吃完午餐睡個小覺，那時是他們心情最好的時候。大禿這傢伙，習性簡直跟動物沒兩樣。」

志勳說完便自顧自地笑了起來。

是啊，你這隻瘋狗，當然很懂你們同類的習性。

志勳跟了上來，像影子一樣緊緊跟在妍雅身後。

忽視，絕對要忽視他。

妍雅加快腳步，在沒有理由能逃跑的情況下碰到志勳，妍雅只能用盡全身的力氣讓志勳知道自己在躲他。

「喂，妳沒聽到我說話嗎？」

沒聽到，我沒聽到，以後也打算都不聽你說話。

「妳該不會還為了被球打到的事在生氣吧？我覺得打到妳那下好像沒有很用力啊。」

妍雅一個勁地向前走，卻猛然一把被志勳拉住手臂。志勳的力道之大，讓妍雅差點就要驚叫失聲。

「真是的！我要氣死了！妳為什麼一直不理我？」

終於出現了，這傢伙的口頭禪，動不動就掛在嘴邊的「我要氣死了」。被拒絕的憤怒，讓志勳像個孩子一樣怒目橫眉。但仔細一看，與其說那樣的態度是憤怒，似乎更像是一種抗爭。是小孩希望博取注意力的一種抗爭。

沒錯，你是個十八歲的小孩。

「何必這麼怕一個十八歲的孩子？」

轉念一想，妍雅的心情變得異常平靜。對方現在才十八歲，只是個身材比較壯碩的孩子。而隨著社會經驗的累積，見過許多大風大浪，把銀行頂級顧客玩弄在手掌心的自己，怎麼可能無法擺布一個小孩？

「你最好不要惹我。」

妍雅冷酷且堅決地說。志勳一時之間沒能理解妍雅的意思，只見他眉毛抖動，神情顯得有些驚訝。

「我說你最好不要來招惹我。」

「什麼？」

冷風自窗戶吹進走廊，吹亂了志勳的頭髮。不知是因為風還是什麼事情讓他不滿意，只見他皺起眉頭。

「你最好不要喜歡我。」

妍雅冷冷甩開志勳的手，並用盡自己最大的努力，以最為無情的態度轉身離開。

走廊上幾個路過的學生，都瞪大眼睛看著志勳與妍雅。兩人剛開始說話時，路過的學生便開始圍觀跟竊竊私語。誰曉得妍雅竟然就這樣在眾人面前，狠狠地讓一個最愛虛張聲勢、最看重自尊心的十八歲少年丟臉。

都這樣公開聲明了，只要不是傻瓜，應該都能聽得懂。

這時，妍雅聽見什麼東西猛然朝自己衝來的聲音。接著志勳厚實的手掌一把握住她的肩膀，使勁拽著她轉身。

「我才不要，我就要喜歡妳。」

志勳臉頰漲紅，嘴角還帶著淺淺的笑容，臉上的神情甚至有些愉悅。這意外的反應，讓妍雅頓時紅了臉。

她早就忘了，志勳近乎無理、近乎暴力且充滿攻擊性的告白方式。

「你……你是怎樣啊？」

「什麼怎樣？我說我要喜歡妳啊。」

志勳長長的眼睛瞇了起來，嘴角往左右兩側揚起，露出大大的笑容。不知哪又吹來一陣風，再次吹亂他的一頭黑髮。微弱的陽光自頭頂上灑落，發出淡淡的光芒。不知為何，妍雅總覺得窗外的晚霞將志勳的臉給染紅。

夜晚冰冷的空氣毫不留情地掠過臉頰。即便冬天依舊籠罩校園，但興許是春天即將來到，操場上的草叢裡充斥著此起彼落的蟲鳴聲。妍雅與允思、多庭一起，貼在樹蔭籠罩下的矮牆邊。她們一邊觀察警衛的動向，一邊伺機試圖翻越矮牆。

一開始允思提議翻牆去吃泡麵炒年糕時，妍雅一口便拒絕了。因為二十五歲之後，她就沒再吃過宵夜。無論肚子再怎麼餓，她都堅持只喝礦泉水以維持身材。後來就成了習慣，到了晚上不但沒胃口，吃了不對的東西反倒還會吐出來。如果是去聚餐，就只會吃幾塊肉意思意思一下。即便被別人指責說她只吃萵苣葉跟紫蘇葉，她也始終堅持這個鐵則。

但現在她為何會餓成這樣？

一到晚上，肚子便餓到令她受不了，好像內臟群起抗議在跟她討吃的。她確實已經許久沒有因飢餓而兩眼發昏、雙手顫抖的體驗了。完全無法保持理智乖乖坐在原位的妍雅，最後只能向肚子裡的飢餓細胞舉白旗投降，偷偷溜出晚自習室。

「就是現在。」

允思一句話，妍雅與多庭立即一腳踩進牆上的洞，另一腳踩到牆上。這牆本就不怎麼高，只要爬了上去，要跳到另一側簡直輕而易舉。也是多虧了這個高度，才讓這道牆成為學生的翻牆首選。學校老師也經常在牆邊埋伏，當場把翻牆的學生逮個正著。但似乎是她們運氣很好，今天牆邊一個埋伏的老師也沒有。

成功翻牆的三人如離弦之箭，飛也似地衝向世賢小吃。

「我開動了！」

「吃吧，快吃。」

「我肚子快餓死了。」

三人毫不留情地拿起筷子，猛烈地朝鍋中沸騰的泡麵、大塊的血腸進攻。即使這些食物還沒有完全煮熟，幾乎可以說是生的，她們也一點都不在乎。此刻她們的首要之務，就是安撫肚子裡群情激憤的內臟。

囫圇吞棗地將泡麵、血腸與辣炒年糕吞下肚，才終於覺得飢餓感逐漸消退。但她們當然不可能在這裡停下。甜點是拌了辣炒年糕醬汁的白飯。

「我們要兩碗飯！」

允思毫不猶豫地舉起手大聲追加餐點，老闆娘立刻送來撒滿碎海苔的白飯，三兩下就跟鍋裡剩餘的醬汁拌在一起。三人再度湊到鍋子旁，辛勤地動起湯匙將鍋中的飯一掃而空。直到終於見到焦黑的鍋底，感到飽足的妍雅才背靠在柱子上，解開快要撐爆的裙釦。

好久沒有吃到幾乎令人難以喘息，食物就要從喉嚨滿出來的程度了。況且吃了辣呼呼的食物，讓她突然開始懷念起爽口的啤酒。嗆辣的氣息在喉嚨繚繞時，冰涼的啤酒流過喉頭，那感覺可真不是普通的爽快！

為了平息對啤酒的思念，妍雅大口喝下已經沒了氣的汽水。那一刻，她竟對自己的身體太過年輕而感到遺憾。

「對了，妳們今天早上來學校的時候有看到嗎？大禿的車子輾到貓。」

允思一邊咀嚼口中的食物一邊含糊地說。

「沒有，我只有聽別人說而已。聽說是在上坡路上撞到流浪貓？」

「我親眼看到了。才不只是撞到而已，是用前輪壓過去了，好可怕。貓的哀號聲跟到處亂噴的血，真的不是開玩笑的。」

允思似乎是回想起當時的場景，開始打起了冷顫。

「呃，真的嗎？後來呢？貓死了嗎？」

「當然死啦，這還用說？我覺得那隻貓好可憐。」

允思生動的描述，自然是讓妍雅緊皺著眉頭。那隻貓在這一帶相當出名，往來的學生經常餵食，也因此聽到這個消息，讓她心裡更是不舒服。

「那他的車怎樣了？既然貓被車輾得肚破腸流，車子應該也被弄髒了吧？」

多庭喝了口水，向允思提出疑問。

「這我不知道。只知道附近有個女生大叫一聲然後哭了出來。真的很可怕。」

一邊點頭一邊聽著允思與多庭對話的妍雅，瞬間感覺到一絲令人毛骨悚然的異樣。這段對話之中，有什麼地方一直令她感覺很不對勁。

「怎麼回事？」

但究竟是哪裡不對勁，她一時之間也說不上來。一旁的兩人則是繼續聊了幾句，很快便換到下一個話題。

「話說回來，妳放學之後在辦公室跟柳志勳怎麼了啊？」

允思一邊問，一邊努力用湯匙將黏在鍋底的飯粒刮下。

「怎麼了？妳有聽說什麼嗎？」

「你們兩個今天不是玩躲貓貓玩了一整天嗎？全校學生都在看。」

「喂，很髒耶。」

妍雅噗一聲，把嘴裡的汽水都噴了出來。

允思一邊拍掉濺到制服上的汽水一邊抱怨。

「大家……都在看？」

「不想看也一直會看到啊！柳志勳那傢伙就是特別顯眼，也是我們學校的風雲人物。」

允思說得沒錯，柳志勳是世賢高中首屈一指的名人之一。因為很會打架？因為長得帥？因為運動神經好？因為家世好？真要說起來，答案全都是「是」，但同時也「不是」。志勳很會打架、長得很帥、運動神經好、家世也好，但都不是「最好」。出名的要素之一，難道不是「最好」嗎？例如最會打架、最帥、最會讀書。

即便如此，志勳依然很出名。比起成績全校第一且又帥又成熟，總是在風雲人物排行榜上名列前茅的浩允；比起發育不良兄弟，搞笑能力勝過諧星的慶民和宇泰；比起學校不良分子的老大陳勝煥，志勳都要更出名。

他為什麼有名？真要說個理由，一時之間還想不出來。他就是個讓大家關注、在意、注意到的存在。

如果真要說個原因……

「他的行為舉止什麼的就很華麗啊。」

允思一邊舔著湯匙一邊說。

「但他又不是很裝模作樣的人。我倒是覺得陳勝煥比較裝模作樣，他以為自己是什麼黑道老大，一天到晚在那裡囂張。」

多庭一邊嚼著口中的炒飯一邊說。

「對啊，他也沒有特別裝，但就是很引人注目。」

允思說的一點都沒錯，志勳就是個很華麗的人。不管做什麼，他的每一個動作都非常華麗，就像一隻開屏的孔雀，像正在誘惑雌性的雄性個體。

就像被費洛蒙吸引一樣，他身邊總是擠滿了人。雖然他很沒禮貌、很任性且個性很差，但大部分的舉動都不會太過分，也更加凸顯了他不時展現的溫柔、細膩與深思熟慮的舉動。仔細想想，那份華麗似乎是一種強大的存在才會散發出來的巨大能量。簡言之，他就是一個因滿溢的生命力而發光的人。

「沒什麼啦。」

就算有，也得要說成沒有。

妍雅一邊用衛生紙擦去嘴角的汽水一邊回答。

「真的沒什麼嗎？」

多庭跟允思異口同聲地問，妍雅便想趁這個機會說清楚，不讓事情有任何轉圜的餘地。

「嗯，他跟我哪會有什麼？我跟他根本一點關係也沒有……」

說到一半，妍雅就閉上了嘴，因為看到多庭嘴角那詭異的笑容。多庭的表情像是在笑，卻又像在哭。是不安卻又有些安心的表情。多庭從沒說過，也不曾表現出來，因此妍雅高中時從來不曾察覺。但如今三十二歲的她，一眼就能看得出來有些不對勁。

李多庭，妳該不會喜歡他吧？

妍雅忍不住對過去不懂得察言觀色的自己嘆了口氣。朋友表現得是這麼明顯，她們二十四小時都黏在一起，自己怎麼能夠不知道？

「原來如此……」

多庭明顯鬆了口氣。妍雅一下沒了胃口，便放下手中的餐具，頭一下子抽痛了起來。

「唉。」

總覺得事情似乎變得非常複雜。

完全沒想到會是透過這種方式，得知過去不知道的事情。

夜逐漸深了。妍雅回到晚自習室，趴在桌上睡到鐘響才離開學校。她一如既往地在公車站搭乘一號公車到舍堂站下車，右轉進入巷子，努力地登上眼前長長的上坡。遠方那條巷子盡頭，宇宙華廈靜靜矗立在黑暗之中。

今天早上她才匆忙完成上班的準備，從那棟華廈衝出門上班。如今眼前的是比早上更舊、更殘破的建築物。到了華廈門口，妍雅停下腳步，手不停摸著背包的背帶。

能見到身體還很健康的阿姨嗎？能見到還是個小鬼的延徹嗎？

踩著一階一階的樓梯，心跳也逐漸加劇。就算這一切是夢也沒關係，只要能夠再見到阿姨健康的樣子就好。妍雅以顫抖的手握住四〇三號門的門把。

「阿姨，我回來了！」

妍雅盡可能維持平常心，以最有活力的聲音大喊。美華喜歡外甥子女們回家時大聲打招呼。因為妍雅與延徹來到這個家之前，她一直是一個人生活。

「回來啦？今天有認真上課嗎？」

客廳裡，一道愉悅的聲音回應妍雅。

啊……妍雅終究還是流下了眼淚。

「嗚嗚，嗚嗚嗚嗚。」

「怎麼了？怎麼哭了？妍雅，發生什麼事了？」

受到驚嚇的美華趕緊攬住妍雅的肩膀。她依舊健康的臉龐充滿血色，瞳孔也是代表健康的清澈透明。生病之前維持多時的圓潤身材也沒有改變。

「在學校遇到什麼事了？快跟我說！」

美華臉色鐵青地高聲詢問。擔心妍雅真的發生了什麼事，美華已經就要失去理智了。

「沒有啦，就……」

「就怎樣？」

「看到妳健康的樣子很開心。」

「……」

「……」

「妳瘋啦？」

看完電視正打算離開客廳回房間的延徹，一句話打破了瞬間凝結的空氣。

「真的啦！真的是因為看到健康的阿姨所以開心到哭。」

「我看妳是真的瘋了。」

緊接著砰一聲，延徹用力關門的聲音響起。

「真是的！」

美華鍋蓋般大的手一掌拍在姸雅背上。

「啊！阿姨，很痛啦！」

「害我嚇死了！一進門就大哭，結果是怎樣？哎呀，嚇死我了，都被妳嚇醒了，臭丫頭！」

重重打了姸雅一掌，美華碎唸了一句「敢再這樣試試看」，便走回去繼續看電視。姸雅似笑非笑地看著阿姨的背影。

要挨打上百次、上千次都沒問題，只希望阿姨能永遠像現在這樣打我的背，好嗎？

5 沒有什麼改變

滴哩哩哩哩——滴哩哩哩哩——

鬧鐘的聲音猛烈響起，幾乎就要衝破耳膜。妍雅一如既往地伸手去摸床頭櫃，卻摸不到東西。即使鬧鐘叫得震天價響，眼皮依舊像上了膠水一樣，怎麼也睜不開。不光是這樣，妍雅覺得自己全身像被誰毆打一樣痠痛不已。

手機到底在哪？

伸手往床頭櫃摸了幾下，終於摸到依舊響個不停的鬧鐘。

咦？鬧鐘？

一股奇異的感受讓妍雅瞬間睜大了眼。她先是覺得天花板有點眼熟，隨後才注意到房間裡熟悉的擺設。映入眼簾的是老舊的書櫃上放滿了教科書與參考書，還有床邊的大書桌椅及掛在床上的制服。

制服……？制服？

妍雅猛然坐起身來。她連忙下床，衝到掛在牆邊的鏡子前查看自己的模樣。

我的天啊！

浮腫的雙眼、小巧的鼻子、圓嘟嘟的嘴唇，這五官顯然是她自己沒錯，卻是年輕時的自己。

怎麼回事？我難道是做一個系列的夢嗎？怎麼還在過去？

試著又打又捏自己的臉頰，妍雅只覺得痛得不得了。這真的不是在做夢。她雙腿發抖，最後癱坐了下來。在夢與現實之間搖擺不定的天秤，最後終於倒向現實這一邊。

這完全都是因為……

在夢裡當然不可能睡覺啊！

所謂的日常生活實在可怕。即使陷入回到過去的衝擊之中，她依然能在下意識的驅使之下換制服去上學。就像長時間停滯的時鐘，在更換了零件之後指針開始毫不猶豫地前進一樣，她的身體依然精準記得早已爛熟於心的行動。

走下車身烤漆早已斑駁褪色的一號公車，便看見穿著制服的學生列隊往學校正門走去。妍雅自然地加入隊伍，邊走邊思考。

即使她這輩子都像徘徊在夢裡，但她仍然清楚夢跟現實的差異。一般來說，只要是人，即使做的夢再如何生動真實，也都會在某一刻意識到「啊，這是一場夢，很快就會醒來」。可是眼前的一切絕對是現實。拂過臉頰的風、巷弄的味道、腳踩在地面的觸感，都在告訴她這就是現實。

怎麼辦？我好像真的回到過去了。

妍雅不停咬著手指。她感覺頭昏眼花，絲毫不知該如何是好。

還能夠回到現實嗎？既然有回到過去的方法，那應該也有回去現實的方法，可是……為什麼？為什麼要回去？

她又不是迷迷糊糊地越過仙女座星雲跑去其他星球，也不是被丟到抗生素還沒被發明，生命隨時都有危險的幾百年前，更不是寄生在其他人的身體裡面，只不過是回到十四年前而已。

這或許是她一生一次的幸運也說不定。能夠重新過一次人生，不是每個人的夢想嗎？從另一個角度來看，她現在可是握有能讓人生重來一次的機會。況且在這裡，她是來自未來的人。在這個情報就能帶來權力與金錢的社會，她腦袋裡已經有許多他人沒有的情報。用這些情報，她可以改變無窮無盡的未來。想到這裡，妍雅開始堅定了起來。

現在的第一要務，應該是去買股票吧？

她一邊坐著各式各樣的想像，一邊朝著正門前進，卻看見志勳就擋在馬路的正中央。是啊，不必多說，現在的第一要務，就是立即把那傢伙從自己的人生中清除。

妍雅明知道志勳正盯著自己，卻依舊刻意加快腳步從他面前通過。

「喂，李妍雅！」

本想忽視志勳，妍雅卻聽見志勳緊追在後的腳步聲。志勳又高又壯，跟在身旁隨即便帶來一股壓迫感。

「妳耳朵聾啦？沒聽到我叫妳嗎？妳再繼續忽視我看看！」

不該理會他的。無論是生氣還是嚴肅地嚇阻，當初就不該給志勳任何回應，畢竟再怎麼說，沒有反應比負面反應要來得好。最好是盡量把他當空氣忽視。妍雅重重踩著每一步，用盡全身的力氣在跟志勳說「我在忽視你」。

「咦？」

突然，妍雅感覺自己被拉了起來。原來是志勳拉住了她的書包，隨著書包背向上提，背帶卡在妍雅的腋下，她整個人也跟著被提了起來。轉眼之間，妍雅便像是掛在書包上一樣，模樣可笑至極。

「你快放開我！」

「妳是自找的，誰叫妳要忽視我。」

「是你先忽視我的。我不是叫你不要喜歡我嗎？」

妍雅刻意喊得非常大聲。她心想，或許志勳會因為丟臉而放開她的背包也說不定。也因為妍雅的大喊，讓路過的學生都興致盎然地注視著他們。

但這樣就行得通嗎？哪可能。

志勳不怎麼在意地嘆了口氣，緊緊皺起了眉，眉心都擠在了一起。

「我已經喜歡妳了，怎麼辦？」

話是志勳說的，但臉紅的人為什麼是妍雅？

這傢伙臉皮真的很厚，臉皮的厚度想必勝過熊的腳掌。說出這麼一句超級無敵丟臉的話，竟還能這樣若無其事。對了，這傢伙本來就是這種人。一點都不在意其他人的目光。字典裡沒有害羞兩個字，是個天上天下唯我獨尊的人。

「要遲到了，快走吧。」

志勳就這樣提著妍雅的書包前進。掛在背帶上只能踮腳走路的妍雅，身不由己地被拖著前進。

「放開我啦！還不快放開？你真的不放手嗎？」

「煩死了，像隻麻雀一樣吱吱喳喳的吵死了！」

志勳面無表情地一邊挖著耳朵一邊說，那口氣就像是在說好像聽見哪裡有狗在吠。妍雅的臉又紅了起來，周遭有越來越多人開始對著他們竊竊私語。

她一直以來都追求中庸、平凡、正常的人生。

態。

也因為妍雅對別人的視線特別敏感，因此實在難以承受自己在眾人面前展露這個醜

「放開我，拜託。」

「怎樣？丟臉喔？是妳先讓我在大家面前丟臉的。」

不知是什麼這麼好笑，志勳嘻皮笑臉，語帶不屑地說著。那張卑鄙的臉孔，現在看起來比任何時刻都要享受。

所以！就因為這樣！現在要讓我這個樣子進學校嗎？用這麼可笑的模樣？啊，我已經三十二歲了，一直是以他人的欲望為欲望而活啊。

看志勳的表情，似乎是一點也沒有要放開她的意思。這種時候，就只能退一步了，雖然她死也不願意說這種話就是了。

「抱歉。」

「什麼？」

「我說抱歉。」

「抱歉？噗，哈哈哈哈。」

抱歉這一句話讓志勳捧腹大笑。其實沒什麼好抱歉的，就算要讓志勳丟臉，志勳難道是會因為這樣就丟臉的人嗎？

「好，接受妳的道歉。」
「我都道歉了，就放開我吧。」
「不要。我為什麼要？」
「我道歉了啊！」
「我有說過道歉就放開妳嗎？我好像沒說過這種話吧？」
妍雅終究還是生氣了。
「你真的是！」
「我放開妳的話，妳要做什麼回報我？」
「我是要做什麼？」
「妳現在是在拜託我啊。我要是讓妳拜託，妳總要支付代價吧？」
這邏輯不通的理論，讓妍雅吃驚地張大了嘴。但無論如何，她可不能繼續維持這丟臉的樣子給大家看笑話了。
「你想要怎樣啦？」
妍雅紅著臉，不管三七二十一地大聲質問，志勳這才正眼看向她。雖然嘴角依舊帶著笑容，但那雙細細瞇起的眼已經沒了笑意。
「不要躲我。」

「什麼？」

「我說不要躲我。」

志勳深邃的眼凝視著妍雅。妍雅想回點什麼，卻如鯁在喉，一句話也說不出口。

一直都是這樣，你偶爾露出真摯的眼神，我便進退兩難。

妍雅只能無奈地點了點頭。似乎終於得到滿意的答覆，志勳嗤地笑了一聲，放開了妍雅的書包。接著他結實的手臂一把勾住妍雅的脖子，隨後環顧四周對圍觀的人群說道：「混帳東西，看什麼看？走了啦走了啦！趕快去學校了！」接著便勾著妍雅大步前進。雖然妍雅大聲要他放手、質問他究竟在做什麼，並試圖掙脫志勳的手臂，但那股力量卻大得讓她只能乖乖降伏。

「你不是說會放開我嗎？這跟約好的不一樣！」

「我是說會放開妳的書包啊，沒有說會放開妳的脖子。」

妍雅試著用言語抵抗，志勳卻若無其事地回答。從那雙笑彎了的眼能看得出來，他真的非常享受。

第二節課快要開始之前，妍雅從後面翻開筆記本，接著把自習時間沒有寫完的清單寫下去。

她原本是想寫什麼？

下一刻，眼前的筆記本瞬間消失，允思一把將她的筆記本抽走。

「這是什麼？一，買三星電子跟谷歌的股票。二，告訴阿姨到板橋買房子。三，打聽開設直接投資中國的帳戶。四，總之先認真讀……」

「妳快還給我！」

妍雅拚命跳得老高，伸長了手試圖把筆記本搶回來，卻只能撈到空氣。允思假裝沒有看見妍雅拚命的模樣，將筆記高高舉起。允思的身高一百七十五公分，那是她所無法觸及的距離。

「前面那些我不知道是什麼意思，但妳還是多花點時間做第四項吧。妳最近真的很奇怪，感覺像在打什麼鬼主意。」

允思把筆記本還給妍雅，用懷疑的眼神上下打量她。

「我哪有打什麼鬼主意。」

「早上又是怎樣？聽說妳跟柳志勳一起來學校。」

就知道會這樣。大家到底為什麼都對別人的事這麼有興趣？

「那是……」

雖想辯解，妍雅卻發現自己不知從何辯解起。不管是被拖進校門，還是掛在書包上被拎進校門，無論過程如何，他們確實都是一起上學。

「上次妳還跟我說妳一定要躲他，叫我絕對要阻止妳跟他來往耶。現在是在耍人嗎？太讓人難過了吧。」

「不是你想的那樣啦，不要隨便亂猜。」

就在這時，前門開了。英文老師蔡弘植帶著一疊影印好的紙走進教室。

「打鐘都多久了，還不快回位子上坐好！」

如雷的喝斥聲，讓教室裡的同學趕緊回到自己的座位上，屁股絲毫不敢離開椅子。教英文的蔡弘植老師又名狗弘植，是世賢高中會行走的恐懼。那些因為腎上腺素而像發情小馬一樣好動的男生，只有他才治得住。就算要他用手中那根棍子打班上每個人三十下，總共要揮一千五百下，他也能面不改色，是位體力過人的老師。

「上一堂課我們講過了，今天要小考。這是學年初的程度測試，大家好好考。往後傳。」

蔡老師一站到講台上，便把手上印好的考卷發了下來。

什麼時候？什麼時候預告的小考？

就算長大了，依然討厭考試。但姸雅這次卻露出自信的笑容。別看她這樣，她可是多益考九百三十分的女子，雖然已經是六年前的事了。不過她已經進入社會六年，人生經驗比這些小鬼頭要豐富許多，要猜英文考題的脈絡還會難嗎？

「考試有什麼好笑的？妳很認真準備是嗎？」

前座的在昱向妍雅投以一個戒備的眼神。妍雅對這個戴著眼鏡、臉皮白皙的傢伙唯一的印象，就只有模範生跟很會讀書而已。而他剛才那個問題，聽起來像是在擔心妍雅會考得比自己好。

「這點程度，不算什麼啦。」

妍雅豪邁地誇口，並迅速接過前座傳來的考卷。

騙人。

怎麼會只猜到五十分？

妍雅雙手顫抖地拿著考卷。考卷上被用紅筆大大地寫下五十。這不是數學、不是歷史，而是英文。她六年前多益可是考了九百三十分，怎麼可能高二的小考只考了五十分？她不能理解，也不能接受。顯然是年紀大了，腦袋變差了。糟了，這樣下去第二次的人生不就沒意義了嗎？

妳得振作點，李妍雅。

妍雅陷入衝擊，瞪大了眼睛愣在那，這時一個語帶嘲諷的低沉聲音傳來。

「笨蛋。」

轉頭一看，發現是志勳拿著一百分的考卷，得意洋洋地看著她。

幼稚的傢伙，因為這點小事就想炫耀啊？

但意識到自己感到有些惱火，妍雅便覺得志勳的意圖也並非完全失敗。

振作點，李妍雅。

別被那傢伙影響，要好好讀書，專心！

幾十分鐘後，下課鐘聲響起，妍雅驚醒，猛然站起身來。她注意到自己的右臉頰上黏了一張筆記本的紙，趕緊拿下來一看，才意識到第三節課已經結束了。

該死，真是要發瘋了。

她又睡著了。不知這身體是怎麼回事，一到上課時間就會瘋狂想睡。雖然用盡力氣撐著，但壓下來的眼皮有如千斤萬斤般沉重。很多人都說過：「如果有機會回到過去，我一定要跟大家說，要趁高中的時候好好念書。」哼，十八歲的身體可是會徹底背叛這個念頭。

迷迷糊糊地看了看四周，發現大家三五成群地開始移動了起來。

對了，第四節課是選修課。班導叫她選修課的時候要去二年七班。世賢高中的一到七班是理組，八到十二班是文組。要跟允思、多庭分開，一個人去其他班教室上課，不禁讓她感到陌生且害怕。

下到三樓，妍雅小心翼翼打開七班的後門。陌生的妍雅出現在教室，讓幾個人忍不住對她投以注目禮。第四排最後面擺了一張空桌，那是所有人都避之唯恐不及的位子。因為很多人進出時不會好好關上後門，因此在後門旁邊的那個位子，就必須負責把後門關好。到了冬天，走廊上的冷風會不停灌入室內，坐在那個位子的人也是首當其衝。但妍雅也沒其他的選擇，只能放下筆記本和文具，乖乖坐在那個位子上。

難道她白轉組了嗎？

看了一圈，這個班的人跟自己班很不一樣，整間教室裡瀰漫著認真讀書的理組氣氛。就在這時，後門砰的一聲打開，接著某人往妍雅桌上丟了一本《數學Ⅱ》。好奇來者何人，妍雅忍不住瞥了一眼。

老天啊。

「妳怎麼一臉看到鬼的樣子？」

志勳滿臉不悅地在她身旁坐了下來。

「你怎麼……」

太不可思議，以至於妍雅舌頭都打結了。就在她支支吾吾說不出話來時，志勳蹺起了二郎腿，開始翻起《數學Ⅱ》。

「你轉組了喔？」

妍雅好不容易才擠出一句話。

「對。」

「為什麼？」

「妳不也轉組了？」

怦——怦怦、怦怦怦怦。

心跳的聲音大得像是有人在打鼓。

志勳大大的手掌一把抓住妍雅的後腦勺，輕輕推了一下要她面向筆記本。妍雅的頭被用力一推，乍看之下像是在對筆記本鞠躬。

「認真上課啦。」

志勳笑得瞇起了眼。

稍後數學老師進門，他們立即開始上課。妍雅摸著那張只擺了一本筆記的木頭課桌。因為她突然轉組，所以還沒時間去買課本。往旁邊偷看了一眼，發現志勳正仔細地寫下解題過程。似乎是注意到妍雅的視線，志勳把課本往中間推了過來。

「來。」

「不用了。」

明明已經決定要拚命躲他，絕對不要跟他扯上關係，沒想到兩人不僅坐在隔壁，還要共用一本課本。

就算妍雅拒絕，志勳還是毫不猶豫地把椅子往中間拉了過去。雖然課本放在中間，但妍雅連看都不看一眼，只是筆直地盯著黑板。一方面是因為自己曾經說過要避開志勳，另一方面也是因為覺得要是看了課本，就好像是輸給了志勳。

「不用覺得丟臉，就看吧。」

靠，好啦，這不算輸。畢竟已經下定決心啦，要認真讀書，過自己的第二人生。

最後，妍雅也把自己的椅子拉向志勳。才一靠近，便能感覺到熟悉的體香隱隱飄來。兩人做筆記、翻頁，手臂也不時碰在一起。

振作點，李妍雅。

為了提振自己快要陷入昏迷的精神，妍雅甩了甩頭。這時，她突然感覺一股視線瞪著她的側臉。在不到一尺的距離處，志勳正撐著下巴看著她。

「幹嘛？你在看什麼？」

「妳現在不躲我嘍？」志勳語帶挖苦。

「就算想躲，在這裡也沒辦法躲啊。現在在上課耶。還有，那個約定不算數，是你先違反約定的，你沒有放開我。」

「早上我講的話妳沒聽清楚喔？我有遵守放下你書包的約定啊，笨蛋。」

啊，別煩我了，我已經三十二歲了！已經不是需要聽十八歲的小屁孩說我笨的年紀了。就算是這樣把內心話喊出來，也不能改變早上發生的那件蠢事，丟臉到讓人覺得不如淹死自己還比較好。妍雅戳著自己的額頭，拚命思考是不是乾脆在家自學算了。

「笨蛋、醜八怪。」

這傢伙真的是，年紀輕輕就這麼囂張！

「超級可愛的。」

妍雅再度直視志勳深邃的雙眼。

怦怦怦。

心跳快得令她胸口發疼。

這樣不對。

「專心上課吧。」

妍雅沒好氣地說著，並轉頭看向前方。即便如此，志勳依然盯著她的側臉盯了好久。直到聽見老師出聲說「柳志勳坐好」，志勳才終於把姿勢坐正。本以為他們的交談非常小聲，但大家似乎都豎起了耳朵專心聽他們說話，只見班上不少人都在竊笑。

「妳的睫毛好長喔，妳這樣低頭看東西，長睫毛就更明顯了。」

志勳低沉的聲音宛如一道電流，令妍雅渾身顫抖。這是十四年前，坐在隔壁的志勳對當時才十八歲的妍雅所說的話。躲了他兩天，本以為多少有一些改變，沒想到卻依舊和過去一樣。

就這樣，事情絲毫沒有一點改變。

「阿姨，拜託妳聽我的。妳就當成是被詐欺犯騙，不，妳就當作那筆錢是弄丟了，好嗎？」

〔妳這孩子，一千萬又不是什麼買口香糖的小錢，我要憑什麼相信妳去做這種投資？〕

「以後妳肯定會感謝我，對我行大禮的。現在先買起來，以後每過一個星期就會漲兩百萬！妳不是有定存嗎？把定存解了拿出來買啦。」

〔那是我趁利息百分之五的特殊方案時加入的定存。外面利率那麼低，利息都只有一點點，我為什麼要解定存？不行！〕

頭好痛。叫阿姨去買三星電子的股票也完全行不通。

「不然就去買塊板橋的地吧，貸款買也行。」

〔妳到底是怎麼了？妳是從哪裡聽了什麼？學生就該好好讀書，不要到處去聽些有的沒的。〕

接著阿姨開始數落妍雅不好好吃早飯在胡言亂語，又問她是不是讀書壓力太大才開始胡思亂想。一連串的叨唸，最後是因為客人來了才中斷。阿姨掛上電話之前，甚至連再見都沒說。於是，願望清單上的第一、第二項便遭遇了困難。本以為回到過去之後，只要下定決心就能夠隨意改變未來，沒想到沒有一件事稱心如意。

妍雅嘆了口氣，正打算離開廁所隔間，卻聽見兩三個女生說話的聲音。為了偷偷打電話，她躲在一樓的教職員廁所裡，沒想到竟然還有別的學生也會來。

「也借我看一下那個唇膏，顏色好美。」

「來，拿去。」

「還有睫毛膏。」

「睫毛膏？我上次買的那個？」

「嗯。」

是熟悉的聲音。

「要怎麼讓李多庭那女人丟臉？妳們今天也看到了吧？她在柳志勳和姜浩允面前裝模作樣，一直瞪大眼睛裝出自己很美的樣子，真是噁心死了。」

「就是說啊。昨天她在走廊上撞到我，只講了一句抱歉就笑著走掉了耶。真的是……以前一對上眼她就嚇得發抖。」

「是吳素拉！」

妍雅猛然想起聲音主人的身分。

吳素拉、陳善美、黃譽恩，是世賢高中相當出名的幾個小太妹。比起讀書，她們都更在乎打扮自己，經常跟大學生或附近男高的小流氓混在一起。尤其是高挑纖瘦且五官精緻的吳素拉，更是這一帶出名的美女。而她們三人都看多庭很不順眼。

允思跟妍雅是畢業自隔壁學區的西雲國中，而多庭是附近的文慶國中畢業。妍雅也曾經聽說過，多庭在國中時曾經被吳素拉她們這一群人霸凌。

其實除了允思跟妍雅，多庭跟其他女生的關係並不好。她個子嬌小、眼睛很大，再加上小巧的鼻子跟紅紅的嘴唇，就像個洋娃娃一樣。她身上總是帶著鏡子，她也知道自己長得漂亮。從對話中隱約能夠看出那種心情，而一般的女生實在受不了她這一點。況且她一笑，眼睛便會嬌滴滴地彎起，再加上帶著些許傻氣的迷糊口氣，配上洋娃娃般的外表，吸引了一票為她著迷的男生。也正是因為這樣，對人氣過於敏感的吳素拉一群人，自然就把她視為眼中釘。

「要不是李允思，我早就踹她了。」

吳素拉咬牙切齒，說話的口氣實在令人驚恐。

李多庭、李妍雅、李允思，三人在一年級時的號碼剛好是十六、十七跟十八號，也因此成了最要好的朋友。準備考體育大學的允思因為性格熱情、像個調皮鬼的模樣與高個子而大受歡迎。多庭跟允思走得近，也讓吳素拉那群人再也不敢動她。

「對了，妳們有聽說嗎？」

這比別人高八度的特殊嗓音，是出自黃譽恩。

「什麼？」

「我昨天跟伽藍團的哥哥們喝酒，聽說了一件很有趣的事……」

妍雅豎起了耳朵，譽恩卻壓低了聲音。她們心裡應該認定廁所裡沒有別人，但即便如此，譽恩還是像在說什麼重要大事一樣，刻意壓低聲音對兩人說了好久的悄悄話。妍雅好奇地把耳朵貼在門上，卻只能偶爾聽見驚呼聲與感嘆聲，除此之外什麼也聽不見。

「妳說的是真的嗎？」

吳素拉與陳善美的聲音傳來。

「嗯。是穿我們學校的制服。就算我們穿著制服，亨鎮哥也是一點都不避諱跟我們見面啊，所以他不可能看錯。附近穿紅色格紋裙的，就只有我們學校而已。」

「但不知道是誰？」

「嗯，他說不知道是誰。」

「得跟亨鎮哥見個面了，這件事挺有趣的。」

吳素拉的聲音聽起來既殘酷又樂在其中。那一瞬間產生的奇異熟悉感，在妍雅腦海中掀起一陣旋風。彷彿被塵封在腦海深處的黑暗記憶，又重新被喚醒。她十四年前確實也在同樣的狀況下，偷聽到這些人的對話。當時她只對跟多庭有關的閒言閒語感到憤怒，並沒有理會其他的對話內容。因為都是一些片段的對話，聽不出是什麼意思，所以她沒有太放在心上。但不知為何，現在她總覺得這對話聽起來很不尋常。

吳素拉一行人離開之後，妍雅才悄悄開門離開廁所。她們的對話仍在耳邊迴盪，她卻猜不出任何一點可能。無奈之下，她只好先把這件事情推到一旁。比起推測她們究竟在說什麼，現在她還有更重要的事。

現在這個時間，距離下一堂課開始只剩不到五分鐘。在走廊上的妍雅加快腳步。因為是下課時間，所以走廊上有不少學生來來往往。

金正慧。

妍雅想找的人是金正慧。敏京說金正慧跟妍雅是同一年畢業，雖然妍雅並沒有真正從學校畢業，但這句話的意思就是她跟妍雅上同一所學校。她沒什麼話要跟這個人說，只是想看看對方長什麼樣子。說不定她們曾經擦肩而過，只認得對方長什麼樣子，但不曉得名字叫什麼。

妍雅正準備要上樓梯時，一個用紅色髮圈把頭髮綁起來的女生和一個短髮的女生，在她前面搶先走上了樓梯。

「妳為什麼要這麼拚命往前排坐啊？」

「我眼睛不好，坐在後面看不清楚黑板。」

「之後會換位子吧？」

「才不會咧。妳不知道我們班導是決定座位之後，就會維持一整年不換位子的人嗎？」

「什麼？真的嗎？」

兩人上樓梯的速度就像樹懶，還旁若無人地聊著天。

老天，也太慢了。

妍雅正在心裡抱怨，這時後頭突然有人出聲。

「金正慧。」

那人喊了這個名字。

金正慧？金正慧在這附近嗎？

妍雅嚇了一跳開始四處張望，前面的兩個女孩子緩緩轉過身來。妍雅努力想看清她們的長相，卻不知從哪冒出刺眼的白光。

「好刺眼。」

一道光閃過，妍雅感覺眼前的景色扭曲，整個人被吸入一道白光之中。

啪一聲，周圍瞬間暗了下來。

雙腿一軟，姸雅癱坐在樓梯上。

這、這又是怎麼回事？

因為白光的關係，她感覺頭昏眼花，什麼也看不見。等暈眩的感覺逐漸平息，模糊的視野中才逐漸浮現漆黑的校園風景。她的手臂冒出雞皮疙瘩，一陣刺骨的寒意掃過後頸。

「李姸雅！妳跑去哪裡了！」

下方傳來乒乒乓乓的腳步聲，允思的聲音在校舍裡迴盪。回頭一看，發現允思跟警衛大叔已經打開電燈的開關，樓梯間被照得燈火通明，而他們也正往樓上來。

「天啊！妳一直在這裡嗎？我發現妳不見，都快嚇死了！」

「奇怪，大半夜的，妳跑來這裡做什麼？」

發現姸雅就在樓梯間，兩人臉色鐵青地衝上前去。

「這、這裡是哪裡？」

姸雅的聲音不住顫抖。她感覺胃在翻騰，一股就要嘔吐的噁心感湧上喉頭。

「還會是哪裡？是學校啊！我是為了拿手機回來學校的啊。」

姸雅看著自己的手腕，那只藍氣球腕錶的指針剛好走過十二點。

6 我好像真的回到過去了

妍雅整夜沒睡。她已經好久沒有在星期六這麼早起了。不對，打從一開始她就睡不著，所以說早起實在不太對。想了幾百次，她還是只有一個結論——她昨晚喝醉酒睡著，做了一個短暫的夢。只是那個夢生動得就像現實。

這一開始就說不通。學校的怪談竟然是穿越時空的方法？站到第十三階樓梯上就能夠回到過去？她肯定只是因為喝醉了酒所以在樓梯上睡著。但還是有些怪異之處。例如允思發現她的時候才剛過十二點，她明明是聽到鐘響十二次才踩上去的，顯然沒有時間讓她睡覺。越想越覺得頭像被針刺一樣痛。

最後，妍雅在手機聯絡人清單裡找到一個名字。繼續這樣待在家裡，她恐怕會瘋掉。允思今天早上搭飛機去濟州島了，所以她需要其他的說話對象。

「姜浩允」

手機螢幕上顯示著這個名字。妍雅猶豫了一會才按下通話鍵。等待接通的聲音響了好一陣子，然後妍雅才聽見那個令她緊張的聲音。

「呼、呼呼……喂？」

「你在運動喔？」

「嗯。呼……呼。」

「你還在生氣嗎？」

妍雅裝出最若無其事的聲音問道。

「呼，妳打來幹嘛？是要悔婚嗎？」

「喂，姜浩允！」

「我說了，要悔婚再打電話給我，在那之前我不想跟妳講話。」

妍雅感覺心都涼了。明知道浩允不是認真的，但她還是感到難過。她對著電話重重嘆了口氣。

「不要連你都這樣啦。我最近真的過得很糟糕。」

「幹嘛？發生什麼事了？」

「嗯……」

電話那頭只聽到浩允粗喘的呼吸聲，卻沒見他說任何一個字。過了好一會兒，他才簡短地問：

「妳現在在哪？」

叮咚。

電鈴響起。頂著濕答答的瀏海，浩允站在大門前。看來是剛運動完，簡單洗漱一下便趕了過來。浩允盯著妍雅看了好一會兒，才來到餐桌邊拿出他外帶來的便當。

「一大早做什麼運動啊？」

「……」

「幹嘛？連問你做什麼運動都不行喔？」

「妳可以多關心我一點嗎？我每個星期六早上都會去打壁球啊。」

「對耶。但你明明在運動，為什麼還接電……」

喔，原來是在等我的電話啊。

浩允一言不發地盯著妍雅，妍雅則閃避他的目光，尷尬地搔了搔頭。

幾天前，妍雅哽咽地對始終不贊同自己要結婚的浩允說了句難聽話，兩人因此起了爭執。其實先挑起爭端的人是浩允。他對一個就要結婚的人說，這個婚結得太倉促、婚後肯定會後悔。盡是些偽裝成忠告的不友善言論，而決定性的一句話則是——

「是為了錢嗎？」

這句話讓妍雅忍不住質問他到底算不算朋友，甚至還要他到時別來參加婚禮。浩允則還以顏色，叫妍雅悔婚之前都別跟他聯絡。那次吵架，不僅僅只是平時鬥嘴的程度。以往兩人鬥嘴後，還是會若無其事地見面，但這次沒有人主動跟對方聯絡。只是從浩允的反應看起來，他心裡似乎還是過意不去。

「快坐下吧，妳還沒吃早餐吧？」

浩允示意要妍雅趕快坐下，真不知道誰才是這房子的主人。

妍雅拉出餐桌椅坐下，浩允把便當推到她面前，右手遞了筷子給他。妍雅差點哭了出來。

我可不想因為結婚的事情跟你鬧得這麼僵。

高中時期，妍雅跟浩允交情並沒有特別要好。只因為浩允是智勳的朋友，所以他們才有往來。這樣的點頭之交，在高中的意外之後自然也就斷絕了聯繫。

經過了很長的一段時間，兩人在三年前再度重逢。當時浩允是KBS經濟線電視記者，正在做「低利率時代的投資方法」這個專題，想要找一個能夠接受採訪，負責接待銀行貴賓的職員。銀行公關部的人接獲消息，便詢問妍雅是否要接受採訪，兩人便再度重逢。

本以為訪問結束之後，兩人便不會需要繼續聯絡，沒想到浩允仍持續跟妍雅保持聯繫。除了允思之外，妍雅與所有高中同學都斷絕了聯絡，因此一開始極力避免跟浩允聯絡或約出去見面。但浩允持續在避免給妍雅壓力的情況下，持續創造看似偶然的相遇機會，妍雅也從來沒有說過這樣讓她覺得不舒服。於是他們現在便一直保持聯絡，也讓浩允成了允思之外妍雅最為親近的朋友。

「幹嘛又那個臉？」

妍雅聽見放下筷子的聲音，抬頭一看，發現浩允正擔憂地看著自己。跟敏京的事、回到過去的夢，想說的話雜亂地充斥腦海，妍雅卻不知道該說什麼才好。雖是因為需要一個說話的對象而聯絡浩允，但這樣坐在對方面前，反而不知道該從何說起了。

「浩允，我該怎麼辦？」

「是怎麼了？」

妍雅把跟敏京之間的事，鉅細靡遺地說給浩允聽。包括她擔心敏京或許會得知高中時發生的事情。

聽完整件事情的來龍去脈，浩允夾起一口小菜放進嘴裡，還嘟囔了一聲「這樣正好」。再怎麼反對她結婚，也不該這樣吧？妍雅心想。即便兩人大吵了一架，浩允的態度依然沒有任何轉變，讓妍雅感到十分惱火。

「什麼？這樣正好？你只有這個感想嗎？」

「我不是那個意思。上次我也說過了，我覺得這段婚姻不行。要不是我三個月前去國外研修，我肯定會讓妳根本不去考慮要結這個婚。」

「什麼？」

原本低著頭專心吃飯的浩允，這時放下了筷子。他的口氣，跟過去有些許的微妙差異。不是刻意挖苦，也沒有輕描淡寫。本來就很穩重的他突然這樣說話，讓兩人之間的氣氛顯得更加沉重。

「我很後悔。」

「……」

「三個月前我積極參加的海外研修，當時覺得是好運也是機會，沒想到現在反而對我造成損害。」

妍雅一句話也說不出來。沉重的空氣彷彿令她窒息，放在桌上的手不斷顫抖。

你跟我，到底是要怎樣？

發現氣氛變得無比凝重，浩允突然笑了一笑。

「哎呀，妳這傻瓜，又是在哪受了傷啊？」

浩允伸手，輕輕地撥開妍雅的瀏海。

「嗯？什麼？」

妍雅嚇了一跳向後退開，伸手摸了摸自己的瀏海。

「妳額頭上有個傷，還有點紅紅的。是不是跌倒了？還是在哪裡撞到了？看起來有點腫。」

「我沒有受……」

後腦勺像是被誰重重敲了一記，妍雅大吃一驚。她推開椅子站起身，三兩步便跑到廁所。她將瀏海掀起，對著洗手台前的鏡子照了照，才發現浩允說的是真的，她的額頭真的有些紅腫。

怎麼可能？太不可思議了。

「吃飯吃到一半是在幹嘛？」

浩允來到廁所門口，以不尋常的眼神看著失神地站在洗臉台前的妍雅。

「浩允……」

我好像真的回到過去了。

妍雅蜷縮在沙發上，哀怨地咬著指甲。

「你記得我們是怎麼變熟的嗎？」

妍雅一問，浩允便轉動眼珠子開始回憶起來。

「我是不記得什麼契機還是事件啦。就是妳在體育課被志……不，是被我們踢出去的球打到。之後妳一看到志……不，是妳就一直躲我們。每次跟妳說話，妳就飛也似地逃跑。」

說話的過程中，浩允一直努力不要提起志勳的名字。

「不，不是這樣吧？」

那是我昨天回到過去之後做的事情。

「我被你們踢出來的球打到，然後我們就變熟啦。允思、多庭還有我，跟你們就變成一群。」

這是妍雅原本的記憶。被球打到昏過去之後，她便被送到保健室。接著以此為藉口不停敲詐志勳請客，然後就變熟了。

「妳在說什麼啊？妳躲得很誇張。跟我們玩捉迷藏玩了好長一段時間。志勳甚至因為這樣跑來問我們，說他是不是真的長得那麼醜。」

真不敢相信，記憶改變了，也不敢相信額頭上那道鮮明的傷痕。送走浩允之後，妍雅開始釐清現在的情況。想了好久，現在有兩個她曾經回到過去的證據，這樣便再也不能認為那是一場夢了。那麼或許，她真的有機會改變過去也說不定。

因為雖然非常細微，但過去真的被改變了。

滴哩哩哩。手機突然響起，讓妍雅瞬間驚醒過來。螢幕上顯示的名字，是她不怎麼歡迎的人物，但這次也沒有不接的道理。

「小姑，怎麼了嗎？」

〔這是在問我為什麼要打給妳嗎？電話才一接起來就說這種話，讓人心情好糟喔。〕

說錯話了。妍雅瞬間冷汗直流。

「啊……沒有啦，不是啦，我不是那個意思，是很開心接到妳的電話。畢竟這是妳第一次主動打給我啊。」

〔我剛好在妳家附近，妳有空嗎？〕

「當然有，要去哪裡找妳？」

〔我在舍堂站旁邊的咖啡廳，妳到了再跟我聯絡吧。〕

掛上電話，妍雅感覺眼前的現實重重地壓了下來。比起自己曾回到過去的事，這才是她當前最需要解決的問題。一掛上電話，妍雅便趕緊拿起包包出門。

7 那傢伙死了

「妳怎麼會來這呢？來這附近辦事嗎？」

妍雅帶著燦爛的笑容坐到敏京面前。雖然妍雅一掛上電話就出門了，但敏京似乎是連等那麼一點時間都感到不耐煩，只見她緊緊皺著眉頭。

「我是來看妳的。」

她所吐出的每一句話，都令人如履薄冰。

「哈哈，謝謝妳。話說回來，這是我們兩個第一次在沒有赫俊和媽的情況下單獨碰面吧？希望以後可以常有這種機會。」

妍雅溫柔的一句話，卻換回敏京一臉荒唐的表情。

「就不必在那邊客套了，我來找妳是因為有話要跟妳說。」

「……有話要說？」

都還沒正式進入話題，妍雅便覺得心情無比沉重。敏京話都還沒說出口，她就好像已經知道內容是什麼一樣，胸口鬱悶無比。

「其實昨天啊，我聽說了很有趣的事情。我跟我朋友的姊姊，也就是那個叫金正慧的人見面了。」

妍雅一下子感到口乾舌燥。但害怕自己緊張吞口水的樣子會被發現，她趕緊伸手去拿桌上的水杯，沒想到手卻不停顫抖。敏京似乎注意到這個反應，只見她的嘴角泛起一抹惹人厭的微笑，甚至還飄出腐爛魚肉的腥味。

「是……怎樣的事情？」

「我說啊，嫂子。」

原本靠在椅背上的敏京突然坐直了身子，向前靠向妍雅。她的眼裡閃爍著奇異的光芒，臉上的表情就像獲得有趣玩具的小孩一樣殘忍。

「聽說妳高二的時候，在學校發生一個意外，結果殺死了一個男生。」

「……」

「我一提起妳的名字，她就告訴我這件事了。我聽說妳以前在學校挺有名的。」

妍雅一點一滴堆砌而成的世界，瞬間便垮了下來。她努力為自己的過去修築起無懈可擊的城牆，即使倒塌、即使破碎，她還是耐著性子，緩緩地建立起平靜的生活、夢想與未來。如今這一切卻瞬間化為烏有，那城牆堅固的程度甚至不如沙灘上的城堡。

「但有一件事情我搞錯了。那個叫金正慧的人，好像比妳還大一歲。當時那起意外在學校鬧得很大，但因為剛好是大學入學考試結束之後發生的，高三生已經縮短了上課時間。而且她在準備術科考試，忙著寫申請書，再加上學校也有意無意地想掩蓋整件事情，一直迴避正面去談那起意外，所以她也不太清楚整件事情的全貌。不過每一次提到這件事情，『李姸雅』就會連帶被提起，所以她記得這個名字。她是這樣跟我說的。」

這時，原本屏息以待的姸雅終於鬆了口氣。感覺被堵住的血管突然暢通，血液開始流遍全身。

看了看姸雅的臉，敏京呵呵笑了起來。

「啊哈哈哈，嫂子，妳真有趣，臉一下青、一下黃又一下紅。又不是什麼紅綠燈，只要我按按鈕就會變色嗎？」

「我哪有……我才沒有這樣。」

「嫂子。」

敏京止住了笑，嚴肅地看著姸雅。

「妳就算放心，也不要表現得這麼明顯。」

「我哪有放心……而且我何必要放……」

「妳在隱藏的秘密到底是什麼？」

一把冷酷的匕首毫不留情地刺了過來。

「什麼？」

「我一說想知道那究竟是什麼事件。正慧姐就說會去幫我打聽。但在從別人嘴裡聽到之前，如果妳能主動告訴我，我也不會再繼續追究。」

「……」

「畢竟比起別人轉述的版本，妳自己親口講出來，對妳會比較有利吧？」

敏京對這件事帶著濃厚興趣的眼神，直直看進了妍雅心底。

妍雅心想，敏京之所以會如此享受，肯定是在猜自己究竟會不會當場吐實吧。

妍雅緩慢地眨了個眼，敏京那張圓潤的臉出現在眼前。她心想，我絕對不會如妳所願。

「確實是發生過意外，但那件事跟我一點關係也沒有，所以我實在沒什麼可以跟妳說。」

夜晚的舍堂站十分喧鬧。妍雅失魂落魄地走在街上，淚水暈開了睫毛膏，黑色的眼淚一滴滴流下。路過的行人都偷偷注視著妍雅。她頭髮蓬亂、唇膏被抹得亂七八糟，臉龐掛著黑色的淚水。這樣醜態畢露的女人，確實足以引起路人的關注。即使豪邁地對敏京說謊，但一轉過身眼淚就不聽使喚地流了出來，她實在無法承受。

自己的人生一點都不幸運，更沒有什麼翻身的機會。這該死的人生。雖然過去有了些微的改變，但那天的事件卻依然沒變。事件依然發生了，那傢伙也還是死了。

妍雅開始埋怨回到過去的自己，為何不能更冷酷地遠離志勳，為何會手足無措地被志勳牽著鼻子走。自己那個模樣，簡直跟十八歲當時沒有兩樣。志勳無情地、毫不留情地追趕著她，而年輕的她也被志勳所影響。重新遇見他的驚訝感、回到過去的慌張感，都讓妍雅差點忘了——

忘了志勳是個怎樣的人。

二〇〇三年十月。

「聽好。」

志勳一腳踢開桌子站起身，那不帶一絲笑意的冷酷聲音，讓教室瞬間鴉雀無聲。

「以後妳再出現在我眼前就死定了。」

志勳的手，精準地指著站在教室前面的妍雅。這突如其來的蠻橫發言，令妍雅摸不著頭緒，只是大口大口喘著氣。

「你突然這樣是怎麼了？為什麼要在大家面前這樣？」

妍雅低聲說著，走上前去拉住志勳的袖子。她難以承受眾人的目光，正試圖把志勳拉到走廊上去講。

「幹，放開我啦！妳的髒手是在碰哪裡？」

志勳的高喊聲響徹整間教室，妍雅也一下子失去了重心。志勳用力把妍雅的手甩開，妍雅整個人向後被推開。幸好她沒有難堪地摔倒在地，而是好不容易穩住了重心。

已經兩個星期了。

兩星期前那個下雨的夜晚，志勳來找妍雅，說了一些奇怪的話後便缺席了四天。不管怎麼打電話，志勳都沒有接。即使去他家找他，他也沒有來開門。四天後看見志勳來上學時，妍雅嚇得幾乎都要忘了呼吸。不知這幾天究竟發生了什麼，只見他整個人疲憊不堪，表情像厲鬼一樣殺氣騰騰。

但比這更令妍雅驚訝的是志勳的態度。他的態度一百八十度大轉變，無論妍雅怎麼跟他攀談，他都刻意忽視。不，他的反應甚至不只是忽視。他始終神色僵硬地躲著妍雅，就好像妍雅根本不存在一樣。

看見這樣的志勳，起初妍雅氣得跳腳。拚命逼問他為何這樣，要他至少解釋一下，志勳卻始終保持沉默，連看也不看她一眼。妍雅只覺得難道自己做了什麼惹他生氣的事？也許過個幾天就會好了，所以便也跟著無視志勳，沒想到就發生了這件事。

被志勳一把甩開，讓妍雅目瞪口呆。

居然說出現在他眼前就不放過我？你到底在想什麼？為什麼要這樣對我？

妍雅憤怒地瞪著志勳。時隔兩週，志勳烏黑的眼底滿是輕蔑、嫌惡與憤怒。志勳把臉別開，一旁的浩允、慶民跟宇泰問他：「喂，你為什麼要這樣對李妍雅？你瘋啦？」他卻連理都不理，甩頭便從後門離開。

年輕的孩子只要一個星期就能變心。

在志勳充滿爆炸性的宣言之後，妍雅能感受到所有人看她的眼神開始有些改變。男孩子欺負她的方式暴力且毫不掩飾，女孩子們折磨她的方式則隱密卻執拗。志勳在學校的地位相當於男生的領袖，他這樣公開疏遠妍雅，也讓一部分不良少年和吳素拉等人，開始以妍雅為欺負的對象。大家欺負妍雅的強度逐漸升高，也證明了在柳志勳所支配的小小世界裡，要是沒有他的保護，妍雅這個人根本什麼也不是。

爆炸宣言一星期後，音樂課上課之前，妍雅正獨自往音樂教室前進。走廊上有一個男生，正迎面朝著妍雅跑過去。本以為對方會閃開，沒想到他的肩膀卻大力朝妍雅撞了下去。妍雅整個人向後仰，肩膀也感到一陣刺痛。

唉，真是沒一件好事。

但她沒有時間多想，因為很快地又有另一個男生從另一頭跑了過來。這次很顯然是瞄準妍雅所發起的行動，而對方果然又狠狠地撞了上來。這次她真的差點就跌倒了。

好不容易穩住重心，妍雅回過頭，惡狠狠地瞪著那兩個撞她肩膀的男生。只見他們站在走廊盡頭竊笑。接下來是一陣強烈的撞擊，讓妍雅終於還是摔倒在地。雖然她很快伸手去撐住自己，屁股卻還是摔在了水泥地面上。撐在地上的手又痠又痛，屁股則傳來一陣熱辣的疼痛感。第三個撞上她的人，是學校裡出了名的壞傢伙陳勝煥。但比起知道犯人是誰，更讓妍雅傷腦筋的問題，是她的裙子掀了起來。

妍雅的臉瞬間漲紅，並趕緊把裙子拉下，但陳勝煥等一群男生，還是毫不掩飾地盯著她白皙的大腿。他們交頭接耳不知在說些什麼，手掌交疊的模樣，令妍雅不禁怒火中燒。但她還沒有時間發洩怒氣，便立刻打起了寒顫。

那些人的眼神。十八歲，精力無處可發洩的這群男孩眼裡，慾望正在蠢動。

到了廁所簡單洗了個臉，妍雅看著鏡中的自己。蒼白的雙頰之下，是帶著深沉憂鬱的臉孔。

允思，快來啊。

允思因為練習跳高時扭傷了腳踝，因此只上完今天上午的課便去接受物理治療了。現在連允思都不在自己身旁，妍雅覺得自己真的非常孤單。她跟多庭的關係早就已經變得彆扭，不，應該說多庭選擇獨來獨往，刻意避開跟允思和妍雅接觸的機會。

被霸凌啊……

雖然很想否認，但實在做不到。她現在也很擔心會在廁所裡遇到其他女生。每到下課時間她總會趴在桌上，直到打鐘才起來。面對這個情況，妍雅只能無奈苦笑。

這時，她聽見有人進到廁所的聲音。她趕緊躲進最裡面的隔間，鎖上門並躲起來。聽那群人哈哈大笑的聲音，顯然是吳素拉那一夥人。

「哎呀，太好笑了，真的很爽耶。」

什麼事情讓她笑成這樣，不用聽似乎也知道。

「李妍雅那賤女人，跟柳志勳交往的時候那麼囂張，沒想到現在這麼落魄。」

「就是說啊。要不是柳志勳，她算個屁？之前那麼囂張，現在真是活該。」

我可從來沒囂張過，囂張的都是柳志勳。

這些無憑無據的閒言閒語，使得她非常惱火。

「李允思不在學校，李多庭也不跟她混。現在她就是被排擠嘛，活該被霸凌。之前被柳志勳那群人捧在手掌心上，好像自己是什麼女王，看了就噁心想吐，現在這樣不覺得真的很爽嗎？」

三人你來我往地附和彼此，隨後笑得花枝亂顫，妍雅卻是再也忍不下去了。

她會退縮，都是因為柳志勳，可不是因為怕其他這些女人。

怒火都要燒到頭頂，妍雅正想推開隔間門走出去，吳素拉卻在這時再度開口。

「誰會知道她一臉清純樣，私底下卻在幹那種事情？根本是自作自受啦。」

這又是什麼意思？

妍雅把耳朵貼在門上，想聽得更仔細一些。

「閉嘴。」

一個冷酷陰沉的聲音響起，讓溫度瞬間降至冰點。

「柳志勳，你瘋啦？這裡是女廁耶！」

志勳突然出現，讓吳素拉一行人怪聲怪叫了起來。

「閉嘴，還有妳說話給我小心點。」

志勳惡狠狠的態度，讓三人瞬間安分了下來。

「妳要是再讓我發現妳用那張廉價的嘴亂講話……」

志勳說這話的口氣，就像是猛獸在對著獵物低吼。

「我就把妳下巴打爛。」

緊接著是一陣逐漸遠去的腳步聲。

這又是怎麼回事？

直到吳素拉那一夥人離開廁所之前，妍雅只能茫然地愣在廁所隔間裡。

時間過得再久，狀況都沒有改變，沒有越來越糟已經是最好的結果。察覺事態不妙的允思暴跳如雷，但大家的態度一旦定型，就很難輕易再有變化。

費盡力氣把聲稱不必去醫院的允思送走，妍雅在垃圾焚燒處理場附近的空地徘徊。這裡人煙稀少，比較不容易遇到同學。午餐時間幾乎不會有人在這出沒。妍雅踢著地上無辜的小石子，並看見遠方志勳提著垃圾桶走來。她的心瞬間沉了下來，已經很久沒有跟志勳單獨相處了。

一看到妍雅，志勳立刻皺起眉頭轉過身，妍雅唯恐錯過志勳，便趕緊跑上前去一把拉住他的手臂。

「我們談談吧。」

妍雅努力保持平靜，聲音卻依舊顫抖。

「趁我沒發飆之前快放手。」

「我不要。我今天一定要好好聽你說清楚，你到底為什麼這樣？」

「我叫妳放手！」

「你到底為什麼要這樣對我？為什麼要突然這樣？」

「妳真的是不要命了！小心我揍妳！」

這時，妍雅注意到志勳的另一隻手纏著繃帶，拳頭也十分紅腫，嘴角甚至還帶了點血漬。

「你受傷了嗎？還是跟誰打架了？」

妍雅一問，志勳的神色便顯得異常僵硬，接著自顧自地咒罵了起來。

「妳現在是在幹嘛？妳問這做什麼？跟妳有什麼關係？少管閒事！滾出我的視線！」

「喂，柳志勳！你真的……」

妍雅再次用力拉住志勳的手，志勳卻隨即大力將她甩開。力道比想像中要大上許多，妍雅一個重心不穩便往後倒了下去。志勳卻一點反應也沒有，他以輕蔑的眼神看著妍雅，彷彿在看什麼能任人踩踏的垃圾一樣。妍雅咬著牙，從地上爬了起來。

「為什麼要這樣對我？到底有什麼原因？你總要講清楚吧？」

妍雅咬牙切齒，握緊了拳頭朝志勳打去。

「妳真的是找死！」

志勳不耐煩地一手接住妍雅的拳頭。

「為什麼要這樣對我？到底為什麼？為什麼！」

「妳明知故問嗎？」

志勳的一聲怒吼，讓妍雅瞬間停下了動作，聲音在四周不斷迴盪。再也壓抑不住泉湧的憤怒，志勳氣得漲紅了臉，不停喘著氣。

「媽的，幹！」

他用力將垃圾桶甩到地面上。

砰啷！被志勳扔到地面的藍色垃圾桶，瞬間碎了一地。

「呀！」

妍雅雙手抱頭蹲坐了下來。垃圾桶就在她旁邊破開，碎片噴到了她的腳上。在其他人面前或許還曾經這樣，但志勳可從來沒在妍雅面前這樣發怒過。也因此垃圾桶被摔碎的情景，令妍雅大受打擊。志勳似乎並沒有因此消氣，還抬腳憤怒地踢了牆壁幾下，最後才惡狠狠地瞪著妍雅，雙手用力抓著她的雙臂。

「不想惹火我的話，妳最好眼睛放亮點，少在我面前晃。我……媽的，我一直在忍耐。」

眼睛裡毫不掩飾的厭惡與輕蔑，讓妍雅瞬間眼眶泛淚。

「氣死人了！」

志勳咒罵了幾句，又朝牆壁揮了幾拳。

好了，不要再打了，你的拳頭都受傷了啊。

眼淚流了下來，便怎麼也止不住了。妍雅蹺掉下午的課，在保健室裡躺了好久才回到教室。班上的氣氛非常不平靜，好像所有人都用不友善的眼神看著她一樣。

妍雅悶悶不樂地想回到座位上，教室的前門卻在這時砰一聲打開。她反射性地看向前門，發現十班的陳勝煥正朝她走來。還有上次在走廊上撞了她的肩膀，那幾個風評本來就不是很好的學生。

「靠，丟臉死了。」

來到妍雅面前，陳勝煥怒氣沖沖地亂踢附近的桌椅洩憤，似乎是無法遏制他的怒火。班上的女生們忍不住尖叫，瞬間退了開來。附近的桌椅全都倒成一片，只剩下妍雅獨自坐在那，惡狠狠地看著陳勝煥。不知他是被誰痛打了一頓，本來就已經不怎麼好看的那張臉，此刻青一塊紫一塊的。

「媽的，都是因為這個賤女人……」

砰噹，砰——

陳勝煥又朝倒在地上的桌椅踢了幾腳，大肆發洩他的怒氣。其他人怎麼勸也沒用，嘴裡還不停咒罵著一堆不堪入耳的髒話。面對這輩子未曾遭遇的恥辱與污衊，妍雅的憤怒也逐漸升溫。在她無盡憂鬱的心中，起了對某人的殺心。

這一切都是因為柳志勳，都是因為那個混帳。我會被霸凌、被陳勝煥這種糟糕透頂的傢伙羞辱，全都是柳志勳害的。都是他害得我平靜的校園生活如今走調，像掉進屎坑裡一樣臭。

王八蛋柳志勳，我絕對要殺了你。

現在妍雅一點也不好奇原因了。在深沉的絕望中度過許多個日子，她心中剩下的只有憎恨與怒氣。

就這樣又過了一個月。

那天是十一月十五日，星期六。大學入學考試結束後十天。高三學生如海水退潮一般離開自習室，整間學校都瀰漫著一股難以言喻的解脫感。

妍雅在所有人都離開學校之後，才獨自走到垃圾焚燒處理場。因為邊章浩老師下達指示，要幾個同學到焚燒場旁的體育用品倉庫去整理器材。

妍雅走近外牆油漆斑駁的建築物，嚴重腐蝕的生鏽鐵門上，掛著一個已經被打開的鎖頭。妍雅開門走進倉庫，封閉空間裡厚厚的灰塵與發霉潮濕的氣味，刺激著她的鼻腔。雖然她本來就不抱期待，但這裡果然一個人也沒有。老師明明說是要大家一起打掃，但其他人似乎都溜了。更何況今天不是平日而是週六，這也很正常。

嘆了口氣，妍雅環視倉庫內部。鐵門旁邊，課桌椅堆得老高，一旁是一個又一個堆起的軟墊。靠牆的鐵架上，密密麻麻擺滿了沒在使用的體育用品。鐵門的另一頭，則是通往體育館的出口。

「到底是要清理什麼啊？」

這是個清也不是，不清也不是的地方。邊老師也不期待體育倉庫會乾淨到令人驚訝。妍雅把一個大籃子勾在手臂上，開始把地上的排球一個一個撿起來。沉悶的空氣讓她想把門打開，但冬季的寒冷卻令她沒有勇氣這麼做。

她打算把裝滿球的籃子放到對面的門旁邊，便拖著籃子往那扇門的方向走，結果籃子的一角卻撞上了門旁一個搖搖欲墜的鐵架。

「哦哦哦哦！」

她趕緊伸出手去扶那個架子，上頭的體育用品卻嘩啦啦掉了下來。妍雅把架子重新扶正，並查看了一下是否穩固。其中一角已經斷了，鐵架處在靠著後面的牆壁，勉強維持平衡的狀態。

啊，真是沒一件事情順利。

妍雅不耐煩地撥開頭髮，開始把掉在地上的體育用品一一放回架子上。擺放的過程中，架子還多次朝缺了一角的方向倒。她忙了好一陣子之後，突然身後傳來喀嚓一聲，是體育倉庫的門被人關上，鎖頭上鎖的聲音。驚慌之餘，妍雅趕緊跑上前去拉住門把，但門只有發出哐啷的聲響，卻沒有打開。

「這裡有人！裡面有人！」

慌張的妍雅拚命敲門、大喊，卻只聽見腳步聲逐漸遠去。顯然是有人明知道她在裡面，卻還是故意把門鎖上。她的包包放在教室，而手機則在包包裡頭。

她試著去拉了拉另一頭通往體育館的門，卻一如往常地鎖著。雖然有一扇小窗戶，但卻被已經鏽蝕的鐵柵欄封死，根本不可能逃出去。

「有人在嗎？有人被關在這裡！」

早已過了放學時間，學校裡空蕩蕩的。她試著把頭探出鐵柵欄外大聲呼救，卻只換來一片寂靜。不安與恐懼逐漸席捲了她。

到底是誰？是誰把門鎖上了？

妍雅只能失神地坐在地上。

維持這個狀態不知過了多久。在黑暗的空間裡待久了，絲毫感覺不到時間的流逝，但她突然聽見肚子咕嚕嚕叫了起來。

「好餓。」

坐在地板上的屁股發麻，她正打算換個姿勢，卻在這時聽見一陣吵雜的交談聲，生鏽的鐵門隨即被人推開。

「啊……！」

開心只是暫時的，進到體育倉庫裡的人是陳勝煥跟其他幾個男生。他們也驚訝地瞪大了眼睛，似乎沒想到妍雅會在裡頭。

「哇，看看這是誰啊？不是賤女人嗎？妳怎麼會在這？」

勝煥嘴角露出卑劣的微笑，大搖大擺地走上前去，手裡還夾著已經點燃的香菸。看來，他們是特地來這裡抽菸的。其他幾個男生手上，也都夾著已經點燃的菸。

「是、是因為有人不曉得我在裡面，就從外面把門鎖上了。不管怎樣，我、我先出去了。」

妍雅狼狽地站了起來，她坐在那裡的時間比想像中要久，才剛站起身便覺得頭暈。好不容易穩住重心，從那群人身旁往門口走去，勝煥卻一把抓住她的手。

「妳是想去哪？」

他的臉上露出令人作嘔的笑容。

「幹嘛這樣？放開我，我要走了。」

「誰准妳走的？」

勝煥用力把妍雅拉了回來。妍雅一個踉蹌往勝煥的方向跌了過去，看起來就像被勝煥抱在懷裡。周圍的男生開始吹口哨，紛紛鼓譟了起來。

「放開我，快放開！」

妍雅用盡吃奶的力氣想收回被抓著的手臂，卻始終沒能掙脫。

「緊張什麼？我只是想跟妳玩一下。」

「放開我！」

「妳還會挑人喔？不是隨便什麼男人都可以嗎？幹嘛這樣？」

「這是什麼意思？」

妍雅開始眼眶泛淚。

「太好了，我剛好覺得無聊。喂，我們來玩點有趣的。你把數位相機拿出來。」

這群把恐嚇與胡作非為當成一種娛樂的人眼裡，發出凶殘的光芒。妍雅突然哆嗦了起來，渾身起了雞皮疙瘩。她開始在腦海中想像各種令人恐懼的可能。

「喂，抓好她。有沒有什麼東西能塞她的嘴？」

勝煥一聲令下，幾個男孩子便從左右兩邊抓住妍雅的手，另外一個人則從後面摀住她的嘴。極度的恐懼瞬間湧現，妍雅感覺自己彷彿墜入了深淵。

好可怕、好可怕、好可怕。

眼淚不聽使喚地流了下來。

「啊啊、啊！呃、呃……呃！」

妍雅拚命扭動身體，雖然男生們使勁抓著她，但她發瘋似地掙扎著，讓幾個大男生也無法完全將她壓制。

「是怎樣？還不給我聽話點？是想先被我揍一頓，還是要乖乖聽話直接來？」

「呃、呃！咳……放開！放開我！」

一隻手臂突然掙脫了掌控，過度用力的掙扎使她失去了重心。在反作用力的作用之下，妍雅整個人向後倒了下去，撞上了椅角。

啪——

砰——

妍雅感覺腦袋嗡嗡作響。一陣劇烈的疼痛自後腦傳來，她眼前突然一陣黑。

「幹嘛？喂，李妍雅！醒醒啊！」

勝煥打了打妍雅的臉。妍雅努力想睜開雙眼，精神卻像被一塊大石頭壓住，讓她整個人動彈不得。

「她……她不會死了吧？」

「幹，不要觸霉頭啦。」

其中一個男生伸出顫抖的手指，放到妍雅的鼻子下方探了探鼻息。

「她沒有呼吸了。」

「喂，走吧，走！快！」

一陣凌亂的腳步聲逐漸遠去。與此同時，他們還不忘將門鎖上，似乎是不想留下自己曾經來過的證據。

去。

「快、快！照原來的樣子鎖回去。」

視線越來越模糊。妍雅試著留住遠去的意識，但仍然感到昏沉，最後終於徹底昏了過去。

「要、要吸不到氣了。」

伴隨著後腦一陣令人發麻的疼痛，妍雅好不容易撐開沉重的眼皮，才發現體育倉庫充斥著濃煙。

妍雅挪動沉重的四肢，好不容易才坐了起來。看了看四周，發現放在角落的袋子竄出了火舌，不停冒出濃煙。妍雅驚慌失措，趕緊跑到門邊拉了拉門把，卻怎麼也打不開，另一邊通往體育館的門也是相同的情況。妍雅能清楚意識到自己所處的情況，認知到死亡逼近的恐懼。

「救命啊！這裡有人！外面有沒有人在？這裡失火了！有人被關在這裡！」

拚命拉扯著門把、敲打著門板並大聲呼救，卻沒有任何人回應。妍雅拖著顫抖的雙腿，好不容易走到窗戶旁。從這裡往外面叫喊，如果外面有人，應該就能夠聽見她的聲音。妍雅盡自己最大的努力，將頭從鐵柵欄之間探了出去，隨後開始放聲呼救。

「來人啊！拜託救救我！」

嗆鼻的濃煙與恐懼令她忍不住哭了出來。即便眼前一片模糊，她還是能隱約看見遠方主校舍的一角，卻怎麼也找不著人影。

「救命……咳咳，救命啊！」

好可怕，真的好可怕。漆黑的恐懼如陰影般將她籠罩，她渾身止不住地瘋狂顫抖，感覺渾身的血液都要衝出體外。心跳快得就要爆炸，眼前的世界變得無比昏暗。

我真的會這樣死掉嗎？會被火燒死？

就在妍雅陷入絕望之時，一個人影從被濃煙與眼淚遮蔽的視線中閃過。

「喂！喂！這裡有人！失火了！救命！」

妍雅拚了命朝那個人影大喊，甚至連手都伸到了鐵柵欄之外，用盡全身的力氣想讓對方知道自己的存在。雖然看不太清楚，但對方似乎是個穿著制服的男生。似乎是聽見了妍雅的呼救聲，路過的男孩停下了腳步。四下張望了一會，最後目光停留在體育倉庫的窗戶。

對上眼了！男孩所在的距離比想像中要近，他也正看著妍雅。

「得救了。」

只是那男孩遲疑了幾秒，隨後便轉身離開。

真令人不敢相信，明明就對上眼了啊。

「咳，喂！咳、咳……不要走啊！這裡失火了！救命啊！」

雖然妍雅扯開喉嚨大喊，男孩的背影仍義無反顧地遠去。就在這時，男孩的手機鈴聲突然響起。

那是一陣狗叫。

瞬間，妍雅像是被誰從後面打了一樣愣住，整顆心瞬間沉了下來。這鈴聲十分熟悉，是志勳的手機鈴聲。不光是她，全校學生都知道，志勳的手機鈴聲是「狗叫聲」。妍雅回憶起當時，本來只是因為好玩而設定成狗叫聲，大家卻因為覺得意外適合志勳這隻瘋狗而笑個不停。憤怒、絕望、背叛、恥辱，這些瘋狂的情緒瞬間佔領了妍雅的理智。

「喂！你這狗東西！你怎麼能這樣對我？怎麼能這樣對我！」

妍雅感覺心碎了一地，彷彿有人拿著尖銳的針掏挖她的心臟。她用拳頭敲打、用額頭撞著鐵柵欄，即使手跟額頭都破了也絲毫沒有停下。

「混帳東西！我絕對不原諒你！就算到死……不，就算是死了我也要詛咒你！」

沸騰的憎恨令她不停叫罵。與此同時，火勢也逐漸猛烈，黑色的濃煙瀰漫整間倉庫。因為吸入了過多的濃煙，妍雅的意識逐漸模糊。

我會就這樣死在這嗎？

王八蛋。我要是死了……絕對要報仇。

昏昏沉沉之中，意識逐漸遠去。當妍雅感覺自己被吸入深淵時，耳邊又聽見微弱的狗叫聲響起。

在吵鬧的機械音之下，妍雅緩緩睜開眼睛。首先映入眼簾的，是醫院的白色天花板，接著是美華那張滿布淚痕的圓臉。

「妍、妍雅！妳清醒了嗎？認得出阿姨嗎？我……我們妍雅怎麼會……嗚嗚、嗚。」

「姊姊，嗚嗚……嗚啊啊啊，姊姊……嗚。」

「妍雅！妍、妍雅。嗚呃，沒事了，現在……已經沒事了。」

見妍雅從鬼門關前撿回一條命，美華、延徹與允思以放聲痛哭來表達他們的喜悅。

妍雅躺在加護病房裡整整昏迷了十天。醫生說要是再多吸入一點濃煙，妍雅這條命肯定救不回來。因為美華跟允思擔心妍雅的身體狀況，便決定暫時不將事情的來龍去脈告訴她。也因此妍雅又過了好一陣子，才終於聽到了令她大受衝擊的消息。

那就是志動的死。

允思支支吾吾地，將這個驚人的消息轉達給終於能起身的妍雅。

「死、死了？柳志動嗎？」

「嗯。」

「怎麼會……？」

「還問怎麼會？是因為體育倉庫失火……妳跟志勳兩個都倒在地上，志勳被著火的架子壓在下頭……」

妍雅感覺自己就要不能呼吸。腦袋嗡嗡作響，好像有誰拿錘子從後面敲了她一記。志勳居然是死了？真不敢相信。奇怪，當時志勳明明沒有理會她的呼救，自己一個人跑掉了，為何又會回到體育倉庫來？

「那我……？」

「那時妳已經半離開倉庫了。多虧了這點，所以妳才少吸了一點濃煙。應該是求生的本能驅使妳爬出來的吧。」

「但門原本是鎖著的吧？」

「不，體育館那一側的門是開著的。妳就是倒在那扇門邊，一半在門外，一半在倉庫裡。」

另一邊的門是開著的？是我太慌張了，以至於不知道門是開著的嗎？

「可是妍雅……學校裡有很多跟這件事有關的奇怪傳聞。我怕妳以後回學校會嚇到，所以想先跟妳說……」

「什麼？」

妍雅一邊維繫逐漸昏沉的意識一邊問道。允思搔了搔頭，先是露出難以啟齒的表情，隨後才艱難地開口。綜合允思的話，學校裡的傳聞是這樣的：星期六下午，妍雅把欺負自己的智勳找到人跡罕至的體育倉庫去。當時妍雅一邊等志勳一邊偷偷抽菸。接著志勳來到倉庫，兩人開始爭吵，吵得越來越凶。

「大家說是因為妳當時抽菸的火星濺到袋子上，所以才會引發這場火災。」

「這怎麼可能？我為什麼要抽菸？我根本不可能抽菸啊。」

「我也是這樣想的，但妳也知道，大家有時候就會隨便捏造一些沒有依據的謠言。」

志勳雖然是個不良少年，但絕對不會去碰菸。也因此當鑑識出爐，揭露是菸蒂造成這場火災之後，大家便認定抽菸的人是妍雅。

「所以呢？」

「所以說呢，這真的只是謠言，單純的謠言。大家覺得妳發現火勢越來越大，就想自己先從通往體育館的門逃出來。然後又因此跟志勳發生了一點爭執，兩人在門前拉扯了起來，結果著火的架子倒了下來，志勳剛好被壓在架子底下。」

妍雅啞口無言。一個人死掉、一個人失去意識地倒在地上時，學校裡的學生卻製造出謠言，試圖第二次殺死當事人。

「同學們都知道妳跟志勳勢不兩立，所以才會覺得是因為你們起了爭執而引發火災。

哎呀，要是被我知道是誰傳出這種謠言，我絕對會把他弄個半死！」

允思義憤填膺又氣呼呼地說。

「而且妳知道外面在傳什麼嗎？說是妳故意把架子弄倒，害志勳被壓在下面的。說妳這十天不是昏迷躺在醫院，是假裝昏迷。竟然有人這樣說耶！」

說著說著，允思顯得更加氣憤，甚至還握起拳頭捶著自己的胸口。

「我怎麼可能會去跟志勳……我沒做過這種事。」

「妳當然沒有！妳怎麼可能去計劃傷害志勳！」

「不，我不是那個意思，是我沒在體育倉庫見到志勳。」

允思瞪大了眼睛看著妍雅。

「什麼？那倉庫裡到底發生了什麼事？妳這個當事人躺在醫院裡昏迷不醒，外面謠言滿天飛耶。我真的很想趕快跟大家解釋……」

「我被關在倉庫裡面……」

妍雅試圖解釋原委，說到一半卻停了下來。要解釋體育倉庫的事情，就得提起陳勝煥差點對她做的那些事，可是她並不想曝光這些醜事。

「被關？為什麼被關？」

允思又往妍雅的方向靠近了一點。妍雅想了一想，最後決定跳過陳勝煥一行人的事情。

「我原本在體育倉庫裡，結果有人把門鎖上了。說不定那個人就是志勳。」
「什麼？柳志勳嗎？」
「我不確定。但總之，後來就失火了。可能是在我進去之前，有人把沒熄滅的菸蒂丟在那邊，然後布袋就燒起來。火勢越來越大，我就敲倉庫的門大聲求救，那時候我看到志勳。我大聲叫他救我，他聽到我的聲音，還跟我對到眼……但是人卻跑了。」
這就是妍雅所知道的真相。實際把整件事情說出口之後，那一股憤怒令她渾身顫抖。
混帳東西，怎麼可以……
「不、不會吧？妳跟志勳的關係是不好，但他不可能……不，這有什麼誤會，一定是！」
「我親眼看到的，那絕對是柳志勳。」
雖然視線很模糊，但那張臉絕對是志勳，手機鈴聲也是他在用的鈴聲。
「可是志勳死在倉庫了啊。那就代表他又回去了吧？」
妍雅想起自己在體育倉庫裡意識逐漸消失時，似乎又再一次聽見那個手機的狗叫鈴聲。
「火勢越來越大，他可能是擔心以後變成殺人幫凶被處罰，所以才又回來了吧？他不知道我已經爬出來，然後就被架子壓住……」
說著說著，妍雅感覺自己的心碎了一地。她緊抓著胸口，呼吸突然變得急促，幾乎要喘不過氣來。

「妍雅，妍雅！妳怎麼了？醒醒！」

「呃、呃……呃呃、呃。」

心臟像要衝出胸口一樣跳個不停。妍雅用自己尖尖的指甲不停抓著胸口。病患服的釦子掉落，露出了衣服底下的肌膚，接著她用力抓著自己的胸口。

「妍雅，不要這樣！醒醒！醫生！拜託一下！幫幫忙！」

允思一邊阻止妍雅一邊請求協助，妍雅卻絲毫沒有停止發狂。她的胸口開始出現傷痕，並流出了大量的鮮血。她想這樣下去……想就這樣下去把胸口挖開，將裡頭的心臟拉出來扔掉。

混帳東西……竟然死了，竟然就這樣死了……！

我可都還沒復仇，你竟然就死了。

妍雅在床上掙扎，隨後摔到地板上。她渾身感到難以忍受的疼痛，卻還是不停地挖著自己的胸口。

「呃，哦哦……喔呃！呃喝，啊啊啊！」

她發出野獸般的低吼聲在地上打滾。四肢狂亂地舞動，不停敲打到床腳與櫃子的邊角。

「妍雅！不要這樣！拜託妳清醒一點！」

「呃啊啊啊啊啊！啊啊啊啊！」

怪異到令人不敢相信是出自人類之口的聲音，自妍雅的嘴裡衝了出來。直到允思找到人來幫忙之前，她就像隻鼠婦一樣，蜷縮成一團在地上打滾。衣服已經被撕開，胸口暴露在外，而沾血的肉塊就這麼吊在上頭晃動。

當警察再次找上門時，妍雅複述了一次對允思說過的內容，整起事件就這麼草草結束。為了讓高三生專心準備大學入學考試，於是學校施加了不少壓力，試圖盡快平息這不平靜的氣氛。直到最後，都沒能找到扔菸蒂的犯人。

十二月的某一天，妍雅向學校提出退學申請，把自己關在家裡好幾個月。直到隔年，她才決心參加同等學力檢定考試。重考了一次，隨後進入了一所排名中等的大學就讀。

火災意外與志勳之死，在妍雅心中留下了深刻的傷痕。她的個性、價值觀與喜好，全都有了改變。原本開朗美麗的世界，如今已不復存在。對妍雅來說，世界很危險、很可怕，是個令人畏懼的地方。她的受害意識越來越強烈，總在埋怨、詛咒一個不知名的對象，成天在想為何偏偏是自己遭遇了這種事。

於是，那起事件成為轉捩點，使妍雅的人生天翻地覆。

8 蟬叫了，所以夏天會很熱

妍雅站在巷口，看著那條傾斜的上坡路。十四年來，她拚了命想忘記那件事。任何會回想起事件的行為、相關的物品，她都會刻意避開。現在回想起自己掩埋已久的過去，才發現事情有如昨天才發生一般，令她感到疼痛難耐。妍雅用手背擦去流下的淚水，以及眼角被暈開的睫毛膏。

那絕對不是夢，我真的一度回到過去。

既然如此，那也不用多想，結論只有一個。她必須回到過去、回去阻止那起事件，這是她現在所能做的最佳選擇。

妍雅掉頭往舍堂站走。既然已經試過一次，那第二次說不定也有機會。

星期六晚上，被黑暗籠罩的學校，瀰漫著更加陰森詭譎的氣氛。她一直沒有勇氣單獨進到學校，便去便利商店買了一罐燒酒，仰頭一飲而盡。

「啊。」

嗆辣的酒精流入內臟，令她渾身顫慄。幾分鐘後，醉意令她意識模糊，她才終於有了勇氣。手腕上的手錶指著十一點四十分，妍雅便往學校圍牆走去，準備翻牆入內。

果然。

在黑暗中用手摸著圍牆，便在大腿高度的地方摸到了一個洞。這個能讓腳趾踩進去的洞，是擁有悠久歷史與傳統的翻牆用踏墊。妍雅一腳踩了上去，撐在牆上的手一個用力，便把自己撐了起來。

果然比起腦袋，身體更清楚記得這些事情。

輕盈地翻過牆後，妍雅避開警衛室，小心翼翼地往主校舍移動。一如預期，中間的大門上了鎖。她繞到校舍後方，一一試開一樓走廊的窗戶。記得上次允思說，要等到學生們都離開學校，過了十二點才會上保全。而這星期為了準備全國數學能力比賽，因此即便是星期六，夜自習室也開放到深夜。只要其中有一扇窗戶是開著的，只要能夠直接進去，她應該就會有幾分鐘的時間能夠利用。

她抱著這個期待，一一扳動窗戶，很快便有其中一扇窗戶應聲敞開。

賭對了！

妍雅淺淺一笑，便翻過窗戶進到一樓走廊。就算喝了酒，深夜的學校依然是陰森又恐怖至極。時間已經來到十一點五十五分，妍雅蹲低了身子穿越一樓走廊，開始往樓上去。

一樓、二樓，然後是三樓。

她的心跳快得就要衝出胸膛。不知不覺，她已經來到三樓通往四樓的階梯。某處傳來悶悶的鐘響。妍雅配合鐘聲，一腳踩上第一道階梯。

噹──

「一。」

噹──

「二。」

噹──

「三。」

……

噹──

「十二。」

然後……

鐘聲停止了。

本以為會有白光射出來，於是妍雅閉上了眼睛，但卻感覺不到任何光線的波動。她輕輕睜開眼。

怎麼可能？

她還在第十二階樓梯上。穿著白色球鞋的雙腳，穩穩地踩在最後一階，也就是第十二道階梯上。第十三道階梯並沒有出現。她在階梯上跳了幾下。

怎麼回事？為什麼沒用？

她重複上下階梯多次，仍沒有任何變化發生。

是哪裡出錯了？為什麼不行？該不會那時候我被鬼遮眼了吧？

妍雅四下張望，一陣恐懼緩緩湧現。自窗外照入校舍內的青藍光線，照在階梯與走廊上。寂靜籠罩的建築物裡，偶爾能聽見物品摩擦發出的聲音。而那可真是詭譎至極。

妍雅下了樓梯，她的心臟噗通噗通跳個不停。不知從哪傳來啪的聲響，回頭卻是四下無人。九月初，悶熱的天氣依舊，一股惡寒卻沿著手臂逐漸向上爬。就在她加快腳步走下樓梯的時候……

喵——

「啊啊啊啊！」

不知從哪傳來貓叫聲，讓妍雅驚恐地一口氣衝到一樓。

叮鈴。掛在諮詢室門上的鈴鐺輕快響起。

「哎呀，梁太太！好久不見了，您怎麼變得這麼年輕啊？究竟是去哪裡做保養了？看您的皮膚都在發光呢！哦呵呵呵呵。」

總是能以驚人速度聽見鈴聲的劉美愛，腿上像裝了彈簧一樣，隨即從隔壁房間衝了出來。今天來到諮詢室的，是大法官的太太梁靜秀夫人。劉美愛以高了八度的虛偽嗓音，搶走了本該由妍雅說出口的歡迎詞。妍雅只是用眼神向梁靜秀問候，便繼續坐在桌前，手撐著下巴繼續沉思。見妍雅這個反應，劉美愛似乎是覺得自己的過度反應有些丟臉，便帶著尷尬的笑容引導梁靜秀往自己的辦公室走去。

妍雅麻木地看著梁靜秀的背影，手中的筆一個勁地敲在白紙上。

究竟是哪裡出了錯？

她花了一整夜想這件事，卻想不出答案。明明是在十二點，一邊數數一邊爬上樓梯，條件都跟上次一模一樣呀。

但為何不行？

這時，放在桌上的手機突然震動了起來。手機震動的模樣不知為何令她作嘔，想來應是什麼令人不甚滿意的對象傳來的訊息。妍雅不情願地拿起來查看。

【現在也該吐實了吧？】

妍雅趕緊把手機蓋在桌上。

「吐實」？敏京顯然很享受現在的狀況。妍雅摸著手機的邊角，一邊咬著自己的嘴唇。想了一想，她拿起手機開始輸入回覆訊息。

【上次就跟妳說過了，我沒有什麼秘密，那件事也跟我無關。】

手機好一陣子沒再響起，但妍雅彷彿能看見敏京在電話的那一頭嘲諷地笑著。一直等到好一段時間過去，手機才又再度震動了起來。

【我多給妳一些時間。不急，到下週五。】

妍雅手肘撐在桌上抓著自己的頭髮。

不急？多給一些時間？肯定是想讓我急死吧。

心頭烏雲籠罩。妍雅彷彿都能聽見決定命運的秒針，滴答向前走著。但她有辦法，只要在這段時間內改變過去就好。問題是，她必須找出回到過去的方法。

手機再度響起，這次是她很歡迎的人物，允思。

「允思！」

〔妳這反應是怎樣？發生什麼事了？〕

「妳記得我們學校的怪談嗎？」

允思好一陣子沒說話。

她肯定覺得很荒唐。畢竟她肯定有很多話題想聊，例如濟州島之行是否順利、濟州島哪裡哪裡好，但還是好累、去哪裡買了些什麼等等。

〔妳突然問這幹嘛？〕

妍雅決定主動提醒她。

「妳記得吧？到了晚上十二點，學校操場上的李舜臣銅像就會轉一圈之類的。」

〔我們學校又沒有李舜臣銅像。〕

「或是相框裡的柳寬順女士突然流出血淚。」

〔就我所知好像也沒有這種傳說。〕

「還有午夜十二點爬上學校樓梯，會出現第十三階之類的。」

〔妳這樣一說，我好像有聽說過。〕

「真的嗎？說來聽聽。」

〔嗯，在滿月的那天……〕

滿月那天？妍雅所知道的怪談中，可沒有月圓這個條件。

「然後呢？繼續說。」

〔在滿月那天，配合晚上十二點的鐘聲，每響一聲就邊數數邊爬上樓梯，第十三階樓梯就會在鐘聲停止的時候出現。然後是什麼啊？好像是學校會變成一片血海，還是踩到第十三階樓梯的人會死之類的，大概是這樣。〕

「妳仔細想想啦，這對我來說很重要。」

「怪談有什麼重要的……啊，對了！是說踩到第十三階樓梯的人，會掉入地底永遠消失。」

掉入地底永遠消失，這或許是指消失後回到過去的意思。顯然，學校怪談是以隱喻的方式在透露時間旅行的秘密。

「謝啦！對妳很不好意思，下次再聽妳說濟州島的事。我有點急事，真的抱歉。」

著急的妍雅在道歉之後便掛上了電話。

滿月是什麼時候？

用手機查了一下，發現就是兩天後。

但她回到過去那天……是滿月嗎？

驚慌失措的妍雅衝出學校，直到來到上坡路的入口處，才停下腳步喘口氣。這次又失敗了。用力踩皮鞋跟顯然不是必要條件。

「呃啊啊啊啊啊！」

她從口袋裡掏出筆記。筆記上寫滿了這段時間透過允思和浩允，打聽來的各種跟第十三階樓梯有關的怪談。有人說是要在滿月那天，有人說是要聽到貓叫聲，也有人說是要用力踩鞋跟才行。妍雅在筆記本上用力劃下第五條紅線。踩鞋跟？感覺好像在哪聽過這說法，她還大喊「找到了」，後來才發現是《綠野仙蹤》裡桃樂絲回家時使用的方法。

妍雅試著平復自己激動的心跳，站起來伸了個懶腰。通往學校的上坡路入口處，原本座落的許多商家早已不再營業，整條巷子吹著陰森的風。為了甩開恐懼的心情，妍雅拿出手機撥了電話給浩允。這時間會醒著的人，就只有浩允了。

〔喂？〕

「還有沒有其他版本？」

〔唉。〕

電話那頭傳來深深的嘆息。

「有沒有啦？只有之前跟我說的那些嗎？」

〔我跟比較熟的幾個人都問過了。〕

妍雅向前走，試著緩和還有些喘的呼吸。

「學生會的也問過了嗎？」

〔當然。〕

「學長姐們呢？」

〔……〕

「幫我問問吧。」

「妳最近到底是怎麼了？」

「……」

「妳真的不跟我說嗎？那以後我也不幫忙嘍。」

「浩允，拜託你，這對我來說真的很重要，攸關我的人生啦。」

「到底是什麼事情要讓妳這樣？妳真的很奇怪耶，妳知道嗎？每一次打電話、每一次見面，妳都在聊學校的怪談，這對妳的人生真的有這麼重要嗎？」

聽浩允的聲音如此冷酷，顯然是真的非常生氣。

「下次，下次我一定告訴你。」

「……好啦。」

浩允的聲音非常失望，顯然他也很清楚，妍雅絕對不會告訴他究竟發生了什麼。

「浩允，抱歉，也許……」

跟你說了你也不會相信。因為連我自己也覺得這很瘋狂，但我真的很急。

位於傑思大廈三十五樓的天空酒吧，正播放著輕柔的爵士樂。妍雅坐在裡頭，正用叉子戳著吃不到一半的牛排。

「妳不喜歡這裡嗎？看妳都沒怎麼吃。」

赫俊的聲音，讓妍雅好不容易把飄到遠方仙女星雲的思緒拉了回來。

「嗯？沒有啦，只是今天沒什麼胃口。」

「上班很累嗎？還是有什麼事情讓妳煩心？」

「沒有，沒什麼啦。你也沒吃多少耶，快吃吧。」

妍雅拿起刀子切下一塊肉，像是要吃給赫俊看一樣把肉塞進嘴裡。雖然有點涼了，但豐富的肉香依然充滿了整張嘴。

「阿姨的狀況又變差了嗎？」

「沒有，阿姨還是一樣，在外婆家好好養病。」

「那妳是怎麼了？妳最近真的很怪。都不主動聯絡我，每次見面也都失魂落魄的。」

「只是因為在準備婚禮啦。一邊在銀行上班一邊準備，實在是不容易。」

「妳跟敏京發生什麼問題了嗎？」

赫俊放下手中的叉子認真問道。而面對這個問題，一直以來都笑著說沒什麼的妍雅，這次卻無法用笑容帶過。

「沒有啊，沒什麼特別的事。」

回答的聲音聽起來有些心虛。

「我知道妳不怎麼喜歡敏京。」

這位先生，不是我的問題，是敏京不喜歡我，不，她是很討厭我。

「不是這樣……」

「但妳比敏京大兩歲啊，妳就不能姿態放軟一點嗎？」

「赫俊，你也知道我姿態已經放很軟了。可是小姑還是很不喜歡我，你難道真的不知道嗎？這不是我的錯。」

她知道赫俊一直為了讓家人同意他們的婚事而做出許多努力。為了說服不怎麼喜歡她的正淑與敏京，赫俊友多麼辛苦。但那份努力最後都使他們精疲力盡，讓他們都變得敏感且針鋒相對。

「我不是想計較誰對誰錯。我知道她比較不懂事，講話也比較隨便，但我希望妳可以不要隨她起舞。妳總是一邊說好，一邊又表現得高高在上，成熟一點吧。」

成熟一點？所謂的成熟究竟是什麼？要理所當然地接受他人的不當對待嗎？面對把自己當白痴的人，也要像個傻子一樣糊塗帶過嗎？這不叫成熟，根本是要她把自己當成下人吧？

「那小姑不管說什麼，我都要面帶笑容地包容她嗎？就因為我年紀比她大？不管她跟我說什麼都要這樣嗎？」

「我不是那個意思。妳今天是怎麼了？真是煩人。」

赫俊大聲了起來。姸雅能感覺到四周的人都豎起了耳朵聽他們說話。姸雅從不曾頂撞過赫俊，畢竟在這段婚姻裡她是屈居劣勢的一方，因此她本來打算安靜度日就好。不懂事的小姑、不滿意自己的婆婆，都是為了這段婚姻必須承受的因果報應。但這真是個對的選擇嗎？她真的走在正確的道路上嗎？

姸雅很快放棄深入思考，因為這對婚姻一點幫助也沒有。

「抱歉，對不起，赫俊。我只是想跟小姑拉近距離，所以才會講那種話。因為一直很不順利，我也覺得很難過。」

「算了，別說了，我今天真的很累。」

赫俊面色凝重地放下叉子，拿起餐巾擦了擦嘴巴。

「讓你難過了嗎？對不起，都是我的錯。」

「妳好像有時候會忘記我為什麼選擇妳。」

看起來不會惹麻煩，就是赫俊選擇姸雅的原因。

赫俊求婚那天說了許多甜言蜜語和美詞佳句，但其實這才是他真正的意思。

「跟我媽和敏京有關的事，妳就不能自己好好處理嗎？」

姸雅如鯁在喉，一句話也說不出口。赫俊重重嘆了口氣，拿下眼鏡按著自己的太陽穴。

「我先走了。」

「赫俊。」

「結婚前就這樣了，結婚後要怎麼辦？」

赫俊拿起掛在旁邊椅子上的外套起身，留下低著頭坐在椅子上的妍雅，頭也不回地離開了。那帶著怒氣的腳步聲逐漸遠去，人們憐憫地看著被獨自留下的妍雅開始竊竊私語。

「沒事吧？」

浩允拿了灌冰啤酒靠在妍雅的臉頰上，把妍雅嚇了一跳。兩人並肩坐在浩允公寓附近步道的長椅上，一起打開了手中的啤酒。喝下一口，涼爽的淡黃色液體流過喉頭，令人渾身興奮地發抖。

「嗯？什麼東西？」

「妳一臉就是好像發生什麼事了啊。」

這傢伙觀察力真敏銳。

妍雅沒有回答，只是一個勁地喝著冰涼的罐裝啤酒。跟赫俊分開之後，鬱悶的心情讓妍雅忍不住打電話給允思。但電話才一接通，允思劈頭便講起她跟學年主任大吵一架的事，讓妍雅只能反過來安慰她。最後，憂鬱的妍雅只好打給無法為這段婚姻提供任何意見的浩允。雖然沒有提起結婚的事，只是一個勁地喝著啤酒，但光從浩允的表情，就能看出他什麼都知道。

「還會有什麼事?什麼都沒有。」

就算說出來，也無法從浩允那聽到什麼好話。妍雅可不想又跟浩允吵架。

「都寫在妳額頭上了。」

「寫什麼?」

「寫著『我跟權赫俊吵架了』。」

好像上頭真的有寫字一樣，浩允用力按著妍雅的額頭。

「有這麼明顯嗎?」

「我們都認識多久了?是怎樣?說來聽聽吧。今天我不會說什麼，就聽妳講。」

浩允溫柔的聲音，乘著晚夏拂去暑氣的風鑽進妍雅耳裡。妍雅把玩著手裡的空啤酒罐，小心翼翼地開口說：

「浩允。」

「怎樣?」

「這段婚姻，你真的覺得很糟嗎?」

似乎是知道這問題的重量，浩允這次無法乾脆給出一個結論。

「就……我就只是想過得幸福而已。只想要平凡地愛人、平凡地被愛，我只想要這樣。」

可是不知道從什麼時候開始，我一直拚命掙扎，只想要往高處爬，甚至就連結婚都成了一種手段。

「那妳覺得只要結婚就會幸福，不結婚就會不幸嗎？」

妍雅嘆了口氣並搖搖頭。

「我不知道。因為不知道，所以很痛苦。我現在的選擇是對還是錯？要是過段時間我後悔怎麼辦？」

這是她過去未曾質疑的部分。她一直堅信，跟赫俊結婚就是通往幸福的道路。不，假使她曾經起過疑心，她也刻意忽視那份懷疑，但現在她內心某種類似標準的東西正在動搖。

「妳怎麼突然想這些？妳不是一直都不想這些事的嗎？」

「雖然都沒跟你說，但我不是突然才開始想這些事。本來我只覺得是因為結婚前思緒有點亂，但現在卻一直在思考這件事。如果這個選擇錯了怎麼辦？如果我又再次因為錯誤的選擇而毀掉我的人生，那該怎麼辦？」

她一直以來都在努力否定這個念頭。但一把念頭說出口，煩惱的形體似乎更加清晰。

「錯誤的選擇啊……選擇當然重要，尤其是結婚這種人生大事，那就更應該慎重選擇。可是……」

「可是？」

「如果會因為一瞬間的選擇就決定人生是幸還是不幸，那為什麼人還需要自由意志？」

「什麼？」

「妳也知道的啊，如果一個不幸的事件、錯誤的選擇就能讓人生天翻地覆，那人為什麼還要為了生活而努力？」

「這、這是什麼意思？」

「選擇就像事件或意外，是一次性的，是在一瞬間發生的偶然事件。如果我們用一條線來比喻人生，那選擇就像代表那條線某一部分的一個點。當然，如果那個點很大，那點之後的那條線就會大大扭曲，或是直接往別的方向延伸。可是更重要的是妳引導線往特定方向前進的意志吧？是妳在選擇之後，不對，是妳要『如何』活下去的意志，與選擇無關。」

「……」

「妳想變幸福？那妳現在有怎樣的意志？妳做了什麼努力？妳不會是沒有任何想法，單純覺得結婚帶來的條件，就能讓妳變幸福吧？如果那些條件都不見了，妳又會變不幸嗎？」

啊……

一陣鐘聲響起，妍雅如夢初醒。她一句話也沒說，不，是說不出口。妍雅努力抑制自己繼續想下去，因為總覺得只要再深入思考，她的人生便會徹底動搖。

「我不知道我有沒有那種意志。」

本以為浩允會再說點什麼，沒想到他沉默不語，只是遺憾地看著妍雅。妍雅將手裡的空啤酒罐捏扁。本來只是想簡單喝個啤酒，吐露自己鬱悶的心情，沒想到現在反而更加沉重。

「我先走了，很晚了。謝謝你今天聽我說話，也謝謝你擔心我。」

妍雅敷衍了事地說了幾句話，便拿著包包起身。

「我不是那個意思。」

浩允以認真且低沉的嗓音說。

「嗯？」

「比起擔心妳，我說這些話更是希望我能夠貫徹自己對妳的意志。」

唧——唧——唧——

唧、唧——

躲在樹叢之間的蟬正猛烈地叫著。

「這是什麼意思？」

妍雅顫抖地問道。

「以朋友的身分留在妳身邊，默默地祈求妳能過得幸福，這種事情我做不到。」

唧——唧——唧——唧——

突然，她想起了詩人安度昡的〈知了〉。不對，那首詩是叫〈夏天〉嗎？不。

〈愛〉，是叫〈愛〉。

她每次都弄錯，明明是自己很喜歡的詩。

「我一直很後悔。」

「……」

「後悔沒跟妳說。」

某處吹來一陣悶熱的風，凝結在啤酒罐上的水珠滴答落在手上。

「如果我比志勳更早說喜歡妳，我們會怎麼樣？」

「姜浩允，你幹嘛突然這樣？」

「如果我比志勳更早說喜歡妳，我們會不一樣嗎？」

「……」

「這件事我一直很後悔。」

唧——唧——唧——唧——

「這次我不想再那樣後悔了。」

極度吵雜的蟬鳴聲，替晚夏最後一波悶熱加了溫。

9 吹東風就先踏右腳

【妳在上班路上嗎？我也是。】

【今天天氣真好。早晚的溫度已經開始變涼了。】

【已經是午餐時間了。不要隨便吃個三明治當午餐，乖乖吃飯。上次我看妳瘦了很多。】

【……妳要繼續已讀不回嗎？】

當然！怎麼可能繼續像以前一樣？

妍雅刻意忽視一早就規律響起的手機，不，應該說她是希望能夠忽視手機。昨晚浩允告白了。他說他從十四年前開始，比志勳更早就開始喜歡妍雅。雖然連風都很悶熱，但妍雅當下卻覺得心裡發寒。靜靜聽浩允說了好一陣子，妍雅一句話也回答不出來。她腦袋裡想的一直都是——

你跟我之間是要怎樣？事到如今還想怎樣？

桌上的手機又繼續震動。

【那就沒辦法了，我本來想跟妳說另一個版本的學校怪談……】

妍雅猶豫了一下，隨即回電過去。

「喂？」

浩允的聲音聽起來滿是笑意。

「快告訴我，新的版本是怎樣？」

「妳也太傷人了吧？我藏了十四年的感情，妳怎麼能這麼冷淡？」

究竟該怎麼反應？既然無法接受，那就應該果斷拒絕。

「那是只有你一個人知道的感情啊。」

「哇，剛才那句話太讓我心痛了。我知道這段感情妳沒有責任，也知道是我一個人的感情，可是我以後不會再默不作聲了。」

「所以剛才你才用學校怪談引誘我嗎？」

「嗯。妳明知道還是上當，我反倒挺感謝妳的。」

狡猾的傢伙。雖然他本來就狡猾，但總覺得狡猾程度現在似乎更升級了。妍雅想趕快帶過這個問題，因此便催促著浩允。

「快點先把學校怪談告訴我。」

〔好啦。我照妳說的，去問了學生會的學長姐。鄭在容學長，妳記得吧？比我們高一個年級，他的版本又不一樣了。不過啊，我從他那裡聽到一件奇怪的事。〕

「奇怪的事？」

〔對，他說：『前陣子也有人來問我這件事，是最近流行喔？』〕

「誰去問他？」

〔不曉得，這我不清楚。〕

妍雅突然感到心頭發涼。居然還有人在問跟第十三道階梯有關的學校怪談？偏偏還是跟自己同一個時期，就更讓她覺得不妙。但首要之務，還是先聽聽浩允問來的學校怪談。

「總之，先把你聽來的新版本告訴我。」

〔就是呢……〕

時鐘指著十一點五十八分。

妍雅看了下手機，風向程式上顯示著從東方吹來的風，把旗子吹得劈啪作響的圖示。

〔晚上十二點，吹東風的日子。〕

「東風？」

〔對。等那天十二點鐘響的時候，配合鐘聲一邊數數一邊上樓梯，伸出右腳時第十三

道階梯就會出現。〕

「什麼？右腳？」

〔對，右腳。〕

站在漆黑的階梯前，妍雅回想浩允說的話。當初醉醺醺地來到這道階梯前，也就是第一次回到過去的那天，自己確實是先跨出右腳。

今天的條件有兩個，東風與右腳。

噹——

學校的鐘聲像是一發信號彈，妍雅伸出右腳踏上樓梯。

一、二、三、四……

十、十一、十二。

然後……

十……三！

階梯開始發出刺眼的白光。

「成、成功了！」

白光很快將妍雅包圍，妍雅緊閉上眼，感覺自己雙腳飄在空中，被吸入無限的空間裡。在感覺籠罩自己的光芒消失時，耳邊逐漸能聽見吵雜的聲音。

乒乓作響的腳步聲、高聲爭吵的聲音、竊竊私語的聲音，都是熟悉的聲音。

「我不會真的成功了吧？」

她心跳劇烈，緩緩睜開緊閉的雙眼。因為光芒而模糊的視線逐漸清晰，眼前是記憶中喧囂的學校。

天啊，終於。

「有了！我來到過去了！」

終於弄清楚回到過去的方法。這次不像上次糊裡糊塗地回到過去，她告訴自己得依照計畫行動。最重要的事情就是……

啊，不管了、不管了！總之，成功回到過去了！終於成功了！

「耶！」

妍雅輕快地跳下樓梯，但奇怪的是她的右手並不太自然。她轉頭看著身旁，準確地說是稍微稍微往上的位置，不對，是更高一點的地方。志勳正牽著妍雅的手，低頭看著她。

那是雙粗大的手。因為志勳從小就在運動，所以手腳比一般人要長，手掌也比較大。彷彿能夠保護她遠離世上所有的邪惡，那雙稚嫩卻厚實的手。

妍雅吃了一驚，趕緊將自己的手抽離，剛才被牽著的手像被火燒過一樣熱燙。志勳瞇起了眼看她，那歪頭的姿勢，讓他看起來更像不良少年。

怎麼回事？現在是幾月幾日？是跟這傢伙交往之前嗎？還是交往之後？從剛才牽著手來看，應該是還在確認心意的狀態吧。

既然回到過去，就該好好思考現在該怎麼辦。只是還沒有能好好思考的時間，就立刻跟志勳撞個正著，讓妍雅很是驚慌。這時，一群學生魚貫從兩人身旁爬上樓梯。

「就說妳每次都慢人家一拍。慧英進去以後，妳就要立刻進去啊。距離校慶只剩一個半月，現在是要怎麼辦？」

距離校慶剩一個半月。校慶是六月初，所以現在是四月中旬，那就還在交往前。

妍雅抬起頭瞪著志勳。

「你是怎樣？為什麼要偷偷牽我的手？」

「妳果然是不會一次就上鉤，真的很愛計較耶。妳的手是空的，我覺得看起來很孤單，所以就牽一下啊。」

想神不知鬼不覺地把我騙過去啊？

志勳的嘴邊掛著大大的陰險笑容。

我，不會被騙。

上次因為來得太突然，所以才一直被志勳牽著鼻子走。初次見面時那溫柔耀眼的微笑，幾乎都要讓妍雅忘了心裡的疙瘩。她恨了十四年，也一直努力要忘了志勳。因此對志動的回憶，就只剩下生氣與吵架的模樣。見到志勳與記憶中截然不同的樣貌，會慌張也是正常的。

妍雅努力想起那些壞回憶。態度隨便讓妍雅感覺受到侮辱的回憶、把她一個人留在火災現場，自己逃跑的回憶，以及自己後來徹底扭曲的人生。

你毀了我的人生，怎麼還能在這裡笑得這麼開心？

妍雅收起了表情。拿出對待奧客的態度，板著一張臉，冷冰冰地看著志勳。

「我有話要跟你說。」

「哇，妳終於開始對我有意思啦？」

沒有多加回應還在耍嘴皮子的志勳，妍雅逕自往樓上走。身後傳來有些輕快的腳步聲。兩人進到美術教室哩，妍雅關上了門。金黃色的陽光，自美術教室寬大的窗戶灑落，將室內照得十分明亮。

「哇，何必特地帶我來這種地方？到底是想講什麼？氣氛很不錯喔。」

志勳一張嘴喋喋不休。來五樓美術教室的路上，志勳一下子問：「什麼啊？是要去哪？」一下子又說：「我需要做點心理準備嗎？」一個勁地對著妍雅的背影自言自語。

「柳志勳。」

你根本就不是這麼多話的人。

十八歲的自己不知道，但三十二歲的李妍雅可是看得很清楚。面對喜歡的女孩，能說出什麼話呢？只會因為緊張而喋喋不休。妍雅才一叫他的名字，志勳隨即看著她應了聲：「幹嘛？」妍雅望著那雙凝視著自己的深邃眼睛。

是啊，你只是個害怕的孩子罷了。

「我找你來是因為有話要跟你說。」

「這妳剛剛說過了。」

「我很謝謝你喜歡我。」

「那現在是要交往嗎？真是明智之舉。」

志勳咧嘴笑了起來。一如預期，這個臉皮跟熊皮一樣厚的傢伙，可不會因為聽見「謝謝你喜歡我」這句話而慌張。

「不，我想我已經說過了，但我要再次強調，我不會跟你交往。我們只是高中生，你長大以後也會知道，有些事情只能在這個時期做。而對我們來說，那就是讀書。明年我們就高三了，在這個重要時期，我不想把時間浪費在談戀愛上。」

志勳緊皺眉頭。

「我說得更清楚一點，我連一點點要跟你交往的意思都沒有。我真的想——」

「有人說要跟妳交往嗎？」

志勳打斷妍雅的話，滿臉不高興地挖著耳朵。絲毫感覺不到被拒絕的憤怒或失望。

「我的意思是說，我跟你——」

志勳再度打斷妍雅。

「有人說要跟妳交往嗎？妳以為妳是誰啊？我根本沒要妳跟我交往，妳自己在那裡自我感覺良好到極點。」

本打算講點狠話來拒絕志勳的妍雅，當場愣在原地。

「那、那是因為……你！你、你不是說喜歡嗎？不是說喜歡我嗎？」

妍雅滿臉通紅地喊道。

天啊，丟臉，丟臉死了！

「那又不是要交往的意思。」

志勳再度沒好氣地回應。他講成這樣，反倒讓嚴肅地把人帶到這裡來，想認真講清楚這件事的妍雅很尷尬。

「怎樣？醜八怪，想跟帥哥哥交往喔？嘿嘿，那妳早說嘛！這樣我就會認真考慮一下。」

說完，志勳便自顧自地笑了起來。妍雅實在沒想到他竟會是這個反應。

「總之，我要專心讀書，你記住這點就好。」

志勳一臉就是那副傲慢的神情。只見他一臉不耐煩地抓了抓耳朵，似乎根本沒把妍雅的話聽進去。

「聽懂了嗎？」妍雅稍微提高了音量。

「嗯，知道了，妳要讀書。」志勳以和平時無異的口氣回答。

可惡，本來想果斷切斷兩人之間的關係，沒想到結論竟然是「我要讀書」，總覺得事情似乎往奇怪的方向發展了。

妍雅丟下一句「我先走了」之後，便離開了美術教室，同時也感覺到志勳緊緊跟在她身後。

噠噠噠噠、咚咚咚咚。

噠噠噠噠、咚咚咚咚。

由於兩人的身高差異，妍雅雖然已經賣力地向前走，卻依然沒走幾步就被志勳給貼上。都已經大聲宣告說絕對不會跟志勳交往了，現在卻無法甩開志勳讓妍雅剛才說的話顯得白廢。

樓梯下到一半，妍雅突然停了下來。跟在後頭的志勳也停下腳步。

「你走前面，有人跟在我後面讓我很不舒服。」

「是妳說有話要跟我說，把我帶到這裡來的耶。妳要負責，把我帶回去原本的地方。」

這理由實在是太荒唐，讓姸雅忍不住瞪了他一眼。志勳站的比她高一階，再加上志勳個子本來就高，姸雅不得不抬頭看他。

「少在那邊裝。明明是你自己說你沒有提議過要跟我交往，就不要管我了好不好？」

「妳把我帶來，再把我帶回去，是又怎樣了？話說李姸雅，妳會不會餓啊？再十分鐘就吃午餐了，要不要去福利社買麵包？」

姸雅終於氣炸了。

我剛才到底都是在跟誰說話？

「你到底把我的話當成什麼？我看你好像聽不懂，那我講簡單一點。不要喜歡我，我討厭你，你以後都不要再靠近我，拜託你滾遠一點。」

姸雅冷酷地說。嘴裡吐出的每一個字，都像掉落地面的堅實冰雹。從事銀行員工作將近六年，她早已學會如何說出傷害他人、令他人難受的話。畢竟她總是屈居劣勢的那一方，而那份覺得自己居於劣勢的心理，也讓她習慣如何拐彎抹角地說出難聽話。因此面對這樣一個年輕的孩子，要把話講得那麼絕，還真是讓她有些過意不去。

不是因為對方是志勳，而是因為傷害他人的言詞本就讓她不舒坦。古人說過，受委屈的人能睡得舒適自在，做壞事的人絕無法睡得心安理得。但她也不能再度任憑志勳擺布，一定要趁這個機會冷靜且堅定地結束這段關係。

妍雅刻意回想起許久以前的記憶。

別被這傢伙騙了，現在他這樣滿臉笑容，以後可是會在背後捅自己一刀的。這傢伙隨時都會背叛，是對我見死不救的人。

「妳在說什麼啦？我們去福利社吧，沒剩多少時間了。」

即便面對冷漠的言詞，志勳仍毫不猶豫地一把拉著妍雅的手下樓去。

「放開我！快放開我！」

「哇，傻眼，妳一個小不點力氣還真大。不要再鬧了啦，過猶不及喔。」

「你是不是瘋了？放開我！叫你放開！」

妍雅拚命想掙脫志勳的手，而志勳並沒有握得太大力，出乎意料地很快便掙脫了。過度用力的妍雅，上半身反而重心有些不穩。

哦、哦……哦！

她站在階梯上，而且幾乎是階梯最上面的那一階。

她感覺自己整個人向後仰，視線開始旋轉。她驚慌失措地伸出手，志勳像是慢動作一樣閃過眼前，接著便看見白色的天花板。

是要這樣改變過去的嗎？從樓梯上向後摔下來，摔死或是受重傷？

「白來了。」

就在這一刻，重重的撞擊聲傳來。

這一輩子，妍雅都以沒給別人添麻煩這件事感到驕傲。可惜的是，她身邊充斥著麻煩的傢伙。代表人物是舅舅金泰光。在妍雅十歲、延徹三歲的那一年，父母因車禍而離世。兩人來到阿姨美華家，妍雅就成了泰光賴以維生的工具。泰光偷走了妍雅沉甸甸的小豬撲滿、偷走了妍雅打工賺來的錢。不只是泰光，弟弟延徹也不遑多讓。都已經二十五歲了，還不曾自己打工賺過一毛錢。學費、生活費，都是妍雅賺來的。最近還沉迷於幫女偶像拍照，吵著說要買昂貴的高檔相機，伸手跟妍雅討錢，實在是氣得她說不出話來。

不光是家人。在大學裡、在銀行裡，妍雅身邊肯定會有個愛添麻煩的傢伙。都是些寄生在妍雅身上，令她散盡家財、精疲力盡的人。因此李允思大師才會親自開釋，說妍雅身上的味道，就是能吸引麻煩鬼的味道。她親自將其命名為「冤大頭」費洛蒙。

看著躺在床上的志勳，妍雅心想，覺得自己似乎也開始給人添麻煩，實在有些不是滋味。是的，妍雅差點從樓梯上摔下去，是志勳救了她。志勳一把抱住了她，兩人一起滾下樓梯，然後志勳狠狠撞上地面。多虧了志勳充當緩衝的肉墊，妍雅才只有輕微的挫傷。但硬生生撞上水泥地面的志勳，就換來了手臂韌帶拉傷的結果。

看志勳躺在地上呻吟，妍雅整個人嚇得魂飛魄散。老師趕緊打電話叫救護車，在前往醫院途中，志勳一直是臉色發青、渾身顫抖。到了醫院之後，聽見醫生說只是韌帶拉傷之後，妍雅才終於哭了出來。

「什麼？妳是在擔心我喔？不要哭啦，妳哭的樣子很好笑耶。」

一手打著石膏的志勳咯咯笑著，妍雅卻無法對他說出任何狠話。一想到是自己害別人受傷，她便感到十分恐懼。如果傷到頭怎麼辦？如果受了無法恢復的重傷怎麼辦？這些念頭都令她恐懼。雖然在她的記憶中，志勳確實也曾經手臂受傷，但卻不是因為她。當時是因為打籃球跟隔壁班的同學打架，然後拉傷了韌帶。志勳依然受了傷，卻只有因為誰而受傷這一點改變了。

「真的差點出大事了，臭小子！為什麼要在樓梯上打鬧？太危險了！還好只是手臂受傷，要是傷到頭怎麼辦？嗯？」

「但畢竟是從樓梯上摔下來，只受這點傷已經很厲害了吧？看來我真是優良品種，不會因為一點小意外就受傷。」

「吵死了！臭小子！現在這種情況你還有心情開玩笑？」

大禿斥責了兩人一頓便倏地轉過身去，頭上沒剩幾撮的頭髮則因為反作用力而飛起。

「對不起。」

妍雅用幾乎是跪趴在地上的恭敬態度道歉。

「算了，你們應該也不是故意的。總之，我已經聯絡你媽了，你媽媽現在——」

「唉唷，就說不用了嘛。」

右手打著石膏的志勳一臉老大不開心地打斷大禿。

「你都受傷了，怎麼可以不聯絡你媽媽？真是的！」

「那我媽說要來嗎？」

大禿一臉為難地沉默了下來。

「應該是司機大叔會來吧，不用擔心啦。」

「有人幫你嗎？右手受傷應該會有點麻煩吧？」

「那邊有啊，就是那個低著頭的人。」志勳用下巴朝妍雅比了比。

「好吧，以後妍雅就多幫忙吧，畢竟志勳是因為妳才受傷的。」

身為老師的大禿都這麼說了，妍雅只能用像蚊子一樣小的聲音回了聲「是」，便不再吭聲。

「李妍雅，我要水。」

大禿的話才一說完，志勳就像是得到能夠使喚妍雅的許可，眼睛也不眨一下地跟妍雅要水。妍雅不得已，只能拿紙杯裝了水送去給志勳。志勳一手接過紙杯，另一手抓住妍雅的手，見妍雅皺起眉頭，志勳便笑了起來，不知是什麼讓他這麼開心。

原本想好好趁這機會躲開志勳，沒想到事情卻變了樣。志勳是為了救自己而受傷，在道義上她就不能不理會對方。本來想改變過去，卻反倒讓兩人的連結更緊密。這果然不是件容易的事。

因為之後還有課，大禿便先離開醫院。寬大的病房裡只剩下他們兩人，尷尬的沉默令空氣無比凝重。

「李妍雅。」

志勳對站在遠處的妍雅叫了一聲。

「嗯？幹嘛？你需要什麼？」

「妳過來。」

志勳躺在床上招了招左手，妍雅便往床的方向靠近了一步，就一步。

「再近一點。」

又更近了一步。

「哎喲，就叫妳近一點嘛！」

似乎是有些不高興，志勳的聲音聽起來有些火氣。

這傢伙真是沒有耐性。

妍雅才一靠近，志動立刻伸長了左手摸了摸妍雅的頭。一切就在電光石火間發生。

「不要那個臉啦，沒事的。我壯得跟牛一樣，馬上就會好起來啦。」

那又大又粗的手掌撫摸時的動作輕柔得令人不敢置信。那毫不閃躲地凝視著自己的眼底深處，是三十歲的成年男性身上找不到的真誠直率。志動知道，即使他一副嘻皮笑臉的模樣哀哀叫著喊疼，他仍然清楚這狀況有多麼令人害怕。

妍雅感覺心口一陣搔癢。

不，李妍雅，清醒一點。

妍雅冷漠地甩開志動的手。

「不要摸我。既然你是因為我受傷，那我在日常生活中幫忙你。但不要因為這樣，就覺得你可以這樣對我。你以後不要再隨便摸我了。」

「妳是又哪裡不爽？幹嘛這麼無情？」

沒有理會妍雅冷若冰霜的口吻，志動帶著滿臉笑容躺了下來。

人怎麼有辦法退化到這個地步？

從隔天開始，志動就像退化回到幼年期一樣，成了一個人便什麼都做不成的「柳志動小朋友」。他要司機把車開到妍雅家門口，像是綁架一樣硬是要妍雅上車。到了學校之後又整天跟姸雅黏在一起，怎麼也不肯離開。要是姸雅的注意力稍微放到其他地方……

志勳咄咄逼人的聲音直擊姸雅的腦門。姸雅不耐煩地上前去查看，志勳便表示他自己沒辦法把課本打開、要姸雅幫忙寫筆記，或是使喚姸雅拿水給他喝等等。

「喂，李姸雅！」

「我們去吃午餐吧。」

第四節下課的鐘聲響起，手打著石膏的志勳便大搖大擺地來到姸雅身旁。

這傢伙，現在是要我餵他吃飯嗎？

「妳得餵我吃飯。」

該死，沒想到居然猜對了。

「你用左手吃，你明明就做得到。」

「我的左手不行啦，我家代代都是正統的右撇子。」

姸雅沒好氣地回嘴。

「騙誰啊？少在那鬼扯。」

「真的啦，妳看。」

志勳指著制服襯衫右邊的領子，只有左邊翻得整整齊齊，右邊卻折了起來沒有翻好。

「那你叫姜浩允餵你吃。」

妍雅一邊說一邊不自覺地伸手去幫志勳把右邊的領子翻好。志勳沒有回答，她抬頭一看，才發現志勳有些驚訝地看著她。真是狡猾，這個一直以來都很任性的傢伙，還是第一次露出這種「真心」感到吃驚的表情。

「啊，喔，好……」

志勳帶著微微泛紅的雙頰轉頭離開。

居然乖乖應「好」，柳志勳竟然聽話了？竟有這麼稀奇的事……

但很快地，志勳的高聲喊叫便把妍雅從思緒中拉了回來。

「叫姜浩允餵我吃？肯定會吃到一半就灑出來啦，不行。而且我這隻手是因為妳受傷的，又不是因為姜浩允。」

最後妍雅只能跟志勳那群人，再加上允思和多庭一起，浩浩蕩蕩地前往學生餐廳。

妍雅將隨意夾了幾樣小菜、白飯與湯的餐盤放在志勳面前。

「努力用左手吃吧，真的不行我再幫你。」

妍雅口氣雖然冰冷，但還是拿起了湯匙。

「幹嘛？李妍雅，妳喜歡柳志勳喔？」

話才一說完，妍雅便冷酷地瞪著慶民。

「廢話少說，趕快吃。」妍雅的口氣毫不留情。

宇泰探頭看了看志勳的餐盤，隨後不解地問：

「不過妳也真會挑，都挑到他喜歡吃的小菜。」

噗——妍雅差點把嘴裡的飯都噴出來。

「靠，很髒耶！」

「跟你們這群人混在一起，就跟著一起變髒了。」

慶民和宇泰不滿地抱怨著，說話還不時噴出飯粒。

「沒事吧？要喝水嗎？」

允思把杯子推向妍雅，妍雅拿起杯子喝了口水，並朝志勳的餐盤瞥了一眼。香腸炒蛋、挑掉蔬菜的番茄醬炒火腿、沒有湯只有料的黃豆芽湯。

她不自覺地依照志勳的喜好裝了這樣一盤菜。她忍不住冷汗直流。下意識選擇志勳喜歡的小菜固然令她驚訝，更令她訝異的是，她的潛意識竟然還記得這些事情。她能感覺到志勳在旁緊盯著她的視線。雖然努力忽視，但還是忍不住來回看著志勳的臉跟餐盤。

那表情又是什麼意思？

是個生疏的表情。

「他就叫妳餵他吃啊，餵完就結束了嘛。這傢伙真的是喔，要這樣還不如不要找我們一起吃飯咧。特地找我們來，是想閃瞎我們喔？」

慶民忿忿不平地挖著餐盤裡的飯往嘴裡塞。

「就是說啊。晚上讀書就已經很傷眼了，現在根本是要把我弄瞎！」

早已把自己面前的餐盤清空，宇泰一邊拿著湯匙進攻浩允的餐盤一邊說。

「笑死人了，蠢蛋！你晚上哪有在讀什麼書？根本是每天貼在螢幕前面玩遊戲，視力才會變差啦！」

「喂，池慶民，你不也每天都在玩？還有，我以後要當電競選手，這都是在投資未來啦。」

「廢話少說。柳志勳、李妍雅，以後你們兩個就坐到那個角落去，開開心心吃你們的飯。喂，姜浩允，吃快一點我們趕快走，不然眼睛要瞎了。」

即使慶民跟宇泰連聲抱怨，志勳也絲毫沒有理會，只是靜靜看著妍雅。兩人這樣無聲的對峙似乎讓浩允感到很不自在，只見他主動拿起了湯匙。

「不然我來餵你吧？你左手真的不能用嗎？」

「神經病！我幹嘛吃你餵的東西？」

志勳氣得破口大罵，隨後便用左手拿起湯匙來。

不是說你家代代都是正統的右撇子？你現在左手用得這麼順，看來血統似乎是有些問題嘍？

「靠，怎麼弄不起來啦？」

像是要故意做給妍雅看一樣，志勳的行為舉止越來越粗魯。

他肯定是故意的。

妍雅一把將志勳手裡的湯匙搶走，舀了一口飯並夾了點小菜後送到志勳嘴邊。志勳這才鬆開了眉頭，笑著張嘴吃下那一口飯。

就這一次，畢竟你是為了我才受傷。等你好了就絕不通融。因為你可是冷酷地無視我的呼救，只顧自己逃跑的垃圾人渣。

給我記住了。

一匙、兩匙，妍雅以快又不會消化不良的速度餵著志勳。她想趕快餵完趕快離開，卻突然注意到志勳嘴角沾上了點醬汁，她習慣性地從桌上抽了張面紙替他擦掉。只見志勳的臉上再度浮現陌生的神情。

該死，這只是阿姨生病時我餵她吃飯養成的習慣。

「李妍雅。」

志勳用不帶一絲笑意的聲音喊了她一聲。

「幹嘛？」

妍雅刻意避開志勳的視線，專注地把小菜夾到湯匙上。先是炒香腸，然後是剝掉醃料的半片泡菜……

「這樣妳真的很像——」

「我不是你媽。」

真受不了媽寶男孩，總是只想找像媽媽的女生結婚。

「什麼啦！妳是像療養院的看護阿姨好不好。」

志勳咯咯笑了起來。

這該死的傢伙，居然說像花一樣的三十二歲女子是阿姨？

志勳跟慶民、宇泰還有浩允交頭接耳講了幾句話，隨後又對著妍雅「啊」一聲把嘴張開。習慣這東西真是可怕，妍雅竟反射性地把已經準備好的那一口飯菜塞進他嘴裡，志勳開心地吃下去了。

「李妍雅，妳就取消妳那時候講的話吧，什麼絕對不要跟柳志勳有來往。」

「對啊，等到明天……不對，也不需要等到明天了，等到下午，你們這充滿愛意的互動就要傳遍全校了。」

允思跟多庭無奈地瞪了妍雅一眼。妍雅露出否認的表情，還聳了聳肩，卻無法抑制胸口那股莫名搔癢的感覺。

10 真的真的很討厭

「妳們聽我說。」

下課鐘才一響，坐在第三排最後面的幾個女生，便像蜂群一樣聚在一起。每個人的眼睛裡都充滿了好奇。崔子賢得意洋洋地環顧四周，看了看那幾張充滿好奇的臉，隨後露出滿意的微笑。

「趕快講啦，後來呢？後來怎麼樣了？」

朴書庭催促著她，臉上滿是好奇。手裡拿著百樂HI-TEC藍筆轉啊轉的，隨後還不耐煩地在桌上敲了兩下。其他人的眼中也閃著期待的光芒，焦急地等待接下來的故事。

「隔天，我把用數位相機拍的吃冰淇淋照上傳到cyworld。妳們知道嗎？相機要舉得很高，從上面往下拍才拍得清楚。角度很重要，角度。要這樣把下巴收進來，眼睛也要放鬆。等之後整個故事講完我再跟妳們解釋。」

所有人都以景仰的目光看著崔子賢。

「然後就立刻收到好友申請了！好像是在等我上傳照片一樣。」

「真的嗎？」

「然後他就留言說：『妳很想吃冰淇淋吧？看起來好開心。』這會是什麼意思？肯定是對我有意思吧？」

崔子賢一番話，瞬間讓所有人在英文課上沒能發揮的閱讀理解能力，一下子有了長足的進步。

「首先呢，妳一上傳照片就立刻被加好友，這是最怪的地方。好像一直在妳的頁面進進出出，等妳傳照片一樣。」

不對吧，也有可能真的只是剛好的偶然吧？

「而且還立刻留言了！『妳很想吃冰淇淋吧？』這是不是他想請妳吃的意思？」

不對吧！對方應該只是單純這樣想而已。

「『看起來好開心』這句話也很可疑。說可愛或漂亮就太明顯了，所以才故意這樣寫吧？如果是真的想講冰淇淋的事，那應該會寫『冰淇淋看起來真好吃』。可是他說『看起來好開心』，顯然重點不在冰淇淋上，是在妳身上！」

現在大家討論的話題人物，正是崔子賢單戀的大學家教老師張英泰。班上的女生們，每天都因為崔子賢持續更新的戀愛故事而興奮。姸雅則在距離稍遠的地方，看著這群乳臭未乾的孩子白費力氣興奮的模樣。

自己也曾經有過這樣的時期。會整夜跟朋友一起，費盡心思去解讀男生每一個行為的意思、賦予不同的意義。

可是孩子們啊，等年紀再大一點妳們就會知道，男生可不是那麼複雜的生物。他們只是因為那時想加好友而加、只是因為想留言而留言。只是現在講這些有什麼用呢？實在沒必要去破壞她們充滿粉紅泡泡的世界。等時候到了，她們自然而然就會知道了。只是在那之前，她們還得先經歷無數個絕望的日子。

無論妍雅是什麼想法，崔子賢依然專注地說著她與張英泰的愛情故事。

要說崔子賢，就是世賢高中最出名的「戀愛腦」。記得她以前喜歡過英文老師蔡弘植，然後是體育老師邊章浩，接下來是在城補習班的帥哥老師姜泰翰。總之，崔子賢講得無比生動有趣，讓聽的人都有一種跟故事主角墜入情網的感覺。

這也是一種才能，真的。

「那妳跟英老就沒嘍？」

不知是誰提出這個問題，英老說的是英文老師蔡弘植。

「對啊，妳以前不是還跟蹤英老嗎？還說查出他家住哪，然後怎樣了？」

「啊，那個喔？就中間放棄啦。哎呀，弘植在我心裡已經結束了啦。話說英泰哥哥……」

子賢支支吾吾，試著用張英泰的其他事情轉移話題，妍雅卻沒有錯過瞬間從她臉上閃過的慌張。那模樣實在可疑，讓妍雅忍不住感到疑惑。就在這時——

「那不是柳志勳嗎？」

「對耶，那個瘋子，真的是瘋狗。他怎麼有辦法瘋成這樣？」

看著窗外的同學口中傳出了志勳的名字，妍雅豎直了耳朵往窗邊靠過去。

他是又闖了什麼禍，大家又在說他是瘋子……老天啊！他是不是真的瘋了？

妍雅不自覺地整個上半身探出窗外。那傢伙竟然打著石膏在操場上踢球、奔跑，除了「瘋子」之外，還真不知道該怎麼說他才好。嘴巴上說是因為妍雅才受傷，讓妍雅當了他四天的丫鬟，現在卻又這樣毫無顧忌地踢足球，真是讓人要抓狂。

是啊，你就是這樣才會被人說是瘋狗。是能用連續的巴掌，把最凶狠的美國比特犬給打飛的瘋狗。

「你今天死定了。」妍雅氣沖沖地離開教室。

她大步走進正在踢足球的男生之中，來到渾身是汗的志勳身旁，一把揪住了志勳的耳朵。

「啊呀呀呀呀，放開我！」

「做錯事的小孩就該打，我之前都對你太好了。」

「還不放開？怎麼能這樣讓我在大家面前丟臉？」

「我才想問你怎麼能這樣！怎麼可以打著石膏踢足球？就是這樣大家才說你是瘋狗！」

「好痛、好痛，李妍雅！先放手再說啦！」

志勳拚命求饒，妍雅卻絲毫沒有退讓，揪著耳朵的手反而越來越大力，拖著智勳往操場外圍走去。來到學校圍牆邊的樹蔭下，妍雅才終於鬆手。當然，在那之前也沒有忘記大力狠扯一下。

「好痛。」

志勳再一次大聲喊痛。

「再過幾天就拆石膏了，你連這都忍不了，非要現在跑去踢足球？」

「我手受傷不能打籃球，但腳很正常啊。」

「你要不要聽聽你說這是什麼鬼話？」

「只是因為手受傷，就要一直乖乖待在教室裡喔？」

見志勳忿忿不平的樣子，妍雅一時語塞。

乖乖待在教室裡？不知道是誰，每節下課都像尾巴著火的小馬一樣四處跑。對，你才十八歲，是會因為腎上腺素太旺盛而睡不著的年紀。

妍雅感覺自己的腦袋正在抽痛。這傢伙得趕快好起來，她才不必繼續再當丫鬟。萬一接下來他又韌帶拉傷，手沒能完全好起來，說不定會繼續拿這個當藉口來糾纏她不放。

「不是要乖乖待在教室，你是應該要像死人一樣坐在那裡不准動！還有，就因為你的手受傷，我已經連續好幾天要服侍你了。你要是連自己的身體都顧不好，只會這樣狡辯的話，我實在沒辦法再幫你了。不對，我不會再幫你了。」

「好啦，知道了啦，妳不要再生氣了。」

志勳吊兒郎當地笑了笑，隨手撥亂了姸雅的頭髮。他剛才跑得十分劇烈，連瀏海都被汗水弄濕了。背對著刺眼的陽光，那傢伙的頭髮與臉部輪廓都在發光，幾乎要消失在陽光裡。牆外的紫丁香香氣，隨著風飄來刺激著姸雅的鼻尖。

該躲開他才行，不能跟他有牽扯。即使每天都提醒自己、努力回想那些糟糕的回憶，心防卻仍然不時崩潰。他那如夜空的煙火般華麗、如四月新鮮的嫩芽般充滿生命力的模樣，時時刻刻令姸雅難以招架。突然，內心深處一把火開始沸騰。他這樣看著我露出歡快的笑容，但當時為何那樣對我？究竟為何要那樣對我？

「我就叫你不要這樣了。」

姸雅板起臉孔，一把甩開了志勳放在頭上的那隻手。

「又是怎樣了？」

「我說過叫你不要隨便摸我。你為什麼都不聽我的話？我有這麼可笑嗎？」

最後還是忍不住吼了出來。

「李妍雅，妳幹嘛突然這樣？」

「就是因為覺得我可笑，所以你才會這樣對我啊！」

「妳不可笑，我從來沒有覺得妳很可笑。妳對我來說很難捉摸，因為我不知道妳什麼時候會生氣，我一直都在看妳的臉色耶。」

志勳回答時聲音裡已經沒了笑意。但已經生了氣的妍雅，卻像一輛無法停止的火車一樣失控。因為她不知道該如何遏止心中的怒火。或許是因為這樣溫柔的志勳，與那樣暴力的志勳之間有著極大的落差，也或許是因為曾經如此耀眼的志勳最後竟是那樣悲慘地死去。

妍雅正在宣洩自己沒有目標的怒火。

「你因為我受傷，我覺得很抱歉。但過去四天我要一直跟著你，真的讓我覺得很累，我不想再被你呼來喚去。還有，我是說真的……」

妍雅說到這停頓了一下，抬頭迎上志勳的目光。

「真的……真的希望我跟你以後不要有牽扯。雖然我們同班，但如果可以，希望可以不要有接觸，也不要跟彼此說話。」

留下志勳愣在原地，妍雅轉身大步離開。志勳很快回神追了上去，一把將妍雅拉了回來。

「喂，李妍雅，妳真的很好笑。妳根本搞錯重點，妳不是因為我手受傷還踢足球才生氣嗎？怎麼可以隨便遷怒到我身上？」

志勳氣得滿臉通紅破口大罵。

我就是生氣，對過去的你、對現在的你、對未來的你感到生氣。你把我丟在失火的體育倉庫裡自己逃走，在我報仇之前就擅自死掉，現在到底憑什麼笑得這麼開心？一想到這些，我就會氣得連自己都受不了。

「遷怒？要不是你，我哪有需要生氣？我是在對你生氣沒錯。」

「妳根本沒理由這樣生我的氣吧？好啦，手受傷還踢球是我的錯，我知道妳是因為這件事生氣，但突然說什麼不要有接觸、不要講話，那是什麼意思？」

「突然？你到底都把我的話當什麼了？我從第一次見到你的時候就一直在講，叫你不要跟我講話、不要跟我有接觸，你到底是把我當成什麼？才會說我『突然』？」

「我們就同班啊！要怎麼樣不講話也不接觸？妳講話用點腦好不好！」

「我的意思就是要你刻意避開我！我真的很討厭你！連看都不想看到你！」

妍雅氣得咬牙切齒，斜眼看著志勳。志勳緊皺著眉頭，那糾結的眉心說明了他有多麼生氣。瞪大了的瞳孔，則顯示了他受到的傷害有多麼深。志勳頓了一頓，隨後氣沖沖地開始踢起圍牆。

「靠！就是看妳可愛！看妳可愛才讓妳，到底是想得寸進尺到什麼程度？」

「什麼？可愛？看我可愛？你真的要講這種話嗎？小鬼頭真是沒有出息！」

「什麼？小鬼頭？沒出息？妳是真的想看我在這裡發飆嗎？」

「怎樣？不喜歡喔？分不清楚時間地點就抓狂的人當然是小鬼，不然是什麼？我真的是……跟這種小鬼在認真什麼？」

妍雅也用不輸志勳的音量大聲了起來。

眼前的志勳什麼都不知道，確實讓妍雅覺得自己是遷怒得有些過分，但現在也不能退讓了。況且她已經下定決心，要徹底斬斷與那傢伙的緣分。

「總之，我剛也說了，以後你——」

「不用擔心，我不會跟妳接觸，也不會跟妳講話。」

志勳倏地轉過身往校舍走去。

「天啊，遲到了。」

妍雅忙亂地在熱鬧的江南站奔跑。放在制服外套口袋裡的手機拚命響個不停。「妳在哪？換班時間早就過了，妳怎麼還沒來？」是便利商店工讀生的催促簡訊。

十八歲的妍雅瞞著學校在江南站附近的便利商店打工。沒有晚自習的星期六下午和星期日做整天班，只要自主晚自習的星期二、四則上晚班。

仔細想想，上高中之後她便一直都在打工。原本她已經忘個精光，正跟允思一起前往晚自習室，卻突然接到工讀生的催促電話。不知不覺已經來到七點十分。雖然還是天氣有些寒涼的四月，但已經過了晚上七點，江南站的大街上早已亮起五顏六色的霓虹燈。

妍雅匆忙地轉進江南站鬧區的巷子裡。僻靜的巷子裡，她看見一個熟悉的背影。正當她在思考對方的身分時，隨即便想起對方的長相。

是崔子賢。

四處張望的子賢一身看不出是高中生的打扮，甚至還化了妝。妍雅躲進一旁漆黑的巷子裡觀察情況。

「她在這裡做什麼？」

妍雅本想上前去裝熟，但外套口袋裡的手機再度響起。她沒有選擇的餘地，只能大步往便利商店衝去。

「對不起，我遲到了。」

一推開玻璃門便聽見掛在門上的鈴鐺清脆響起，站在櫃檯裡那比妍雅年長兩歲的男人，正緊皺著眉頭不悅地看著她。

「妳遲到了十分鐘，罰三百塊。算上等妳換衣服的時間，總共是三百五。」

果然。雖然不記得名字，但姸雅還清楚記得這傢伙，每次只要遲到就一定會錙銖必較，向她要額外的加班費。

「好啦，我再給你。」

男人不耐煩地脫下便利商店的店員背心一把扔開，姸雅則進到角落的倉庫去，將一身的制服換成便服。

好久沒穿這身衣服了。綠色裙子配粉紅色的Polo開襟羊毛衫。她當初為了買一件正版羊毛衫，可是拚命纏著阿姨不放。現在回想起來，還真是感觸良多。

見姸雅穿上背心站進櫃檯後，男人便一聲不吭的逕自離開店內。

走得真快，連問幾句話的時間也沒有。

雖然在便利商店上了三年的班，但那實在距離現在的姸雅太久遠，以至於她已經不太記得算錢跟交班時結帳的方法。

叮鈴——

「歡迎光臨！」

雖然已經說過很多次，但習慣這種事還真是嚇人。掛在玻璃門上的鈴鐺才一響，姸雅便不自覺地大聲歡迎客人。幾個吵吵鬧鬧的男生魚貫走進店內，那詭異的穿著，一看就知道是晚上出來玩的年輕人。

「THIS 一包。」

染著金髮的男生將一千五百元放在桌上。妍雅冷漠地看著那一張鈔票與一個銅板。

這幾個臭小鬼。

「請出示身分證。」

「她說什麼？」

妍雅的要求，讓幾個男孩子感到荒唐。

「我說請出示身分證。我們不能賣菸給未成年人。」

用極度公事公辦的語氣說出事實，就是有六年資歷的銀行員用來拒絕奧客的方法。

「哇，真的是要把我氣死。」

「妳看還不知道嗎？我們已經成年了。妳趕快結帳就是了。」

幾個男孩子爭先恐後地擠在櫃檯前。看他們誇張的肢體動作與略帶威嚇的語氣，似乎是沒預料到會被店員這樣質問。

「在你們出示身分證之前，我不能結帳。」

「喂，是沒聽懂我講話喔？就叫妳結帳了啊。一個打工的在那邊囂張什麼？」

金髮男用極為猖狂的語氣恐嚇，看他身上穿了許多環，應該是平時就遊手好閒的小混混。

「你們再這樣我要報警了。看是要出示身分證買香菸，還是乖乖離開。」

「我真的是……這女的很好笑耶。喂，妳是哪間學校的？我看妳也是高中生吧？裝什麼大人啊？報警？隨便妳啦，要報警就去啊！」

金髮男咬牙切齒，一掌重重拍在櫃檯桌面上，便利商店裡的客人紛紛竊竊私語了起來。似乎是發現狀況不太對勁，不少人直接放下手中的商品離開店內。妍雅也有些不安。在江南鬧區的便利商店，應付醉酒的客人而出意外的事情可是一點都不稀奇。

「幹、幹嘛這麼大聲？只是要你們出示身分證而已！在那之前我不能賣你們香菸。」

但她可不能因為害怕就收回自己原本的堅持，那樣太丟臉了。

「妳知道我們是誰嗎？我看看，妳是世賢高中的吧？」

妍雅感覺自己渾身的血液都凍結了。

「不、不是……」

「哈哈哈哈哈，哇，我猜對了。我只是隨便亂猜的耶。妳幾年級？一年級？二年級？敢出來打工，應該不是三年級的。」

金髮男盯著妍雅的臉，像是要記住她的長相一樣，仔仔細細地端詳。

「我去cyworld上找一下一定就能找到妳。如果不希望以後被哥哥們教訓，最好現在就乖乖賣菸給我們。」
金髮男嘴角露出充滿自信又殘酷的微笑。
該死，這幾個傢伙。雖然我為了賺錢什麼都願意做，但至少不會讓自己受這種屈服於高中生威脅的屈辱。
「不要。除非你們拿出身分證，不然我不賣你們香菸。」
金髮男的臉瞬間扭曲，再度砰一聲重重敲了櫃檯一下。
「喂，妳找死啊？」
金髮男一把揪住妍雅的領子，那張因為怒氣而漲紅的臉靠得很近，妍雅瞬間被逼出了眼淚，感覺就像被失控的小馬狠狠踢了一腳。
就在這時，叮鈴一聲，有人開門入內。
「找死的人應該是你吧？」
是救兵的聲音。
真不該這樣的。不該像老套的戀愛小說一樣，救兵在絕妙的時間點登場。話雖如此，但妍雅依然淚眼婆娑地看著志勳。打著石膏的手在胸前晃啊晃的，志勳大搖大擺地走了進來，看起來像極了剛打完仗回來，戰鬥力達到最高等級的受傷士兵。
老實說，對，妍雅很開心。在擔心自己可能會被這些不足掛齒的小不點給欺負的時候，很感謝志勳在一個絕佳的時間點出場救援。但一方面她也很擔心。這群人有四個人，志勳手又受傷了。就算他真的像隻瘋狗，但一打四依然很不利。不曉得有沒有人幫忙報警？

五萬個想法閃過，在妍雅腦海中形成漩渦。

「啊，哥！」

金髮男才看到志勳便笑逐顏開。

「金成浩，好久不見。最近很少看到你，都跑去哪混了？」

「對啊，哥，好久不見了。」

「哥，你手怎麼受傷了？」

「是跟別人打架受傷的嗎？」

金髮男那一群人對著志勳「哥、哥」叫個不停。妍雅的眼淚瞬間縮了回去，只能在旁看著他們的相遇。眼前的狀況跟預期差異實在太大。

「話說，你們兩位認識嗎？」

金髮男指著妍雅，說話突然變得很有禮貌，甚至連手勢都恭敬了起來。

「嗯，同班的。」

同班。雖然這個說法再正確不過，但這話卻讓妍雅感到莫名冷淡。

「原來是你的同班同學啊。大姐，我叫金成浩，是志勳哥的國中學弟。剛剛真的很不好意思，那哥，我們之後再聯絡喔。」

金髮男一行人向志勳恭敬地鞠了個躬，隨後便離開了便利商店。離開的時候，金髮男不忘把手指靠到嘴唇上，比了個要姸雅保密的手勢。

整件事這麼丟臉，我也不會想告訴別人！

姸雅在心裡吶喊。

整件事情以簡單到令人感到荒唐的方式落幕。姸雅驚訝得目瞪口呆。只花五分鐘的時間，就從校園暴力片立刻轉成浪漫愛情片，又從浪漫愛情片變成了喜劇。

「我都看到了。」

「什麼？」

「看到妳哭。」

「我、我哪有？才沒有！我只是剛好打了個哈欠，所以才會有眼淚。」

「看妳怕得要死，眼睛都紅了，還在那邊騙。」

志勳一邊摸著貨架上的飲料一邊笑。

「我才沒有！」

「我都看到了。」

志勳哼了一聲，語氣聽起來就像是要調侃妍雅。

「才沒有！就已經說沒有了，幹嘛一直……」

「我看到妳的樣子好像覺得有點可惜。」

「我哪有覺得可惜？我為什麼要？」

「我跟成浩說我們只是同班同學的時候，妳感覺很失落。」

妍雅一個字也說不出來，像是被人打中要害一樣，只能當場愣在那裡。

「是因為我沒說妳是我喜歡的人，所以妳覺得難過？」

志勳將一瓶草莓口味的飲料放在櫃檯上，深邃的眼睛直視著妍雅。那雙眼睛就像一把銳利的耙子，刨挖著她的腦海、腹部，甚至是她的內心深處。

「才沒有！我們的確是同班啊，我幹嘛難過？」

妍雅一把搶過草莓飲料，刷起了條碼。

「李妍雅。」

即使志勳出聲喊她，她也沒有回應。

「妳喔，什麼都好，最大的問題就是做人不直率。」

被一個十八歲的孩子指責自己，實在讓妍雅感到惱火。

「我哪有？」

妍雅沒好氣地吼了一聲，這才正眼看向志勳。但才迎上志勳的目光，她便覺得被那雙眼睛緊緊綑綁。

「妳也不討厭我吧？」

「什麼？你在說什麼？我就說我討厭──」

妍雅話都還沒說完，志勳就一把抓住她的手臂。志勳的臉近在咫尺，妍雅大氣都不敢喘一口，只覺得自己的心開始劇烈跳動。她不知道自己該做什麼表情才好。不，她只覺得自己的臉部肌肉根本不受控制。

志勳看著妍雅呆愣的神情，隨後噗哧一聲笑了出來。

「看吧，被我說對了。」

妍雅一陣慌張，手忙腳亂地把手抽了回來。

「說對什麼？少在那裡胡說八道。你來這裡幹嘛？不是說絕對不要有接觸，也絕對不要跟我講話嗎？」

妍雅突然開始整理起商品，並試著轉移話題。

「剛才我是因為生氣才會那樣講。」

不過才幾小時前的事，志勳卻像是早已忘記為什麼生氣一樣，語氣十分平靜。他打開飲料的瓶蓋，喝起那用人工香精調出來的草莓風味飲品。看著這樣的志勳，妍雅忍不住苦笑了出來。

你還真是過得自由自在啊。想法很單純，真好。

「妳打工到幾點？」

「你問這幹嘛？」

「要回家啊。」

「對，要回家。你回你家，我回我家。」

「我送妳。妳覺得我為什麼會在這？趕快告訴我幾點下班！」

似乎是對妍雅的回答感到很不滿意，志勳皺起了眉頭。妍雅雖想說點什麼，卻覺得無力又疲憊。最重要的是，不管說什麼似乎都是對牛彈琴。

「十一點。」

「太晚了吧？」志勳又皺起了眉頭。

「所以你趕快走，還有大概三個半小時。」

「白痴喔？那麼晚很危險啦。」志勳用空塑膠瓶敲了妍雅的腦袋一下。

「等等來接妳。」

「三個小時你是要去哪裡……」

妍雅話都還沒說完，志勳就已經離開店裡了。妍雅對著空無一人的玻璃門外看了好一會，開門時的鈴鐺聲就像耳鳴一樣一直在她耳邊迴盪。

「我先回去嘍。」

一離開便利商店，涼爽舒適的空氣便迎面而來。五光十色的街道與醉客們的呼喊聲，交織出不夜城的風景。只是華麗之餘，仍有些混亂且庸俗。

妍雅沒有立刻邁開步伐，而是站在店門口看了看四周。沒有看到志勳。才覺得有些失落，她又被自己的念頭給嚇了一跳，隨即甩了甩頭。宛如鐘擺一般來回不定的心，連她自己也不能理解。一想到自己悲慘扭曲的過去，她便會瘋狂地怨恨志勳，即使將他碎屍萬段都不夠。但每一次看到志勳對自己笑開懷的模樣，對已故之人的那份懷念之情便會悄悄抬頭。也是因為這樣搖擺不定的心情，就連妍雅都覺得自己的行為像個瘋子。

都已經這樣了，你還有辦法說你喜歡我啊？現在的我可是跟十八歲時很不一樣。

正當妍雅沉浸在思緒中的時候，志勳飛快地從巷子尾端跑了過來。

「哈……哈、哈，太好了，我還怕妳先走了。」

「我又不是在等你。」

志勳笑著撥亂了妍雅的頭髮。

「沒關係。」

兩人誰也沒有開口，便邁開步伐往江南站走去。他們與彼此保持一步的距離，沒有牽手，也沒有肩並著肩。他們在江南站搭了地鐵，來到舍堂站下車，直到走進巷口，志勳都只是在說著一些瑣碎的事情。

「話說妳真的不記得我嗎？」

站在陡峭的階梯上，志勳問道。

「什麼？」

「去年啊，一年級的時候。」

姸雅歪了歪頭，沒有立刻想起來。

「其實我一年級的時候就知道妳了。」

姸雅緩慢地回想起當時的事。她曾經聽過這件事，是在兩人像現在這樣走在一起的時候。

「那時候才剛開學沒多久，應該是去年三月中吧。天氣忽冷忽熱，那時候剛好很冷。」

姸雅的腦海中隱約浮現起那天的情景。時序已經進入三月，天氣卻依舊寒冷。那天，刺骨的冷風不停地吹。前幾天才下過雪，路面結了冰，非常滑。

「我比平常更早出門，所以學校也沒什麼人。那天我跟我媽吵架，心情超爆爛。有一個圍著紅色圍巾的女生衝出來，一把把我撞開，連聲道歉都沒有。多虧了她，我的心情更爛了。」
「……」
「可是那個紅圍巾女在爬坡要進學校的時候滑倒了。她整個人往後摔就很好笑了，還剛好是在上坡路，結果人就往下滾。」
想起來了，是我人生中最糟糕的日子之一。
「那天我以為自己會笑死，我真的笑到要發瘋。」
這也想起來了，丟臉到死的感覺取代了痛覺，後面卻還有人在那裡猖狂大笑。
「哈哈哈，真的太太太太好笑了。其他人我是不知道，但我就剛好在後面，看得非常清楚。妳整個人摔得四腳朝天，然後滾下坡的樣子。」
「所以說你才笑成那樣嗎？我丟臉到想死耶！雖然才剛開學沒多久，但那件事情真的讓我差點想轉學！但要等到升上二年級，你才發現讓你看到這種醜態的那個紅圍巾女是我，也真的是很誇張……」
「沒有，妳怎麼都沒仔細聽我講？我一年級的時候就知道妳啦。」
「什麼？」
「那天之後我就一直注意妳。妳不是一直圍著那條紅圍巾嗎？在學校裡也會一直看到妳。」

怦——

妍雅感覺心一沉。

「沒有啦，其實我也沒有想要看，但實在沒辦法不看。妳一個小不點又這樣到處跑來跑去，很引人注意啊。妳跟李允思還有李多庭。」

怦、怦、怦怦、怦怦、怦怦怦怦，心臟開始不聽使喚地劇烈跳動。

「妳們每一節下課都會去福利社，每天午休時間都會在操場看台上大聲聊天。經常蹺晚自習，跑去世賢小吃吃東西。總之呢，妳真的很會到處跑，每天都會看到妳好幾次。」

志勳嘟囔著，好像那是妍雅的錯一樣。

「幹嘛講這個？」

不知不覺，兩人來到一棟華廈前，昏黃的街燈照在兩人身上。

「到了。」

志勳看了這棟華廈一眼，又伸出他的大手撥亂了妍雅的頭髮。

「就叫你不要弄我了！」

「妳頭髮這樣亂亂的很像狗。很像那個叫馬濟……馬濟什麼的狗。」

就在妍雅正想回他說「你的外號叫瘋狗，不需要也把我當狗吧」時……

「很可愛。」志勳笑開了。

「不只是狗，是小狗，眼睛很大的小狗。」

在朦朧的街燈之下，那微笑仍然閃耀刺眼。

「你快走啦，我要回去了。」

妍雅轉過身，迴避志勳的目光，心臟卻劇烈地跳個不停。轉過身後，她聽見志勳說了一句「晚安，學校見」，然後轉身離開的聲音。

「啊，可能是從那時候開始就喜歡妳了吧，想說二年級可能會跟妳同班，所以就選了文組！」

他的聲音在巷子裡迴盪。志勳稍後補上的那句話，一直在妍雅腦海中揮之不去。

「我覺得如果我們二年級真的同班，那就是命中注定了。」

人的適應力真的很驚人。回到過去才幾天而已，妍雅便已經習慣每天像殭屍一樣起床準備上學。曾經她一度每天早上醒來都很混亂，要重新確認究竟是不是真的身處二〇〇三年，不知不覺身心都已經自動回到二〇〇三年了。

妍雅沒來得及把洗好的頭髮完全吹乾，便急急忙忙出門了，水珠不斷從髮尾滴落。昨晚跟志勳分開後回到家，她完全無法入睡。那傢伙的臉孔不斷浮現又消失，再這樣下去她只覺得自己會束手無策地被牽著鼻子走。為了躲開志勳，她決定提早二十分鐘出門。

下了公車，正往學校前進的路上，她想起平時用的筆已經沒水了。於是妍雅轉了個方向，往摩亞文具店的方向走去。

「妳還敢說謊？妳是幾年幾班的？嗯？我要去找你們班導了。本來想放妳一馬，但妳到最後都還想要賴！」

才一開門，文具店老闆娘尖銳的聲音便朝耳膜一陣痛擊。穿著虎皮花紋T恤、燙著一頭捲髮的老闆娘氣得七竅生煙，整個人氣喘吁吁。她面前是另外一個低著頭的女孩子。妍雅假裝挑筆，順便觀察究竟發生了什麼事。靠近一看，便猛然看見那女孩的側臉。那是同班的朴書庭。雖然留著一頭短髮，但因為頭髮又細又軟，只要稍稍轉個頭，頭髮便會掀起一陣波浪。再加上那朝天鼻、像小狗一樣無辜下垂的眉毛，讓人感覺慈眉善目。她經常跟崔子賢玩在一起，雖然很沒有存在感，但大家都知道她又傻又善良。

「阿姨，我真的沒有偷東西。那支藍筆是我前天在其他文具店買的，真的，請妳相信我。」

「少來！這支筆就插在妳制服外套口袋裡面！不是說是前天買的嗎？為什麼一直放在口袋裡？」

「因為昨天用一用……就隨手放進去了，是真的……」

了解了一下狀況，應該是老闆娘懷疑書庭偷了那支HI-TEC藍筆。因為不想惹禍上身，妍雅本想直接離開，卻突然有個畫面閃過她的腦海。昨天崔子賢把班上女生召集在一起，講她跟張英泰的戀愛故事時，朴書庭也在那群人之中。當時她的手上的確拿著那支藍筆，還一邊轉筆一邊催促子賢繼續講下去。

真是的，本來打算回到過去之後就安安靜靜別惹事……

書庭低著頭，淚水在眼眶裡打轉的模樣，實在令人心疼。於是妍雅來到兩人身旁。

「阿姨，她說得沒錯，那支筆不是偷來的。我都有看到，昨天她就在用那支筆了。」

意外的人物登場，讓兩人同時轉過頭。

「什麼？妳有證據嗎？誰曉得是不是妳們串通的？」

老闆娘現在也一起把妍雅當成小偷了。

「我才想問阿姨妳有沒有證據咧。妳有看到她偷那支筆嗎？」

「這支筆就放在她外套口袋裡面啊！這不就是證據嗎？」

果然，老闆娘沒有直接看到書庭偷筆，竟還敢隨便說別人是小偷！

「如果妳不相信，那要不要我把坐她隔壁的人找來？坐她隔壁的人一定知道她是不是昨天就在用那支筆。」

老闆娘緊抿著唇，一句話也說不出來。

「請把筆還給她吧，今天的事情就這樣算了。不然我要去學校裡面跟大家說，說妳把無辜的學生當成小偷。」

最後老闆娘只能老大不情願地將藍筆還給書庭。妍雅也不是不明白她的心情，畢竟在這個年代，一支要價兩千韓元的HI-TEC藍筆，在學生之間可是相當受歡迎。況且還有許多學生絲毫沒有罪惡感，總是會來學校附近的文具店偷筆去用。

「謝謝……」

跟妍雅一起離開文具店之後，書庭立刻向她道謝。

「不用客氣啦。妳也要堅決跟她說妳沒有偷筆啊。都這樣被當成小偷了，還那樣畏畏縮縮的怎麼行？」

「我是第一次遇到這種事……很慌張……要不是妳，我就真的完蛋了。謝謝……」

書庭露出開朗的笑容，下垂的眼尾隨著笑容揚起。兩人並沒有太深厚的交情，對話便結束在這裡。明明同班，分開去學校也有些尷尬，於是她們默默往學校走去。

「不過……妳最近這幾天好像變了一個人。」書庭突然開口。

「我嗎？」妍雅嚇了一跳，說話還破了音。

「嗯……以前的話嘛，感覺妳一點都不關心其他人……總是只跟允思、多庭玩在一起，還有跟柳志勳那群人有來往。其實我……一直很想跟妳當朋友。但就是一直沒有機會。」

聽完書庭的話，妍雅仔細想了想，十八歲的自己確實總是跟志勳黏在一起，除了允思、多庭之外，便沒有其他熟識的女生了。或許就是因為這樣，志勳拋棄她的時候，她便立即成了女生霸凌的對象。過去成天跟志勳黏在一起的自己，看在女孩子眼裡，就像是仗著有男友就把自己當女王。

「我不是故意的。抱歉，以後我們當朋友吧。」

「好……好啊！」

書庭微微有些羞澀地笑了。妍雅看著書庭，那雙下垂的小狗眼看起來無比善良。她說話的語氣很慢，就是個純真善良的人。是啊，跟這樣的人稍微走近一點，應該不會有什麼太大的改變吧？

妍雅也對書庭笑了。她心想，這是在送一個朋友給十八歲的自己。

11 改變的記憶

「妳也來聽聽看，這真的很棒。」

允思把耳機拿給妍雅。

「好、好。」

「成始境大人的聲音怎麼可以這麼溫柔？怎麼聽都不會膩，我想我應該一輩子都聽不膩。」

嗯，妳的確是對他很專一，十四年後對他的熱情也依然不減。

允思一邊聽著成始境的〈熙熾〉，一邊陶醉地閉上眼。

是啊，允思就是在這個時候正式成為成始境的歌迷。二〇〇一年成始境發行第一張專輯，成為空前的暢銷歌手時，允思還不屑一顧。如今卻因為〈熙熾〉這一首歌，而正式成為他的歌迷。

「我！我要聽！」

允思把耳機拿給多庭，接著兩人便像進入夢鄉一樣陶醉。就在這時，音樂教室的後門打開，書庭扭扭捏捏地走了進來。看到妍雅跟允思和多庭在一起，她先是有些遲疑，隨後才堅定地走上前去。

「妍雅……那個……」

「嗯，書庭，有什麼事嗎？」

「那個……」

「怎樣？發生什麼事了？」

見書庭吞吞吐吐，妍雅便催促她趕快說。

「柳志勳……」

他又闖了什麼禍？

「志勳怎麼了？」

「他現在在外面跟人打起來了……大家都跑去圍觀了。我只是覺得妳好像需要知道這件事……」

「為什麼？是為了什麼事？跟誰打架？」

「我也不知道是為什麼，就是跟權俊碩……」

妍雅隱約想起過往的回憶。

沒錯，大概是四月中旬的時候，志勳以跟妍雅走太近這種不像話的事情為由，跟權俊碩兩個人打了起來。她後來才知道這件事，還為此跟志勳吵了好久。但她是在兩人打完之後，才得知兩人打架的事情，現在卻跟過去有些不一樣。該不會是因為跟朴書庭關係變好的緣故吧？

妍雅看了書庭一眼，隨即起身離開。允思也跟著她站起身，還不忘問道：

「跟權俊碩？在哪？他們在哪裡打架？」

「在垃圾焚燒場……」

「誰贏了？」

多庭也問了一句。

「這我不知道……」

「喂，趕快去看看，走吧。」

允思拉著妍雅的手臂跑了起來。一絲怪異感沿著背脊爬上腦門，讓妍雅禁不住有些疑惑。

怎麼回事？怎麼有哪裡怪怪的？之前也曾經有過這種怪異感，但一下子想不起來是什麼時候。不過現在沒時間仔細去想了，先去垃圾焚燒場才對。

「妍雅，等我！」

多庭的聲音從後方傳來，但妍雅跟允思卻只是忙著往焚燒場跑。

才來到焚燒場，就聽見志勳的怒吼聲從圍觀人群之中傳來。妍雅氣喘吁吁地從圍成一圈的學生之間擠了進去。

「你這王八蛋！你剛剛是說什麼？再說一次看看！」

「別打了，柳志勳，他會被你打死！」

體重逼近九十公斤，身材壯碩的宇泰拚命阻止志勳，卻還是不足以讓像瘋狗一樣發狂的志勳冷靜下來。

「宋宇泰，你還不快放開？我今天一定要宰了這傢伙。我要把他的嘴打爛，讓他不敢再亂講話！放開我！」

「真、真的啦！我沒有騙你，相信我！我真的有聽到！」

權俊碩頂著一張鼻青臉腫的臉求饒。

「閉嘴！」

志勳凶狠的喝斥聲響徹整個焚燒場。那聲怒吼不知有多麼嚇人，不光是權俊碩，連四周圍觀的學生都瞬間凍結。

這真是超乎想像。沒想到這會是一場幾乎掀翻整間學校的爭吵，也沒想到志勳會這樣像個瘋子般發狂。他稍早似乎跟權俊碩在地上扭打，只見制服口袋和褲子上都沾滿了塵土。嘴唇裂了，拳頭也十分紅腫。最重要的是眼睛，他的眼神幾乎就像瘋子一樣，已經失去理智。

過去的記憶緩緩湧現，權俊碩是過去曾經跟妍雅因為參考書而交談過的人。當時志勳只是因為這點小事，就蠻不講理地對俊碩做出如此粗暴的行徑。對自己也是。他是那樣殘忍且冷酷地把妍雅推上火線。

一股厭惡感湧上心頭，妍雅渾身不住顫抖。瞬間，志勳在群眾裡發現了妍雅。那雙眼裡充滿殘暴，讓妍雅別開了眼睛，當場轉身離開。雖然聽見志勳追上來的聲音，她卻沒有停下腳步，真是令人不寒而慄。

「李妍雅。」

妍雅被拉住，整個人一下子向後轉了過去。剛剛才激烈地打了一場架，志勳的眼裡還能看見那股暴戾之氣。妍雅的手被他用力抓住，不停抽痛。

「妳沒有話要跟我說嗎？」

志勳大口喘氣。握住妍雅手臂的那隻手十分用力，手指幾乎都要嵌入妍雅的肉裡。實在令人害怕到渾身發麻。

「放……開。」

「妳沒有話要跟我說嗎？」

從聲音能聽得出來，志勳極力壓抑憤怒。

「沒、沒有，放開，我……我要回去了。」

妍雅的聲音控制不住地顫抖。她一直都忘了，本以為已經徹底消失，但原來十八歲的李妍雅還活在她內心深處。

「妳怎麼了？」

注意到妍雅的狀態有些奇怪，志勳這時才按捺住心中的憤怒，皺起眉頭詢問。

「放手……放開我！」

「李妍雅，妳是因為不想說才這樣嗎？」

「放開！放開我，王八蛋！」

妍雅嚇到臉色鐵青，渾身顫抖地甩開志勳的手。

「妳現在不應該這樣對我吧？看妳是要解釋還是辯解，至少應該要跟我說點什麼吧！」

憤怒與恐懼同時湧現，本以為那已經是很久以前的事了，沒想到過去依然如此歷歷在目。

凶殘又慘無人道的暴君，沒錯，你就是學校這個小小空間裡最殘暴的支配者。面對任何事都恣意妄為，一點都不考慮別人的心情，強迫別人喜歡你。當你玩膩了，就隨意把對方扔進無底深淵。以為我會再被你擺布嗎？為什麼只因為你對我笑，我就要對你這麼寬容？

你可是把我扔進地獄之火裡的混帳啊。

「我……每次你這樣子，我都覺得很害怕。」

志勳驚訝地瞪大了眼，妍雅沒有多加理會，只是逕自轉身離開。她只想去到那雙眼睛無法找到自己的地方。

放在床頭的手機拚命作響，妍雅卻沒有接。她把臉埋在枕頭裡，卻怎麼也睡不著，只能不斷翻來覆去。志勳的態度，讓她過去的傷口再一次被掀了開來。

電話鈴響才切斷，簡訊便接二連三地來。

真不想看到他。

妍雅再度翻了個身。

啪——

這時，她感覺有什麼東西敲了她的窗戶。

「怎麼回事？」

妍雅坐起身來專注聆聽，卻再也沒聽見任何聲音。本以為是自己聽錯了，想繼續躺回去，沒想到敲打窗戶的聲音再次傳來。

啪——

她坐在床上全神貫注地聽，很快又聽到了那個聲響。

啪——

是有人往她房間窗戶扔石頭的聲音。妍雅一把掀開棉被，下了床去開窗。橘黃色的街燈下，穿著制服的志勳正拿著小石子準備往上扔。一跟妍雅對上眼，他便有些尷尬地放下了手。

以為這樣我就會原諒你嗎？

妍雅砰的一聲用力關上窗戶。

「我等妳一個晚上了，趕快出來。」

窗外傳來志勳的聲音，妍雅卻刻意拉起棉被蓋住自己的頭。

隔天早上，妍雅才走出大門，便被眼前的景象給嚇了一跳。志勳抱著書包坐在樓梯上睡覺。妍雅趕緊搖了搖他的肩膀。

「你在這裡幹嘛？你該不會整個晚上都在這吧？」

志勳一臉睡眼惺忪，微睜著眼看了看四周。似乎沒有立刻意識到現在的情況，反而露出不曉得這是哪裡的神情。但才一看到妍雅，他的眼睛便立刻恢復了精神。

「我就說我在等妳啦。妳很壞耶，居然真的沒出來。」

志勳站起身，拍了拍制服褲子，一把將書包揹在肩上。

「我沒想到你真的會等我，我以為你等一等就會走了。」

「妳把我的話當什麼了？我難道有食言過嗎？」

志勳似乎是覺得自己受了委屈，竟發起了脾氣。但才沒走幾步，他又回頭大喊。

「妳不去學校喔？趕快啦！」

這意想不到的狀況，卻讓妍雅像著了迷似地不自覺跟了上去。用不舒服的姿勢睡了一整晚，志勳活動著自己的肩頸，骨頭發出咯啦聲。似乎是有些在意被壓扁了的頭髮，只見他還不時把頭髮撥亂。

突然，志勳一下轉過身。

「幹嘛？」

「不管發生什麼事，妳都是我的。」

「你一大早在胡說八道什麼？」

「只有這件事不會改變，我們這樣就是交往喔，知道嗎？」

這口氣很是微妙。雖然聽起來像是在跟妍雅說話，卻又像是在為自己堅定決心。

「你瘋啦？幹嘛突然講這種話？我什麼時候說要跟你交……」

「不管怎麼想我都想不出答案，我覺得我一定是喜歡妳喜歡到發瘋了。」

妍雅感覺自己的臉瞬間紅了。這傢伙平時不太會說這種肉麻話，卻一大清早在這胡言亂語。

怦怦。妍雅感覺心臟劇烈跳動了一下，幾乎令她胸口發疼。

「不管發生什麼事，我沒有親眼看到就絕對不相信。」

唧——唧——唧——唧——

是幻聽嗎？明明還是春暖花開的四月，卻不知從哪裡傳來吵雜的蟬鳴聲。那震耳欲聾的鳴叫聲，還伴隨著熱燙的氣息。

糊裡糊塗地跟志勳一起上學了。雖然還沒完全釐清自己的思緒，但妍雅還是跟志勳有一搭沒一搭地聊著，一起走在上學的路上。

「唉唷，真的很討厭寫漢字作業，那麼多耶，什麼時候才寫得完？」

本想對不停抱怨的志勳叨唸幾句，妍雅卻注意到不遠處緩緩前進的女孩。她的步伐緩慢，低著頭唸唸有詞的樣子，好像是在背單字。只是那背影看起來有些熟悉。

「是在哪看過她啊？」

突然，一個畫面如電光石火般閃過腦海。第一次來到過去時，要回到現在之前曾經遇到一個綁著紅色髮圈的女生。就是眼前那個女孩，今天她也同樣綁著那條紅色髮圈。

「喂！」

聽見姸雅的呼喊，女孩緩緩回過頭。那一刻，不知從哪發出一陣白色光芒。

「好刺眼。」

姸雅感覺一陣天旋地轉。眼前的事物開始扭曲、旋轉，逐漸被吸入光芒之中。一片刺眼到令她幾乎無法睜眼的白光，佔據了她的視野。

接著眼前瞬間變黑。

她覺得自己渾身無力。眼前有無數的燈光亂竄，濕度極高的黏膩空氣令姸雅幾乎就要窒息。

「哈啊，咳、咳……」

好不容易才咳出卡在喉頭的那一口氣。胃一陣翻騰，令她感到噁心。這反應比上次回來的時候還要強烈，或許是因為在過去待的時間比上次更久。這次也是在遇到那個綁著紅色髮圈的女生之後就回來了。

姸雅回想第一次見到那個紅髮圈女生的時刻。當時她正從一樓往樓梯走，綁紅髮圈的女生走在前面，正慢慢地往上爬。當時她正在想這個人走路有點慢，卻聽到後面有人喊了一聲「金正慧」。就在她四處張望，想知道金正慧人是不是在這裡的時候，紅髮圈的女生轉身，她的眼前也開始出現白光。

金正慧。

本以為只是向敏京曝光自己過去的人，看起來她似乎跟自己有其他的關聯。

話說回來，她現在終於回過神來，卻突然覺得毛骨悚然。大半夜的，她卻整個人倒在學校的某處。她突然開始害怕了起來，趕緊離開校舍後拿出手機。她打開通訊錄，想打電話給浩允，卻在最近的通話紀錄裡看到一個陌生的名字。

「朴書庭」

高中畢業之後，她就沒有再跟書庭聯絡過了。妍雅實在不敢相信自己的眼睛。

那一刻……

多個陌生的記憶突然在腦海中湧現。

窗外，天剛破曉。妍雅坐在床上徹夜未眠，因為腦海中浮現的陌生記憶而感到害怕。

朴書庭。

改變後的記憶中，那個眼角下垂的女孩，在火災意外之後依然偶爾會跟妍雅聯絡。雖然不是經常來往，但每年會見個一兩次。摩亞文具店的事件之後，妍雅與書庭便一直維持良好關係。而且幾天前書庭還跟她聯絡，說自己生了第一個孩子。在手機通話紀錄看到書庭名字的那一刻，所有的記憶像原本就存在一樣進入她的腦海。

時鐘的指針走到了七點，妍雅來到浴室準備上班。她一邊淋著冷水一邊整理思緒。

首先，她得先跟朴書庭見個面。她想面對自己那已經改變的過去。她想親眼確認，現實是否真如記憶一樣改變了。

「請、請別這樣……」

「什麼請別這樣？我只是想請漂亮的小姐吃頓晚餐而已，妳何必那麼緊張？別這樣，把電話號碼給我嘛。」

坐在接待櫃檯的張荷娜嚇得臉色發白。站在她面前的，是PPWM中心最惹人厭的客戶之一，也是人稱有錢流氓的張聖才。

「謝謝您的好意，我心領了。」

「妳這小妞也真是的，人家看了還以為我是隨便哪個女生都好的流氓咧。妳真的要這樣嗎？真的要無視顧客的好意嗎？我是因為感謝妳才這樣的啊，是想謝謝妳！」

張聖才提高了音量。張荷娜沒有立刻把電話號碼給他，讓他十分惱火。接待室裡，劉美愛等PPWM中心的負責人來來去去，卻都沒有人去阻止張聖才。他們只是站在遠處皺眉看著這一切，試圖避免惹禍上身。

但也不是不能理解，畢竟在明洞一帶放債的張聖才，是PPWM中心顧客當中，手上握有最多現金的富豪，光是存在銀行裡的現金就有上百億韓元，可說是VVIP等級的客戶。況且前陣子他跟某某藝人離婚之後，就開始四處拈花惹草，成了知名的浪蕩子。

「那、那個……」

張荷娜握著手機的手不停顫抖，幾乎就要哭出來了。

「對啦，這樣多乖啊？手機給我。不用太有壓力，妳把我當哥哥就好。」

張聖才伸手想去拿張荷娜的手機。

「這位客人。」

突然一個冷靜的嗓音打斷了他，還有一隻手一把抓住他的手腕。聲音的主人正是聽到外頭的騷動出來察看的姸雅。

「妳是誰啊？」

張聖才皺起眉頭看著姸雅。

「我是代理李姸雅。我是想說老闆您可能會有一些麻煩，所以才會擅自決定介入這件事。」

「麻煩？」

「現在警察廳長就在那邊的房間裡，聽到外頭這麼大聲，正在問究竟發生了什麼事。還問說是不是該出來看一看狀況，他似乎是誤會外頭發生了性騷擾案件。」

「什、什麼？性騷擾？妳現在是說我……」

「所以我才會代替他出來察看，結果發現是我們張老闆，您不是以人品絕佳聞名的嗎？想必是警察廳長將『小騷動』誤會成是『性騷擾』了。」

妍雅帶著滿臉的笑容，握住張聖才的那隻手卻不停使力。只見張聖才的表情越來越扭曲，最後甩開了妍雅的手。

「張老闆，是我們誤會了吧？」

張聖才沒有回答，只是不屑地哼了一聲，氣得喘吁吁。等了好久他才終於開口。

「妳會後悔妳現在做的事。」

隨後他便氣沖沖地往門口走去。妍雅對著他的背影悄悄比了個中指，但在張聖才回頭察看的時候，又趕緊放下手露出親和的笑容。

「代理……」

張聖才消失後，荷娜終於忍不住哭了起來。

「妳在幹嘛？沒看到還有其他客人在嗎？趕快去洗手間把眼淚擦乾。」

「……」

「快去。」

荷娜往洗手間走去的背影畏畏縮縮的，看起來非常可憐。在PPWM中心接待有錢人久了，什麼事情都可能遇到。很多位高權重又握有龐大資產，同時也具備高尚品格的顧客，但也有不少相信金錢與權勢的力量，成天蠻橫不講理的反社會人士。

真是受不了這些人。

六年來看盡這些人情冷暖，妍雅已經變得麻痺。人渴望擁有金錢與權勢的理由很簡單，是為了享有自由。想要什麼就能得到什麼的自由、可以恣意妄為的自由。本以為有錢人握有的權勢理所當然，今天卻難以忍受那股惡臭。

「高次長，麻煩您幫忙簽核餘額證明……」

才進到高次長辦公室裡，妍雅便趕緊住嘴。因為高次長神色凝重地坐在位子上。

「請問發生什麼事了嗎？」

將簽核板放在桌上，妍雅問道。

「哪有什麼事，不知道是不是因為今天下雨，我覺得有點感傷。」

天空中烏雲密布，正下著一場大雨。呼嘯而過的強風把窗戶吹得吱嘎作響。還不到晚上七點，外頭卻已經像夜晚一樣黑。

「真的耶。」

妍雅也跟著高次長一起，透過玻璃窗看著外頭籠罩在雨中的城市。在傾盆的大雨之下，城市變得朦朧模糊。

這樣的天氣就算撐傘，也還是會被淋濕。

突然，她想起在學校裡因為陣雨而淋濕的事情，也連帶想起替她撐傘的志勳。把只夠單人用的雨傘往自己的地方靠，讓志勳另一側的肩膀都濕透了。那彷彿能觸碰到臉頰的體溫、從旁飄來的清爽體香都清晰如昨。瞬間，妍雅渾身起了雞皮疙瘩。那可是十四年前就死了的人啊，現在想起他又有什麼用……

「妍雅，妳在想什麼？」

「沒什麼，只是覺得雨下好大。次長說得沒錯，可能是因為下雨的關係，會不自覺感傷起來呢。那我先出去了。」

「……那個，妍雅，今天要不要喝一杯？」

妍雅本打算今晚要跟書庭見面。她從來不曾答應高次長突然的邀約，但今天看著高次長的眼睛，她卻無法拒絕。

鏘——

啤酒杯碰撞發出清脆的聲音。兩人來到公司附近的精釀啤酒店。雖主動提出這突如其來的邀約，但高次長卻意外沉默。

「次長，請問發生什麼事了嗎？」

「只是覺得我好像是第一次跟妳單獨喝酒。」

「別這樣說嘛，跟有婦之夫單獨喝酒，誰曉得會有什麼傳聞呢？我現在可是承受很大的風險呢，因為次長的表情看起來太不好了。」

「謝謝妳。還有，不會有問題的，我已經不是有婦之夫了。」

「咦？您說什麼？」

被嘴裡的花生嗆到，妍雅猛咳了起來。

「水給妳。」

高次長將水杯推向妍雅。妍雅雖然喝著水，目光卻無法從高次長的臉上移開。

「咳，這是什麼意思？什麼叫不是有婦之夫了？」

「我已經離婚了，六個月前。」

妍雅驚訝得都快昏倒，卻還是努力保持平靜。如果聆聽的那一方反應太過激烈，傾訴的那一方肯定會想：「啊，離婚果然是件大事。我居然經歷了能讓對方這麼吃驚的事情。」這樣反而會讓對方更傷心。

雖然妍雅並沒有離過婚，但也經歷過不亞於離婚的大事，因此她很清楚那種心情。她若無其事地拿起自己的酒杯，跟高次長的酒杯碰了一下。

「謝謝。」

「謝什麼？」

「謝謝妳聽到這件事卻沒做任何反應。」

「離婚確實是件大事，但人人都可能經歷這種事。其實這是次長您的選擇，我也沒有立場去說是不是大事。只希望這是個最佳的選擇，也希望您以後可以過得幸福。」

「真是謝謝妳。下雨的時候心情就會莫名低落……明知道妳不怎麼喜歡這種場合，但還是任性地開口邀妳來了。」

高次長把啤酒杯拿近嘴邊，輕輕抿了一口之後便立刻放下，就像是需要大吐苦水更勝攝取酒精的樣子。

「我是不喜歡吵鬧的喝酒聚會，這樣偶爾安安靜靜喝一杯還是很不錯的。」

妍雅手摸著裝在玻璃碗裡的花生，等著高次長主動開啟下一個話題。不知是不是難以啟齒，只見他又多喝了幾口啤酒，然後才有些猶豫地開口。

「那個……其實我們早就不是家人了。五年前我老婆帶著孩子去加拿大以後，大概就回來韓國兩次而已吧？就算我想去，她也說不如把錢省下來用在孩子身上。一天聯絡一次變成一個星期聯絡一次，最後成了一個月都可能聯絡不到一次。但我還是一直覺得，這是讓我們一家人能過得幸福的方法……」

妍雅想起在分行裡、在酒席間，高次長偶爾當玩笑話說的那些事情。

「我老婆不喜歡我去找她，她比較喜歡我匯錢過去。」
「我已經很久沒看到兒子、女兒的臉了。」
本以為那只是一種自嘲式的玩笑，沒想到竟是真心在吐苦水。
「六個月前，我老婆主動說要離婚。處理完扶養費和財產分割的事情之後，發現我只剩下首爾這一間租來的房子。」
「難怪從那時候開始，您的臉色就一直很不好。」
高次長噗哧一聲笑了出來。
「我果然沒有猜錯。」
「沒猜錯什麼？」
「妳知道我為什麼今天會找妳來喝酒嗎？」
「為什麼？」
「因為下雨天很憂鬱，想找個人吐苦水，我就剛好想起妳。」
「為什麼是我？」
「妳看起來似乎不關心別人又很無情，但我知道妳比誰都要重情義，看到有困難的人也無法坐視不管。」
「沒有啦，次長，您對我的誤會也太大了……」

「今天不也是嗎？我在外面所以沒親眼看到，但聽說張荷娜被那個豬狗不如的張聖才糾纏時，大家都袖手旁觀，只有妳主動出去幫忙。」

「我也沒有特別去幫她，只是外面真的太吵了。」

「害羞什麼。」

高次長呵呵笑著拿起啤酒杯。

「話說回來，這六個月來，次長您心裡應該很難受吧？我本來以為你雖然跟家人分隔兩地，但生活還算幸福美滿。」

「哎呀，眼睛看到的不一定就是全部。自己相信的東西，也不見得就一定是真的。」

「什麼？」

「我本來以為我親眼看見的事情就一定是真實，但從對方的立場來看卻不是這樣。像是我以為幸福的時光，對我老婆來說就像地獄。我老婆提議離婚的時候是這樣說的。」

「……」

「我們還在交往的時候，她生日那天我一定會買花送她。交往之後一起過的第一個生日，我只是剛好路過花店，沒想太多就買了束花給她，沒想到她非常開心。我是第一次看到她開心成那樣。所以交往兩年，結婚八年，加起來十年的時間，我每年都會在她生日這天送花給她。」

「……」

「可是在談離婚的時候我們大吵了一架，她居然說每年生日我都買花送她當禮物，她實在覺得很膩。」

「啊……」

「她說花又不能吃，不懂為何我每年生日都要送，還說她已經明顯表現出不喜歡了，但我還是不明白。我真的不知道，原來她這麼討厭我送的花。因為在我的印象中，一直記得她收到花之後很幸福的樣子。我忍不住笑了，同樣一件事，為什麼我們的想法會差這麼多？」

高次長放下啤酒杯，轉頭看向窗外。他的側臉看起來無比哀愁。

12 傳聞

「人只會看見自己想看的東西，即使那會讓自己看不見真相。這是我在結束八年的婚姻後得到的領悟。」

奇怪的是，直到隔天，高次長的話依然在妍雅腦海中迴盪。這也讓她開始好奇，會不會十四年前的那起事件，有著其他不為人知的真相？過去光是想起那件事就覺得令人髮指，因此她從不曾跟其他人提起過。會不會是在這漫長的歲月裡，記憶任意扭曲、變質了，讓她錯過了真相呢？妍雅突然感到害怕。

新的一天來到，分行裡依舊十分忙碌，這個想法很快被她拋諸腦後。到了午餐時間，書庭傳了孩子的照片來，妍雅跟她約好要過去拜訪。幸好書庭所住的月子中心，連晚上也開放外部人士進去探訪。

妍雅表示要早退，在取得同事們的諒解之後便離開分行。她去百貨公司買了簡單的禮品，隨後便加快腳步往目的地前進。這是她第一次要面對因為過去而改變的現在，一想到這裡，她心底便升起一股難以言喻的期待感。

遠方，書庭所住的月子中心就籠罩在夕陽的餘暉之下。搭電梯上樓，映入眼簾的是一扇玻璃安全門。坐在裡頭的是依舊留著短髮、臉圓嘟嘟的書庭，她身上穿著月子中心發的產婦服。

「書庭。」

「妍雅……」

那張眼尾下垂的慈祥面容，一看到妍雅便笑開了。妍雅感覺自己心底升起一股朦朧的情緒。看完仍在熟睡中的孩子之後，兩人便來到面會室。把特地買來的嬰兒衣服交給書庭，妍雅便跟她花了一點時間聊生產、育兒與結婚的事。幸好書庭的婚姻生活相當幸福。

「我……沒想到妳會特地來找我。謝謝……」

「沒有啦。我想說我們很久沒見面了，剛好可以趁這個機會碰個面。」

「妳是說妳十二月要結婚，對吧？我一定會去……那時候我應該可以帶孩子去了。」

「哎呀，那時候小孩出生都還不到一百天，不用特地跑來啦。」

「不，我一定會去。是妳的結婚典禮耶，我非去不可！妍雅，我真的……看到妳結婚，我真的很開心……我真的擔心妳因為那件事……」

書庭的眼眶紅了。

「哎呀，我怎麼會說這種話？生了小孩之後就變愛哭了……明知道妳不喜歡這樣。」
「沒有啦，沒關係，真的。」
「妳現在應該沒事了吧……？」
書庭的語氣極為小心。這句問候裡似乎還少了點「什麼」，即便兩人都沒多說，但她們都很清楚被省略的部分是什麼。
「當然嘍，那都什麼時候的事了。」
「每次提起那時候的事情，妳就會渾身發抖，所以我一直不敢講……但我真的一直都很擔心妳。不光是因為火災差點沒命，甚至還有那種誇張的謠言到處傳……那種話我連講都不敢講，真不明白為什麼會有人那樣傳……」
「別擔心，我都忘了，全忘了。也沒有到不敢講啦，就事論事，大家確實有可能會那樣想。我不在意，因為那就真的只是謠言嘛。」
關於當時體育倉庫的火災意外，同學們編造了幾種版本的謠言。像是妍雅亂丟菸蒂、故意推倒架子害志勳死掉等等。站在妍雅的立場，那都是子虛烏有的謠言。畢竟想像力非常豐富的十八歲學生，會編造出這些內容再正常不過。
「妳人也太好了。不，妳真的心胸很寬大。都有那種謠言了，居然還能這樣輕易原諒大家？如果是我，肯定到死都不會……」

說到這裡，書庭突然停了下來，臉上的神情顯得有些尷尬。

「沒有到這個地步啦。時間是最好的解藥。」

「妍雅，妳知道那個謠言嗎？」

書庭明顯露出慌張的神色。

剛才都在討論因為火災意外而傳出的謠言，現在又突然問她知不知道那個謠言？書庭突然轉變的態度，讓妍雅實在不能理解。

「當然知道啊。我住院的時候允思都跟我說了。」

「允思？好奇怪……」

書庭一臉不解，眼睛向上看像是在思考。

「哪裡奇怪？十四年前我住院的時候，她跑來找我跟我說的。說等我回學校才聽說肯定會嚇一大跳，所以才要先告訴我。」

「就是這點奇怪。允思明明一直提醒我們，說千萬不要告訴妳……去年同學會的時候她也是這樣說的。『我知道妳偶爾會跟妍雅聯絡，但絕對不要去講那個謠言的事，她現在好不容易要好好過自己的人生了。』她是這樣跟我講的。」

「這是什麼意思？妳講的是什麼謠言？」

「什麼意思？謠言只有一個，難道還有其他的嗎？」

「只有一個？」

「就是妳在援交的謠言。」

像被人拿錘子狠狠敲了一記，妍雅感覺後腦勺一陣疼痛。本想說點什麼，喉嚨卻有如吞下刀刃一樣刺痛，一句話也說不出來。

「妳……該不會不知道吧？」

書庭瞬間臉色發白。

「我、我不知道。」

「妳不是說妳知道嗎？」

「我以為妳說的是跟體育倉庫火災有關的謠言。像是我亂丟菸蒂、故意把架子推倒害志勳死掉之類的。」

書庭一臉尷尬驚呼，原來她們講的是不同的謠言。

「書庭，妳仔細說給我聽。」

書庭緊閉著嘴，不肯正面看著妍雅。

「書庭。」

「我說不出口……妳現在過得很好。十四年前的事還重要嗎？忘了吧……像現在這樣都忘了，也別想去知道，妳不需要知道那些事。事到如今知道這些有什麼用？只是破壞妳的心情而已。所以——」

「書庭，身為當事人的我卻不知道這個謠言，這像話嗎？」

「因為妳知道這件事以後，對妳一點好處也沒有……妳聽了……會後悔的……」

「這由我來決定。」

書庭沉默了好一陣子。在姸雅果決且堅定的眼神注視之下，她遲疑了好久才艱難地開口。

「我跟允思知道這個謠言，是在火災發生之後……我們也不知道這個謠言是從什麼時候開始的。我想，應該是火災發生之前就有了，應該是好幾個月前就在傳……我跟允思和妳很要好，所以大家沒跟我們說，我們才會這麼晚知道。」

「也就是說，從火災發生前好幾個月開始，學校裡就謠傳我在做援交嗎？」

「對……」

「證據呢？沒有證據的話，應該不可能突然冒出這種謠言吧？」

「我也不知道……我太晚才聽說這件事。而且當時因為體育倉庫的意外，妳差點死掉，志勳又……死了。一次發生太多事情，實在……」

「妳應該還是有聽說什麼吧？把那些告訴我吧，拜託妳。」姸雅的聲音顫抖著。

「就是，妳跟很有錢、年紀很大的男人援助交際……有人說他親眼看到你們在一起……」

妍雅頓時語塞。她實在沒想到，學校裡竟會有這種謠言。十四年前，她身處在超乎自己想像的可怕風暴之中。

「抱歉，書庭，我得先走了。本來是來恭喜妳順利生下孩子，卻逼妳說這些，真的很抱歉。妳好好坐月子，我們再聯絡。」

妍雅趕緊拿起包包離開。書庭用不安的眼神目送她，妍雅卻無法勉強自己給她一個微笑。

「姜浩允，聽說是你，聽說是你叫大家閉嘴的。為什麼要做到這個地步，害我像個傻子？」

妍雅在客廳裡來回踱步，對著手機大聲痛罵。她先打電話給允思追究這件事，並得知是浩允要求大家三緘其口。

「我覺得妳不需要知道這件事。那都結束了，我也不想沒事提起這些來傷妳的心。我、允思跟書庭都有一樣的想法。」

「但還是不能這樣啊。十四年耶……怎麼能十四年來都把我當白痴？怎麼可以？」

「李妍雅，妳不知道我們為什麼這麼做嗎？都是為了妳，這都是為了妳好。」

「什麼才是真的為我好，怎麼會由你來決定？」

客廳不過才幾坪大小，妍雅之所以會氣喘吁吁，並不是因為在客廳來回踱步，而是因為憤怒與激動令她顫抖、令她喘不過氣。

「妳聽允思說完跟火災有關的謠言之後，就一直很難過。妳知道允思有多後悔嗎？她覺得她不該沒事把那些謠言告訴妳。所以我才會要大家不能跟妳講這件事。」

「但是……」

「我們是怕妳受傷。妳的心本來就已經千瘡百孔、碎成一地了，我們有必要再去傷口上撒鹽嗎？是因為我們很擔心妳，妳真的不懂嗎？」

浩允的聲音也漸漸激動了起來。

「憑什麼是你們來擔心這種事？憑什麼是你們來決定？」

她能理解。浩允、允思跟書庭聽了援交的傳聞之後，是抱著怎樣的心情決定保守這個秘密。但受傷的心卻依舊化作銳利的箭矢，筆直地往浩允飛去。

「是我貪心！也是因為我貪心！是因為我很難過。我實在無法再繼續看妳痛苦下去。」

「……」

「妳知道我的心意，也知道我這份心意維持了多久。」

「……」

「我想保護妳。」

「……」

「妍雅……」

妍雅心情十分沉重。浩允逐漸平息下來的聲音充斥著苦悶。她能夠從浩允的話中，感受到浩允是多麼真心、這份心意又是維持了多麼久。

「姜浩允，你清醒一點，我就要結婚了。你這樣一點都不講道義，拜託別再講這些有的沒的。你難道真的希望我跟你斷絕來往嗎？」

「……」

也因此妍雅說得更加堅決。

「如果你還想繼續跟我當朋友，就不要再說這種話，知道了嗎？」

「哇，親耳聽妳這樣說，真的好難受。」

妍雅心裡也很不好受。拿刀去刺傷別人的心，才發現原來她自己的心也早已經歷千刀萬剮。

「……」

「……真的很痛。」

「只要你跟我之間有那個死掉的傢伙存在，我就絕對不可能接受你。等你整理好心情再跟我聯絡。」

掛上電話之後，妍雅雙腳癱軟，倒坐在沙發上。眼角有些泛紅，彷彿隨時都要放聲大哭。她不會說她從不曾對浩允心動，或許真如浩允所說，只要沒有志勳，長大之後再相遇的話，她就會對浩允產生情愫。

妍雅突然埋怨起志勳。

柳志勳，王八蛋。

無論以前還是現在，都對我的人生沒有任何幫助。

在床上不知躺了多久。雖然想睡，卻怎麼也睡不著。得知援交謠言帶來的打擊、浩允逐漸不再掩飾的感情，都讓妍雅頭痛欲裂。打開手機一看，時間早已經過了午夜。青白色的路燈光芒自窗外照入屋內。

妍雅翻了個身，想盡辦法要讓自己睡著。

啪——

突然，她聽見東西碰撞的聲音。

本以為是自己聽錯了，沒想到窗戶再度發出聲響。

啪——

這次她隨即起身，坐在床上仔細聆聽。她感覺自己開始心跳加速。

啪——

妍雅下床往窗邊走去。這是很久以前，某人經常會做的事。偶爾他會莫名來到妍雅家樓下，用這種方式朝窗戶丟小石頭。伸向窗戶的指尖不住顫抖，總覺得開了那扇窗，就能看見某人站在外頭。

妍雅開了窗。街燈下，有個遮著臉的人正站在那裡仰望著她。

妍雅將裝著熱咖啡的馬克杯遞給抱膝坐在門邊的浩允。

「這麼晚了，我不會進妳家的。」

「我知道。」

笑著接過馬克杯的浩允，身子正微微顫抖著。接近九月底，早晚總是吹著冷風。兩人一起喝著咖啡，卻一句話也沒說。

「你這是在幹嘛？好好的手機不打。」

始終對幾個小時前說的那番話感到抱歉，妍雅率先打破沉默。

「這樣很浪漫啊，也會想起以前的事。」

「真是的……你不要這樣美化以前做的事喔。你們哪有這樣乖乖拿石頭丟窗戶？你、柳志勳、池慶民和宋宇泰，每次都是大半夜跑來我家，爬到牆上直接對著窗戶大聲叫我出去，你忘了嗎？多虧你們，整棟公寓的人都被吵醒了。」

「還不是因為妳不接電話，我們打了好幾十通耶。」

「都超過晚上十二點了耶，我當然是已經睡了啊。」

「還不都是因為柳志勳那傢伙一直吵。說妳不接電話，怕妳出了什麼事，不然就是覺得妳生氣了，要去看一下才行。硬是把我們從網咖拖到妳家樓下……」

自然提起過往跟志勳有關的話題，浩允在心裡驚叫一聲，隨即便住了嘴。

「看吧，這就是我們的關係，一點小回憶也有柳志勳的影子。」

「除了這些，也有很多新的回憶啊。」

「但我們之間最有意義的回憶，就是那段時期的事情。」

「從現在開始創造更有意義的關係不就行了？」

「姜浩允。」

姸雅冷淡地喊了浩允的名字，浩允卻神情自若地接著說：

「我想了很多，我們之間真的沒有可能嗎？可是啊，妳知道妳拒絕我的理由是什麼嗎？」

「是因為志勳……」

「所以問題不是妳的感情，問題是志勳。這就表示妳不討厭我啊。」

「這……」

「妳對我也不是沒意思，我沒說錯吧？」

動搖的心、動搖的眼神，浩允不可能沒有察覺。

「我三個月後要結婚了。」

「又還沒結。」

「我愛我男友。」

「妳不是真的愛他。」

「姜浩允，你為什麼要這樣？」

妍雅站起身來，說話也大聲了起來。她覺得自己心臟怦怦跳個不停。浩允也跟著緩緩站了起來。本來就很魁梧的他，一站起來便遮住了路燈的光芒，周圍瞬間暗了下來。

浩允低聲說：

「差不多該忘了吧。」

雖然沒明說要忘了什麼，但兩人都知道他說的是誰。

「我們放下吧。」

「……」

「那不是妳的錯。」

「我從不覺得那是我的錯。我不是因為覺得他的死是我的錯，所以才沒辦法忘記那件事。是因為我很恨他毀了我的人生，所以才忘不……」

對，是因為這樣才忘不掉。是因為太多埋怨、太多憎恨。

「妍雅，我知道妳一直都是為了否認一些事情，所以才恨他、埋怨他。志勳的死，妳一直很難接受吧？」

「這是什麼意思？難道是我因為那傢伙的死而有罪惡感嗎？還是說你覺得我忘不了他？」

心裡有什麼正在動搖，妍雅卻極力忽視。

罪惡感？傷疤？都不是。志勳只是毀掉我人生之後就擅自死掉的王八蛋。

「妍雅，那不是妳的錯。」

「……」

「不是妳的錯。」

燈光與晚風都令人暈眩。

「人類真的很奇怪。面對他人的不幸或死亡這種事，明明就無能為力，卻總會把責任歸咎到自己身上。總想著如果我採取不同的行動、如果我去阻止他，那件事情應該就不會發生。這樣一再去計較因果關係，最後甚至還會得出我就是不該出生這種荒唐的結論。」

「……」

「那會影響到妳未來的人生，不能這樣。妳不要再繼續懲罰自己了，已經夠了，妳可以幸福了。」

妍雅感覺耳邊嗡嗡作響。浩允口中說出的每一個字，彷彿都支離破碎。這些湊在一起便能拼湊出某種意義的詞彙，妍雅卻刻意將它們拆散。

「這到底是什麼意思？我聽不懂你說的話。」

妍雅冷漠地避開浩允的目光。浩允的話就像一根尖銳的刺，不停刺著她的心，她只能不斷忍受那份痛苦。一陣令人尷尬的沉默過去，似乎覺得必須一直逃避自己的目光，讓妍雅看起來非常可憐，浩允還是先舉起白旗投降。

「那我先走了。時間很晚了，妳快進去休息吧。」

浩允溫柔地摸了摸妍雅的頭。那隻手又大又溫暖。放開了手，浩允轉身往巷口走去，但沒多久便又轉過頭。

「對了，明天晚上空出來。」

「明、明天我有約……」

「我們去見吳素拉。」

「什麼？」

「妳說得沒錯，我的確是以為妳好為藉口，擅自決定隱瞞一些事情。妳不是想知道那個謠言嗎？那我們就去找最了解那件事的人。」

「吳、吳素拉是最了解那個謠言的人？是她散播的謠言嗎？」

「這我不知道。但她很早就知道那個謠言，肯定也是幫忙散布謠言的人之一。」

「……」

「不想去也可以不要去，我去問完再跟妳說。」

妍雅握緊顫抖的手。雖然過了十四年，但她仍沒有足夠的勇氣去面對痛苦的過去。只是如果想找出深藏在洞穴深處的東西，那確實就得親自進入洞裡。

「要，我也要一起去。」

沒有站在路燈照耀的範圍內，妍雅眼中的浩允只是個黑色的人影，實在不知道他究竟是在笑，還是皺著眉頭。

【妳知道只剩下一天吧？】

午休時間，妍雅在去麻浦分行取文件的路上收到敏京的簡訊。她收起手機，往PPWM中心的接待室走去。如果到明天還不把十四年前的火災事件講清楚，敏京就會去找金正慧問個明白。她從來不曾忘記敏京給自己的期限，沒想到敏京還這麼親切地為她倒數計時。心情本來就已經夠亂了，敏京的簡訊更令她感到煩躁。

「我回來了。」

妍雅進到接待室裡，所有人的目光便集中到她身上，那眼神看起來很不尋常。

「發生什麼事了？」

妍雅問坐在櫃檯的張荷娜。

「那個……」

張荷娜嚇得臉色發青，連看都不敢看妍雅一眼，手指不停抖動著。恰好這時分行長辦公室的門打開，張聖才大搖大擺地從裡頭走了出來。一看見妍雅，他便怔了一怔，跟在後頭的分行長也是相同的反應。妍雅看著兩人，心想張聖才可能是因為前陣子的事情而來向分行長投訴，沒想到張聖才竟然帶著卑鄙的笑朝她走了過來。

「我是不是說過，我會讓妳後悔？妳就不該隨便多管閒事啊，怎麼可以給人抓到這種小辮子呢？」

張聖才丟下這句話，便轉頭對分行長表示要先離開，隨後大搖大擺地走了出去。一股彷彿被蟲子爬滿全身的不祥預感籠罩了妍雅。

「李代理，妳來一下。」

分行長以沉悶的聲音下達指令，轉身走進辦公室的背影很不尋常。妍雅對著三三兩兩站在接待室裡的同事，露出「發生什麼事」的疑問表情，同事們卻只是乾咳幾聲便散去。摸不著頭緒的妍雅，也只能硬著頭皮來到分行長辦公室。

「那邊坐。」

妍雅的業績非常好，分行長經常誇她是「我們中心的寶貝」，但今天的聲音卻十足冷淡。

「請問有什麼事嗎？」

「李代理，其實啊，我剛才從張聖才先生那聽說了一件怪事。」

「什麼事？」

這話聽起來實在有些詭異，妍雅的心跳快得讓她很不舒服。

「不管是不是真的，妳知道有這種傳聞對妳來說是多大的傷害嗎？對我們中心也影響很大。」

「是什麼事？分行長，請直接告訴我吧。」

「他檢舉妳，說妳跟高次長有不倫關係，還說用這種沒有道德意識的員工，他不會再跟我們銀行往來。如果我們不立刻處理，他就要直接去找行長談。」

實在令人啞口無言。這實在是太荒唐，讓妍雅一句話都說不出來。

「您相信這個說法嗎？張聖才那個人，前陣子才試圖要騷擾張荷娜，是因為我給他難堪，他才挾怨報復。他有證據嗎？沒有證據就放這種謠言——」

「張聖才先生說他看到妳跟高次長兩人單獨在喝酒。」

「的確有這件事，但只因為這樣就說我們外遇——」

妍雅試圖辯解，分行長卻打斷她。

「不只是這樣。前陣子張聖才先生還在接待室裡，聽到其他夫人講說，看到高次長跟我們分行的員工走進汽車旅館。」

「所以他認為那就是我嗎？這太誇張了！找高次長來問清楚吧。況且高次長……」

本想高聲辯解的妍雅，卻說到這裡就停了下來。她既然不是當事人，就不能隨便把高次長離婚的事說出來。銀行是個保守的組織，一旦被人發現離婚，就可能對即將升遷的高次長在人事考核上造成負面影響。

「高次長今天開始去參加為期兩天的升遷考試，他在研修院裡，聯絡不上。等考試結束，我打算聽他自己解釋。可是李代理，不管這是不是真的，有這種傳聞真的很不好。這會讓妳因損害銀行員聲譽為由遭受懲處，而且妳不是就要結婚了嗎？」

分行長責備妍雅，好像這些謠言都是妍雅不當的錯誤行為所致。妍雅啞口無言。既然不是真的，是別人惡意製造出來的謠言，為什麼是要她來負責？

「我沒有犯任何錯，也沒做過什麼愧對任何人的事。等高次長回來，就可以解釋這一切。」

妍雅緊握著拳頭走出分行長辦公室。她才一走出來，在外頭圍觀的人便立刻散開，回到各自的諮詢室裡。看來是很好奇他們談話的內容，所以才會這樣湊在一起圍觀。

「某人都要結婚了，還這麼會裝。」

不看也知道，這聲音的主人正是劉美愛。

兩天後高次長回來就會揭露真相，但在那之前她能否忍受這些目光，才是真正的大問題。妍雅同時感到憤怒與懷疑。她竟然為這樣的組織奉獻了六年？兩人單獨去喝酒確實是個失誤，但竟然因此就要揹上跟高次長一起去汽車旅館的污名？這個謠言是真的嗎？如果是真的，那對象又是誰？

陷入沉思的妍雅，突然感覺到一股視線。轉頭一看，恰巧與坐在櫃檯的張荷娜對上了眼。張荷娜緊抿著唇，嚇得一臉鐵青。瞬間，妍雅想起高次長曾經說過的話。

「今天不也是嗎？我在外面所以沒親眼看到，但聽說張荷娜被那個豬狗不如的張聖才糾纏時，大家都袖手旁觀，只有妳主動出去幫忙。」

他顯然也是聽別人轉述的。

妍雅大步朝張荷娜走去。站在接待櫃檯前，她輕輕看著張荷娜。

「妳有話要跟我說嗎？」

張荷娜痛哭失聲。

「代理，對不起，真的對不起……」

張荷娜一把鼻涕一把眼淚，哭得非常大聲。

「從什麼時候開始的？」

「嗚嗚、嗚，從三個月前。嗚，真的不是在離婚前！請相信我！我們只是一起喝酒，然後……我就聽他說了，說離婚的事。次長看起來很難過，所以我就安慰他……」

哭了好一陣子，荷娜的眼睛十分紅腫。把整個情況簡單歸納一下，就是高次長在六個月前離婚，而三個月前開始跟荷娜交往。在高次長確定升遷之前，離婚的事情、兩人交往的事情都必須隱瞞。

「我真的是……」

妍雅對這情況感到荒唐，無奈地笑了出來。

「妳應該沒有……生氣吧？」

「不，我覺得這太荒謬了，怎麼會有這種誤會？」

「什麼……？」

「本來就是啊。有人說看到高次長跟妳去汽車旅館，就到處去傳說次長外遇。偏偏我又跟高次長單獨喝酒，又偏偏我讓張聖才難堪，讓他對我懷恨在心。所有的巧合湊在一起，才有了今天這件事，不是嗎？」

「真的很抱歉，我們的事情影響到妳。兩天後次長回來，我們會一起去跟分行長解釋清楚，請不要擔心。」

荷娜不再流淚，而是露出相當堅定的神情。無論荷娜是否真的會這麼做，妍雅都覺得這情況實在是荒唐至極。也因為如此，她根本不想再深入追問。

「但妳是真的喜歡高次長嗎？」

荷娜紅著臉點了點頭。

「哈！高次長也真的是很糟糕，真是太沒品了。他跟妳差了超過十歲吧？這種大叔到底哪裡好……」

「我不是隨便決定跟他交往的。雖然我們交往的時間只有三個月，也因為這件事情多次分手又復合。可是代理，我就是喜歡他啊，能怎麼辦？」

見荷娜再度淚眼汪汪，妍雅趕緊揮了揮手表示不想再談。光是自己的問題就讓她傷透腦筋了，實在不想再去為別人做戀愛諮詢。

「好了，別說了。反正，等高次長回來你們就要講清楚，絕對要明明白白解釋清楚。」

「好，我們一定會解釋清楚的。代理，真的很謝謝妳。」

荷娜的臉上，久違地浮現了與她年齡相符的可愛笑容。

「這裡！」

已經抵達的浩允發現妍雅，便趕緊揮手示意。不知道是不是因為這間咖啡廳距離林蔭道的鬧區有好一段距離，雖然已經是晚餐時間，客人卻相當稀少。

「吳素拉呢？」

「她說她在路上。她就在附近，應該很快就到了。」

緊張的妍雅拿起桌上的水杯，一口氣把水喝光。冰水流過喉頭，但她體內緊張的神經卻始終沒能平靜下來。

「妳想問她什麼？」

妍雅正想回答浩允的問題，掛在玻璃門上的鈴鐺便發出聲響。吳素拉一進門便看到浩允跟妍雅，隨後帶著歡快的微笑靠上前來。她的身材依然高挑纖瘦，打扮十分華麗，是相當搶眼的美女。

「哇，好久不見。姜浩允，你過得好嗎？還有妳也是。」

吳素拉把褐色波浪捲髮塞在耳後，露出一個虛偽的笑容。以前她總是一臉神經兮兮的樣子，好像隨時都會發飆，現在不知是不是年齡增長的關係，反倒看起來從容許多。

「是啊，好久不見了。妳過得好嗎？聽說妳在藝廊上班。」

姸雅也換上滿臉營業用的笑容回應。

「嗯，我在『紅藝廊』當策展人。聽說妳在思韓銀行上班？是聽浩允告訴我的。」

這隨和的語氣真是陌生。記憶中的吳素拉既沒禮貌又自私，看來是過了十四年，讓她多少也學會了一點客套的方法。不對，用這種心態去解讀對方的態度，是不是我的心態太扭曲了？妳應該也經歷了不少事情吧。

「話說回來，聽說妳有事情要問我？是什麼事？」

點了咖啡和蛋糕，相互聊了幾句彼此的近況之後，吳素拉切入正題。

「嗯，那個……」

姸雅支支吾吾地看著浩允。總覺得在過去面前，自己似乎變得無比渺小。

「以前在學校裡面傳的那個，跟姸雅有關的援交謠言，妳應該知道吧？」

浩允突如其來的問題，讓吳素拉的表情瞬間僵住。顯然，她沒想到會是這樣的問題在等著她。

「你們是為了問這件事才把我找出來？」

一絲不悅的神情從吳素拉的臉上閃過。

「是我拜託浩允的，我說想要見見了解當時那件事的同學。」

「不是啦，那個……」

浩允試圖插嘴，姸雅卻舉手制止了他。姸雅與吳素拉看著彼此。這樣直視對方就能清楚知道，吳素拉依然不喜歡自己。

「妳想知道什麼？」

吳素拉蹺起她修長的腿，雙手抱胸擺出防禦性的姿態。

「就像剛才說的，把妳知道的援交謠言告訴我。」

吳素拉沉默了好一會，最後是在浩允近乎催促的眼神示意之下，她才艱難地開口。

「我也是聽說來的。妳知道黃譽恩吧？是她跟我講的。她跟她那時候玩在一起的一群哥哥去喝酒，其中一個人就講說，我們學校好像有個女生在做援交。」

吳素拉才剛開始講，姸雅的心跳便瘋狂加速。她覺得自己就像走在伸手不見五指的洞窟，不知道會有什麼從面前衝出來。

「那個男的在中式餐廳做外送。有一天他去江南站那邊一條破巷子裡送餐，說是一個很黑、很小的辦公室。不對，與其說是辦公室，更像是什麼倉庫的啦。反正呢，他就是送了炸醬麵、炒碼麵還有糖醋肉之類的菜過去，然後在那邊等結帳，就聽到一個有點年紀的男人說：『愛麗絲，錢包在哪？』接著就有一個女的說：『不知道，應該在桌上吧。』」

妍雅嚥了下口水。

「他一直在看，看聲音到底是從哪來的，然後就在一個掛有窗簾的角落，看到一個女孩子在脫衣服。他嚇了一跳，但還是假裝沒事繼續等結帳，然後就看到了『那個』。」

「哪個？」

「看到那個女生的腳邊有我們學校的制服。」

「真的嗎？」

「我也是聽來的。」

妍雅感覺有什麼東西堵在胸口，幾乎就要窒息。

「不是我。那個女孩子不是我，但為什麼會說是我？為什麼？」

妍雅的聲音都在顫抖。

「這個嘛，我也不太清楚。」

吳素拉的臉上閃過一絲驚慌，看起來她似乎一直認為愛麗絲就是妍雅。

「黃譽恩說那個愛麗絲就是我嗎？」

「不是。」

「那不然是誰說的？」

吳素拉皺起眉頭開始回想。

「黃譽恩只有說她從去外送的哥哥那裡聽來這件事。我想一下，說是妳的人……對了！是崔子賢，好像是崔子賢。」

「崔子賢？確定嗎？」

崔子賢為什麼要……

「是崔子賢嗎？還是別人？老實說我不太記得了，這真的太久以前了。可是我記得在聽黃譽恩說妳援交的事情時，崔子賢也在。因為那時候她的表情有點奇怪，其他人都很吃驚，但她沒有。可能就是因為這樣，我才會覺得是崔子賢講的。」

「所以是崔子賢說是我，對吧？」

「沒有啦，我不確定嘛。只是覺得她的表情很奇怪，所以我才特別有印象。」

「謠言傳到哪裡去了？該不會除了我還有幾個跟我比較親近的人之外，全校的人都知道吧？」

「沒有啦，沒到那個程度。一部分的老師好像也知道這個謠言，有特地把我跟其他幾個人找去，叫我們不要亂講。畢竟這只是謠言嘛。」

聽完這段話，妍雅只覺得頭暈。

「志勳也知道這個謠言嗎？」

「不曉得。他沒有直接問過我，但他有叫我們閉嘴不要亂講，所以我想他應該知道吧。」

妍雅覺得天都要塌了。好像有誰緊緊掐住她的喉嚨一樣，令她無法呼吸。她渾身止不住地顫抖。

「妍雅，妳沒事吧？」

在旁聽著兩人對話的浩允，一把摟住了妍雅的肩膀。

「志勳是什、什麼時候知道這件事的？」

吳素拉的眼神變得非常冰冷，像是在責怪妍雅，事到如今這還重要嗎？

「這我也不知道。」

妍雅握著拳頭不斷敲著胸口，好像有塊大石頭壓在那一樣喘不過氣。只是那石頭卻沒有消失，也沒有減輕，只是一直重重壓著她整個人。

妍雅坐在學校裡的藤椅上，不停跺著腳，握拳的手也不停敲打著膝蓋。不做點什麼她實在受不了。

她想起志勳跟權俊碩打架的那天。

「你這王八蛋！你剛剛是說什麼？再說一次看看！宋宇泰，你還不快放開？我今天一定要宰了這傢伙。我要把他的嘴打爛，讓他不敢再亂講話！放開我！」

「真、真的啦！我沒有騙你，相信我！我真的有聽到！」

「閉嘴！」

也想起志勳在她家門口等了一整晚的那天，沒頭沒腦的那段發言。

「不管發生什麼事，妳都是我的。只有這件事不會改變，我們這樣就是交往喔，知道嗎？不管怎麼想我都想不出答案，我覺得我一定是喜歡妳喜歡到發瘋了。不管發生什麼事，我沒有親眼看到就絕對不相信。」

那像是在堅定決心的口吻有些怪異。但誰會曉得他是聽說了那種謠言，自己一個人想破頭，最後決定不要相信？妍雅感覺好像有人握住她的心臟不停擠壓。

「真是傻子。」

志勳從沒問過她。他心裡想必有很多疑問，卻一句話也沒提過。即便如此，他還是擔心謠言會傳出去，因此戰戰兢兢地恐嚇吳素拉閉嘴，還痛打權俊碩一頓，並編造出是因為權俊碩隨便接近妍雅，所以才動手打人這種荒唐的理由。才只有十八歲的男孩子，卻為自己做了這些。

「是因為這樣才會像個瘋子一樣糾纏我啊。」

志勳知道那個援交的謠言，跟權俊碩打架，也是為了阻止那個謠言擴散。那時是四月中旬，所以他應該已經知道那個謠言很久了。志勳一開始不相信謠言，但中間發生了什麼事，讓他相信謠言是真的。所以大概在十月的時候，才會覺得自己狠狠遭到背叛，因而態度驟變，最後造成了十一月那場不幸的火災意外。

過去的事情一件接著一件浮現。妍雅突然覺得有些奇怪，志勳為何會開始相信那個謠言是真的？如果他沒有親眼看見，那想必不會相信。他是那麼相信妍雅，甚至還警告權俊碩跟吳素拉閉上嘴不准亂傳。那他難道是「看到」了什麼嗎？

妍雅大力甩了甩頭。她可從來沒做過類似的事情，志勳當然也不可能看見。既然志勳已經死了，他也沒人可問了。

值得慶幸的是，她現在知道志勳當年態度驟變的原因，這樣說不定就能阻止火災發生。只要深入調查援交謠言的真相，證明那不是真的，那說不定就不會有十月的霸凌事件，也能阻止十一月的火災意外。

妍雅看著眼前籠罩在寂靜與黑暗之中的校舍。下定了決心，她站起身。手機顯示目前時間是十一點五十分，恰好吹的也是東風。

今晚她非去不可。

她必須回到二〇〇三年。

13 再次，前去尋找犯人

刺眼的白光逐漸消失，眼前一片模糊，只能看到一些朦朧影子的妍雅，一下子失去重心往旁邊倒去。

「沒事吧？」

有人一把抓住差點要從樓梯上摔下去的她。那是浩允。單眼皮的他睜著大眼，一臉擔憂地看著妍雅。

「嗯，沒事。」

回應的同時，妍雅也覺得心情有些沉重。浩允說過，從這時候開始就對她有意思。似乎是因為聽了那些話，總覺得浩允看自己的眼神有些不尋常。

「你們在幹嘛？」

樓梯上方傳來一個咄咄逼人的聲音。只見志勳一臉不高興地看著樓梯上的兩人。他雙手插在口袋裡，踩著重重的腳步走了下來。

「就算是你也不行，姜浩允，不准碰妍雅。」

像在拉扯什麼物品一樣，志勳一把摟住妍雅的肩膀，略微不滿地抱怨。

「靠，你這傢伙！真的是變態跟蹤狂！」

跟在後頭走下樓的慶民，用手上的書敲了志勳的腦袋一下。

「靠，你是想死喔？」

「你的固執跟嫉妒心喔，簡直可以媲美《愛情與戰爭》一百集特別篇的劇情。懷疑誰都可以，怎麼會懷疑到姜浩允頭上？明知道這傢伙對女人沒興趣。」

宇泰也跟著走了下來為慶民助陣，浩允則在旁一言不發。

「喂，你們，一下把我講得好像是覬覦好友女友的人渣，一下又講得好像我是對女人一點興趣也沒有的和尚，是怎樣？」

浩允抱怨的同時，臉上的表情看起來也有些苦澀。妍雅實在不曉得，以後自己究竟該如何面對浩允。

「妳沒忘記今天的事吧？」

志勳摟著妍雅的肩膀，轉了個身帶著妍雅一起上樓。

「今天？今天要幹嘛？」

「哎呀，妳真的是除了讀書什麼都不會。今天不是成文高中的校慶嗎？晚上會有煙火大會，我們不是講好要一起去嗎？妳忘嘍？」

當然記得。世賢高中的校慶是六月初，而附近其他學校的校慶則是五月底。成文高中的校慶差不多就是在這個時候，這麼說來，大家確實也都脫下了制服外套，只穿著長袖襯衫在校園裡走動。

成文高中的校慶啊，好像有發生什麼事。

一瞬間，妍雅感到胸口一陣刺痛。她試著回想成文高中校慶那天究竟做了什麼，卻完全想不起來。她甩了甩頭，試著甩開那些雜念。現在重要的不是成文高中校慶或煙火大會，而是要調查援交謠言的真相，並向志勳解釋那一切不是真的。

她現在就想揪著志勳的領子，拚命解釋那謠言根本不是真的，但她需要證據。即使現在的志勳相信她，但未來的志勳並不相信。

「妳不是真的忘了吧？」

志勳再度追問，妍雅決定隨口胡謅一下。

「嗯，記得。」

「很好！那今天晚上六點，在成文高中前十字路口的麥當勞見，我已經跟其他人約好在那裡會合了。那我們趕快走吧，上課遲到了。」

妍雅一臉疑惑，不明白別人的學校校慶，志勳為何要那麼開心。但志勳並沒有理會，只是自顧自地勾著她的脖子往走廊前進。

「李允思！李多庭！妳們跑去哪了？」

慶民對著正走上樓的允思和多庭大喊。看兩人嘴巴不停咀嚼的樣子，應該是去了福利社。

「妳們也會來吧？」

「當然。」

面對慶民的詢問，允思跟多庭也是開心回應。

下課鐘響，坐在教室裡的學生便立刻如潮水般湧到走廊上。妍雅偷偷觀察每個人的臉，肯定是其中一個人。真正在做援助交際，卻讓她揹黑鍋的人，同時也是散布惡意謠言的人。突然，她注意到走在前面的子賢跟書庭。吳素拉說，散布「做援交的人是李妍雅」這個謠言的人，很可能是子賢。雖然她也說她不確定，但子賢的表情確實很可疑。

散布謠言，讓我揹上援交污名的人，真的是子賢嗎？她為什麼要這麼做？

子賢的臉很小，長相看起來有些凶狠，有著一身小麥色的肌膚，眼睛細長且眼尾微微上揚，看起來就像隻貓，整張臉流露出些許的性感氣息。雖然她之前沒注意到，但子賢的長相的確只要打扮一下就會非常好看。背影看起來十分成熟，最重要的是她對男生非常感興趣。她喜歡的對象包括老師在內，全都是成年男性。記得她去江南站那邊的便利商店打工時，也曾經看到子賢穿得不像是高中生，甚至還化了妝。

說不定真正在援交的人是子賢也說不定。一傳出我們學校有女學生在援交的謠言，她就害怕可能會被發現，因此才先下手為強，主動散布謠言。但學校有這麼多女生，為何偏偏要選中妍雅？實在怎麼也想不透。

「我們要約幾點？」

允思用手肘頂了頂妍雅的腰。

「嗯、嗯？什麼？」

突然被襲擊的妍雅嚇了一跳，說話有些支支吾吾。她沉浸在自己的思緒裡，沒有仔細聽允思跟多庭的對話。

「成文高中校慶啊，我要穿什麼去？上次買的那件淺紫色Polo衫怎麼樣？」

「嗯，那件很好看。我才不知道我要穿什麼咧，我都沒衣服穿。」

允思跟多庭忙著決定去參加成文高中校慶時要穿什麼、做什麼髮型，但妍雅的心思卻完全在眼前的子賢身上。

「妳今天要去成文校慶嗎？三班的崔有成和韓國學院的吳振泰……」

妍雅豎著耳朵專心聽子賢與書庭的對話。

「我？沒有，我今天有約了。」

「什麼約？」

「就是跟人約了碰面。」

子賢似乎不怎麼想多談，便轉移了話題。通常這個年紀的女孩子，都會把每一件事鉅細靡遺地告訴好朋友。像是今天有什麼約、要跟誰見面、期待些什麼等等，可是子賢面對書庭的詢問卻支支吾吾，嘗試隱瞞真相。說不定是連對好友都不能據實以告的約定。

妍雅暗自下定決心，今天一定要跟蹤子賢。

【妳真的要這樣嗎？明明就是妳自己吵著說要來看煙火的耶！】

訊息通知音不斷響起，妍雅決定忽視已經連續十分鐘吵鬧不休的手機。

【不ㄑ。就說我不能去ㄌㄜ。】

急忙回訊給志勳，連字都打錯一堆。

【為什麼不能來？】

【我有點事啦。】

接著是電話響起。

「唉。」

妍雅重重嘆了口氣。遠方，穿著制服的子賢正往江南站的大馬路邊走去。她擔心自己會被子賢發現，所以刻意隔了幾公尺遠，但晚餐時間湧現的人潮，讓子賢的背影一下消失、一下出現。妍雅提心吊膽，擔心只要一個閃神就會跟丟，期間響個不停的手機實在不是普通的煩人。

【我被禁足了，阿姨叫我不要去。我不能去，就這樣，別再打來了。】

妍雅停下腳步，站在大馬路上迅速回傳訊息。她無法只是不理會手機了。她長按電源開關，看到手機關機後才再度抬頭，但稍早還在人群中若隱若現的背影卻已消失無蹤。妍雅慌張地衝上前去，在人群裡四處查看。

沒有，不見了！

不管怎麼找都找不到子賢。

該死的柳志勳。

抱著姑且一試的心情，妍雅往之前看到子賢的便利商店巷子走去。就在她著急地準備繞過轉角時，正面撞上了迎面而來的人。

「呀！」

「哎呀！」

一鼻子撞上對方硬邦邦的胸膛，妍雅痛得幾乎就要哭出來。猛一抬頭想查看對方的長相，瞬間嚇得瞪大了眼睛。那是張熟悉的面孔。是在便利商店看過的金髮男金成浩。

「喔！」

「喔，嫂子！妳怎麼在這？大哥在哪？」

成浩一看到妍雅便喊了她一聲嫂子。

「我、我有事來這裡找人。」

「找誰？不是找男人吧？要是劈腿，我不幫妳保密喔。」

成浩彷彿已經忘記便利商店發生的事，面對妍雅的態度顯得相當友好。

「不是啦，不是你想的那樣……」

妍雅擺了擺手，腦中突然閃過一個念頭。那天聽起來，成浩這一群人似乎經常在江南站一帶遊蕩，說不定他們會知道一些跟子賢有關的事，反正問問也沒有損失。於是妍雅小心翼翼地開口。

「那個，我有事情想問你。」

「好，儘管問。」

「你知道我們學校二年級一個叫崔子賢的嗎？」

「知道啊，當然知道，那個姐姐在這一帶很有名。」

有名！到底是在哪一方面有名？

「崔子賢很有名？為什麼有名？」

先透露真心的人就輸了，這就是這個世界不變的真理。成浩看出了妍雅的焦急，嘴角露出一個隱約的微笑。

「就在某方面有名啦。」

「告訴我，她為什麼有名？」

「妳想知道嗎？」

成浩笑得十分陰險，像是有意趁機捉弄妍雅。

「那明天晚上十一點半，我們在江南站六號出口見。」

妍雅其實知道金成浩就是個壞孩子。但他是志勳的學弟，而且妍雅也不覺得這是什麼大事，便點點頭答應了。

「那明天見。」

成浩一臉滿意地揮了揮手，消失在霓虹燈閃爍的街頭。

14 如燃燒的火花

好無聊。

李妍雅不在，一點都不有趣。

志勳哭喪著臉，在人潮擁擠的成文高中操場上穿梭。走在他前頭的浩允、慶民、宇泰、允思跟多庭，似乎都非常享受歡快的校慶氣氛。

從正門通往操場、通往校舍的路上，擺滿了展示美術部與漫畫部同學畫作的畫架。攤位則有不少人裝扮成《庫洛魔法使》裡的角色，拿著筆替來參加校慶的人在手背上畫出蠟筆小新或皮卡丘等動漫角色。允思跟多庭站在攤位前，吱吱喳喳地討論著要畫什麼角色才好。操場另一頭則在販售各種不同的飲料與點心，也有一些遊戲攤位，提供在木板中間挖洞，讓人能朝洞裡的臉扔水球之類的小遊戲。

四處探頭看著，不知不覺已經過了晚上七點。太陽下山，四周已逐漸被黑夜籠罩。操場旁的路燈一一亮起，象徵著校慶夜的節目即將登場。

「哦，舞蹈組K2的演出是七點半耶，他們要跳什麼？」

「說是高耀太和god的組曲。」

「喔喔喔，那他們應該練得很拚吧？朴東雨也會上台嗎？」

「他不是就一直逼我們要來看這個嗎？想讓我們看女生對他尖叫的樣子。」

慶民跟宇泰一邊翻看著手冊，一邊引導大家往禮堂前進。

「但整個活動的壓軸不是這個表演喔。」慶民轉頭對大家說。

「不然是什麼？」多庭好奇地睜大了眼問。

「是他們跳完之後的『成文小姐選拔大賽』。」

「哇，很讓人期待耶。」

「對吧？我們姜浩允小姐是不是應該先觀摩一下？如果你想在我們校慶時參加選美的話。」

慶民開玩笑地用肩膀撞了撞浩允，只見浩允皺著眉頭瞪了他一眼。下星期就要登場的世賢高中校慶，已經決定由浩允代表班上男扮女裝參加選美大賽。

「嗯？你要好好觀摩喔。結束之後要去問一下姐姐們，看看哪種絲襪比較好、去哪家髮廊做頭髮比較好看。」

「好了啦。」

「什麼好了！你還要研究一下性感的動作跟表情，讓大家狂流鼻血才行啊！」

「但這傢伙這麼高又這麼壯，真的可以嗎？男扮女裝根本恐怖片吧？臉是好看啦，但身材根本是摔角選手耶。我看不該走性感路線，應該走搞笑路線耶，哈哈哈。」

「再多說一句你們就死定了，混帳東西！」

即使被浩允恐嚇，慶民跟宇泰也毫不在乎，依舊開心地你一言我一語。一群人就這麼打打鬧鬧地來到禮堂，才發現原本在攤位裡的女生都跑了出來。似乎是因為聽到志勳跟浩允出沒的消息，所以才提前出來等。

「天啊，他們終於來到這邊了。」

「真的嗎？他們真的來了嗎？」

「快去跟他們講話啊。」

「不要，妳去啦！」

認出了世賢高中的名人，女學生們一點也不避諱地看著他們一群人。但似乎沒人有勇氣上前搭話，只敢在有段距離的地方以哀切的眼神望著他們，希望他們能造訪自家攤位。

「欸，那邊的帥哥！快來我們攤位看看！我幫你們占卜，只要五百元。」

這時一個女生鼓起勇氣挽著志勳的手臂跟他搭話。帳篷上掛著「塔羅之家」的牌子。這個女孩勇敢的舉動，也讓其他人跟著湧上前去包圍他們。浩允露出十分困擾的神情努力拒絕，慶民跟宇泰則沒多想，欣然地接受著眾人的簇擁。

「靠，還不快放手？是想死喔？」

志勳冷冷的喝斥，讓氣氛瞬間凍結。勾著志勳手臂的女孩表情瞬間僵硬。

「妳是在抓誰的手啊？」

像是在甩開爬在手上的蟲子一樣，志勳重重地撥開女孩的手。

「喂，柳志勳，都來這裡了，你是怎樣啦？只是開個玩笑嘛，幹嘛那麼緊張？」

浩允為難地安撫著女孩，一邊制止志勳的行為。但志勳並不理會浩允的勸阻，絲毫不覺得自己需要為搞砸氣氛負任何責任，只是逕自邁開步伐。

真的，志勳覺得很無聊。觸目所及每個人都興致高昂，一臉歡欣鼓舞地享受著校慶，只有志勳一個人無法融入。實在無聊，不，實在煩躁到受不了。

稍後，廣播喇叭發出刺耳的嗶聲，然後是校內廣播響起。

〔啊啊，公告，預計於晚上九點舉辦的煙火大會，在居民的要求之下提前，將於十分鐘後舉行。欲觀賞煙火大會的人，請現在盡速至操場集合。重複一次……〕

一聽到廣播的內容，原本正往禮堂前進的人潮，以及在攤位前探頭探腦的遊客，全都趕緊往操場移動。

「我們也先去看完煙火再去禮堂吧。」

在慶民的吆喝之下，一行人魚貫前往操場，志勳也不情願地邁開步伐。階梯式看台上坐了密密麻麻的人群，他們一行人才剛剛找到位子坐下，便聽見煙火發射的聲音。

砰——砰——

從操場角落發射的煙火朝空中飛去。紅色、橘色、或青或白的各色煙火，先是發出震天價響的爆炸聲，隨後才在漆黑的夜空中燦爛綻放。

「哇，真的好美！」

驚呼聲讓志勳忍不住轉過頭查看。多庭正抬頭看著空中，看著發出砰砰聲之後劃出華麗的曲線，接著在空中迸發開來的煙火出了神。

真希望把現在所看到的光景完整保存起來，帶去給李妍雅看。如果妍雅也能看到這畫面，那肯定很棒。她有些時候很孩子氣，肯定會很喜歡這種東西。如果能一起看……一定很棒。

志勳內心一角有些刺痛。雖然今天白天才見過面，現在卻已經非常想念那張衝著自己笑開懷的可愛臉孔。

「我先走了，你們慢慢看吧。」

志勳向眾人道別，隨後站起身來拍了拍身上的塵土便離開了。他的聲音並不小，只是依然淹沒在煙火施放的聲音中。

「你要去哪？喂，柳志勳！」

一旁的多庭聽到志勳的話，趕緊大聲詢問，志勳卻頭也不回地擺了擺手，大步往成文高中正門走去。

「真的要去嗎？」

坐在書桌前，桌上擺著參考書，妍雅卻陷入了沉思。她不僅不知道成浩的聯絡方式，約在晚上十一點半也讓她非常掛心。

啪──

這時，窗外傳來敲擊聲。

「這次又是誰在丟石頭？」

妍雅也是有學習能力的。有了上次的經歷，她這次稍微站得遠了一點，然後才把窗戶打開。果不其然，窗戶才一打開，一顆小石子就飛了進來掉在地上滾。要是她站在窗前，那肯定會被打中。妍雅氣呼呼地探頭往窗外看，只見橘黃色的路燈下，是一臉驚訝的志勳。

「哇，嚇死我了。」

「你找死喔？幹嘛一直跑來拿石頭丟我房間窗戶？我差點被打到！」

雖然被妍雅責怪，但志勳卻還是笑得非常開心。

「明明就有手機，這是在幹嘛？」

「妳關機了啊。」

「我哪……」

這麼說來，她跟丟子賢之後就沒有再把手機打開了。本以為自己一分鐘不看手機眼睛就會抽筋，回到過去之後，卻開始不那麼在乎手機了，真讓人意外。

「好啦，那你今天是又──」

「妳不是被禁足，沒辦法去校慶嗎？但妳不是很想看煙火？」

妍雅只是用一個敷衍的藉口搪塞，沒想到志勳似乎信以為真，這讓妍雅莫名感到抱歉。

「我給妳看個漂亮的東西。」

志勳有些激動地喊完，隨後便從背包裡掏出一個東西。是兩根長長的棒子。他從口袋裡掏出打火機，接著對兩根棒子點火。

噗咻咻咻，砰、砰。

棍子噴出了指甲大小的火花，在空中劃出一個弧形飛了出去。

這是什麼啊？

「哎呀？不是這樣吧。」

志勳放下原本那兩根棍子，拿出比剛才更細的一根棒子來。才一點火，棒子的末端便燃起了拳頭般大小的火花。

他抓著那根棒子，對著站在窗戶邊的姸雅開始轉圈。火花劃出一個小小的圓圈，志勳拿著棒子假裝在空中寫字。就這樣燒了幾分鐘，火花逐漸熄滅。

「等等，妳等一下，還有一個。」

志勳再次從背包裡掏出兩根棒子點火。接著對姸雅高舉自己握著棒子的手，開始揮舞了起來。

「嗚呼，哇，燒得好大。」

志勳的臉上滿是歡快的笑容。

這是什麼啊……一點也不美。真無聊，好寒酸。

即便心裡這麼想，姸雅仍覺得胸口一陣鼓譟。那是只為了她，只為了她一個人的煙火表演。只因為她說的謊、只因為擔心氣餒的自己，志勳竟然願意找來這麼微不足道的東西，假裝是煙火秀來表演給她看。心底某個角落有股暖流流過。志勳手裡那正發出滋滋聲不斷燃燒的煙火，宛如某人的青春。渺小、簡單、微不足道，消失得太過迅速。

卻充滿著熱情。

「美嗎？」志勳用嘴型問道。

「嗯。」姸雅在心裡回答。

志動跟妍雅並肩坐在華夏大門口的樓梯上。志動身旁，放著已經燒完的仙女棒。
「妳腳不會冷嗎？」
志動伸手壓著妍雅只穿著拖鞋的腳。
「現在是五月耶。」
腳趾這樣被志動盯著看，讓妍雅感到有些尷尬，看起來志動似乎是擔心她會冷。
「這樣就不會冷了吧？」
志動用手包住了妍雅的腳趾。
「喂！很髒耶！快把手拿開啦！」
妍雅試著推開志動，他卻只是說了聲：「噓，不要亂動。」包覆著腳趾的手甚至還搓揉了起來。這種奇異的搔癢感，爬遍妍雅的全身。
「喂，柳志動！你快放手啦！快點！很髒耶！」
「妳腳趾真漂亮。」
像是在感嘆，又像是在自言自語，志動那帶著些許嘆息的嗓音傳入耳裡。
「好漂亮，真的好漂亮。」
妍雅心臟怦怦跳個不停。
上一次聽到別人這樣多次稱讚自己漂亮，是什麼時候的事了？

記得是五、六歲的時候，比起自己的名字，更常聽到別人這樣稱讚自己。長大之後，似乎就不怎麼有機會聽到這樣的稱讚。小時候明明是這樣備受疼愛。是不是長大、有了年紀，就代表會比較不受到喜愛？

「哪裡漂亮？一點都不漂亮。」

「除了妳那張糟糕的嘴巴之外，都很漂亮。」

「我的嘴巴怎樣了？」妍雅嘟起嘴抱怨。

「嘴……嘴也很漂亮。」

咕嘟。

突然聽見吞嚥口水的聲音。回頭一看，才發現志勳兩眼正盯著自己的嘴唇。一股莫名的燥熱感爬上雙頰。

欸，這臭小鬼……

「喂，你想死啊？是在看哪裡？」

妍雅推了志勳的肩膀一把。

「幹嘛那麼害羞？男女之間，這很正常吧？」

「唉唷，看看你。我不是害羞，是覺得荒唐，覺得傻眼。你每次都這樣隨便亂解讀。而且什麼叫做正常？哪裡正常？」

「少騙人了。剛才的氣氛就很微妙嘛，妳也承認吧？」

「不要說了啦！不然我要進去了喔！」

妍雅才站起身，志勳便立刻說：「好啦，不說了，妳坐下。」然後拉著妍雅的手讓她重新坐回樓梯上。一陣短暫的沉默過去，志勳冷不防地開口。

「那個，我從現在開始會很認真讀書。」

「幹嘛突然沒頭沒腦講這個？」

「妳是不是說妳想考延大？我一定要跟妳上同一所大學，我答應妳。」

妍雅一句話也說不出來。

「妳怎麼這個臉？妳覺得我考不上嗎？等著瞧，只要我有心，成績一定很快能追上妳。我體力算是好的，讀書就是要靠體力。」

志勳看著妍雅露出笑容。妍雅先是覺得有些茫然，接著又像是有電流流過全身。

抱歉，我無法告訴你說，你的未來將會有如一道明媚陽光那般燦爛；我無法告訴你說，你的未來會像點亮夜空的繁星那般耀眼。我實在不忍心告訴躲藏在嫩葉之中的花苞，說你將無法綻放，將會是寒冬裡乾枯凋零的葉子。

「等放榜確定考上之後，我要在畢業典禮那天第一次親妳。」

「……」

「當然，也可以在那之前親。」

「……」

「或是現在親也可以。」

話都還沒說完，志勳寬大的手掌就捧住了妍雅的臉頰，輕柔地在她的額頭上輕碰了一下。

「你……你瘋了喔！」

妍雅嚇了一跳，趕緊向後退開，後腦勺狠狠撞上了牆壁。一陣刺痛傳來。

「妳真的是喔……這只是預告，幹嘛那麼驚訝？反正我都先預告了喔，妳不准花心喔，否則我們就一起死喔。」

志勳說完，便一派輕鬆地站起身來。在高大的身軀遮蔽之下，妍雅的視野瞬間暗了下來。

「那我走了，晚安。」

將背包揹在肩上，志勳哼著歌消失在巷口。即使已經看不見志勳的身影，怦怦的心跳仍好一陣子沒有平息。

晚上十一點半，妍雅站在江南站六號出口前，看著街上往來的人群。無論是過去還是現在，江南站的夜晚總是充滿活力。狎鷗亭羅德奧、新沙洞林蔭道、方背洞咖啡街都曾經是享譽一時的商圈，但隨著熱潮退去都逐漸沒落，只有江南這個地方是真正從來不曾死去的偉大商圈。

雖然約好要跟成浩見面，但因為不知道他的聯絡方式，所以妍雅只能在約好的地點枯等。為了能一下子從人群中找到成浩，妍雅一直盯著路人的腦袋瓜。就在這時，一陣吵雜聲與三、四個穿著黑衣的男女，帶著喇叭音箱、麥克風與吉他，往紐約製菓前的樓梯走去。就定位之後，他們設置好音箱與麥克風，接著忙著撥弄吉他弦與調音，看起來是要做街頭演出。時間已經很晚，他們卻人人都戴著太陽眼鏡，讓妍雅覺得有些荒唐。

大約過了五到十分鐘吧，準備工作完成後，留著黑長髮的女生便來到麥克風架前。那件貼身的針織材質黑色迷你裙，讓她看起來相當性感。

「現在要開始表演了嗎？」

妍雅有些擔憂。深夜，接近十二點，一群群腳步踉蹌的醉客，誰會有閒情逸致停下來聽歌？沒想到有別於她的擔憂，人群竟三三兩兩地聚集了起來。

「是仙境！仙境耶！」

「哪裡？在哪裡？」

「哇，運氣真好，是仙境！應該是要表演吧？」

現場還有幾個興奮激動的女生，顯然這是個相當知名的樂團。等人群聚集到一定的程度，穿著黑色針織裙的女生便手握麥克風開始唱起歌來。沒有介紹樂團、沒有介紹歌曲。

〔深藏在許多人心中的秘密。

不見五指的黑暗降臨，秘密便開始低語。

悄無聲息又安靜，一句接一句。

低語的秘密，嗯嗯，低語的秘密。〕

對女生來說相當低沉的煙嗓，與慵懶的爵士配樂十分相襯。

「沒聽過這首歌耶，是他們自己寫的嗎？」

妍雅雙手抱胸，盯著那個在唱歌的女人看。輕輕跟著節奏搖擺的身體、時而緊握時而鬆開麥克風的手勢、偶爾像是心血來潮的即興演唱。雖是接近深夜時分的街頭演出，她看起來卻是真的沉浸其中。但看著看著，她卻莫名覺得那個女主唱十分眼熟。妍雅皺緊了眉頭，仔細端詳女主唱的模樣。雖然戴著黑色的太陽眼鏡，但肯定、肯定是……

「不、不會……吧？」

「沒錯，崔子賢就是獨立樂團仙境的主唱。」

身後突然傳來一個聲音，妍雅差點尖叫出聲。轉頭一看，是接近深夜時分雙眼仍炯炯有神的金髮成浩。成浩靠到妍雅身旁，妍雅都能感覺到他說話時吐出的氣息。

「唱得很好吧？她在這附近很出名。每個星期四晚上十二點，他們會來這裡做街頭表演。我也是偶然遇過一次，因為以前曾經玩在一起，所以一眼就認出主唱是子賢姐。」

「你先告訴我就好啦。」

「直接跟妳說就不好玩啦。不過啊，姐姐，妳為什麼要問子賢姐的事？那時候妳好像也是在跟蹤她，對吧？」

成浩用手指點了點妍雅的肩頭，他的表情看上去莫名有些興奮。

「你、你在說什麼？跟蹤她？我才沒有，是你誤會了。」

「欸，妳太無情了吧？我都把子賢姐的秘密告訴妳了，這點小事妳應該可以告訴我吧？」

「就跟你說沒有了。」

「好吧，沒差。不過姐姐，妳會不會渴？我們要不要去喝點東西？去那邊。」

成浩一副油嘴滑舌的樣子，手指像在彈鋼琴一樣在妍雅的肩上敲著。像是有蟲在自己身上爬的糟糕感受，順著肩膀緩緩流遍全身。每一次被志勳摸的時候雖然都氣得咬牙切齒，但相較之下那似乎根本不算什麼。妍雅想撥開成浩放在自己肩上的手，但後面突然一隻大手伸了出來，一把抓住了成浩的手腕。

「你們在幹嘛？」

那是個令人渾身發麻的聲音。兩人同時回過頭，眼前是一臉凶神惡煞的志勳。他體格原本就很壯碩，雖然只是穿著普通的黑色T恤配牛仔褲，但成熟的樣子說是大學生想必都有人會信。

「我問你們，現在是在做什麼？」

志勳使勁握著成浩的手腕，讓他把手從妍雅的肩膀上拿開。志勳渾身散發著凶狠的氣息，讓成浩與妍雅當場愣在原地，一個字也說不出來。志勳手腕上滿是青筋，使勁扭著成浩的手腕。緊皺的眉眼之間，是如深淵一般的憤怒漩渦。明明沒跟成浩怎麼樣，妍雅卻感到退縮，好像做壞事被當場逮到一樣。

「你、你怎麼會在這？」

妍雅好不容易才擠出一句話。志勳則更加凶狠地反問：

「妳是為了這個才晚上偷偷從家裡跑出來？就是為了見這種人？」

「這是什麼意思？」

「我只是覺得奇怪。妳最近對我的態度，還有手機關了就不打開。我本來想耐心等妳，等妳跟我說是什麼事情。可是……難道就只是因為這樣？」

像是當場抓到情人劈腿一樣，志勳的聲音充滿了憤怒。

「不是你想的那樣，我跟成浩只是因為有事……」

妍雅本想辯解，說到一半卻停了下來。

「你該不會是跟蹤我吧？」

似乎是被妍雅說中了，志勳一時答不上來。即便如此，他那雙憤怒的眼睛依然瞪著妍雅。

「這是現在的重點嗎？」

「你為什麼要這樣？為什麼要做這種事？就跟我剛才講的一樣，我跟他根本沒有任何關係！」

「既然沒有任何關係，那為什麼會單獨約在江南站碰面？而且還約這麼晚！不光是這樣，每次我碰妳，妳就氣到發抖，這傢伙碰妳，妳卻一點反應也沒有。」

無法遏制心中的怒火，志勳氣得大吼了起來。欣賞仙境樂團演出的群眾一陣騷動，紛紛注視著三人。已經幾乎要失去理智的志勳，一點也不在意周遭的目光。

「哥，不是你想的那樣啦。這裡不太方便，我們去別的地方說。」

抽回被志勳緊抓住的手，成浩下意識地再一次把手放到妍雅的肩上。

啪——

「你手在碰哪裡啊？」

志勳一拳揮出去，狠狠打中了成浩的臉。重重的一拳砸在臉上，讓成浩整個人摔在地板上。姸雅嚇得倒吸了一口氣。

「好像在打架。」

「怎麼辦？」

「是不是該阻止他們？」

觀賞演出的人群紛紛尖叫。突如其來的暴力事件，也使得不少人當場離開。

「幹！我叫你一聲大哥，你就囂張嘍？」

擦去嘴角的血漬，成浩站起身來，隨即撲向志勳揮了一拳。志勳往旁邊閃了一下，讓成浩往前跌了下去，但他並沒有放棄，而是再次朝志勳衝去，一把揪住他的領子。志勳也以驚人的力量揪住成浩的領子，兩人就這麼緊揪著彼此，狠狠盯著對方看。

「王八蛋！快給我放開！」

「好啊，要打就來打啊！」

「好，那你今天就準備被我打死。竟然敢對姸雅動歪腦筋？」

「啊，媽的，就說是誤會了！不是你想的那樣！」

「少在那邊鬼扯什麼誤會，王八蛋！你今天找姸雅出來幹嘛？你是想做什麼才找她？以為我不知道嗎？你表面上把我當大哥，心裡在想什麼以為我會不知道嗎？」

「我不把你當大哥，那之前為什麼要挨你打？你以為我會就這樣算了？什麼同班的？

笑死人了。問了一下，大家都知道她是你女友，還在那裝咧。」

揪著彼此的領子互罵的兩人，最後在地上扭打了起來。四周的圍觀群眾再度失聲尖叫。發生在大半夜的這場打鬥，有些人看得津津有味，有些人則害怕地拿出手機打電話報警。這突發狀況讓妍雅手足無措，只能在旁跺腳。她得趕快阻止他們，但這兩個人這樣扭打在一起，她一個人實在無法把他們拉開。

對，還有崔子賢。

妍雅趕緊衝向樂團的方向。演出被突如其來的糾紛打斷，子賢與樂團成員正在收拾設備。妍雅氣喘吁吁地一把抓住子賢的手。

「子賢，妳幫我一下，得趕快阻止他們。」

她能感覺到太陽眼鏡之下，子賢瞪大了雙眼十分驚訝。

「妳、妳……！」

「這樣下去真的會出大事的，拜託妳。」

「妳怎麼會在這……」

「現在這不重要。各位先生，拜託你們也幫個忙。」

妍雅向在後頭負責收拾樂器的幾個男人大喊，接著拉起子賢的手往前跑。

「妳到底為什麼……」

「我之後再跟妳解釋，先阻止他們再說，不然一定會有人被打成重傷。」

就在妍雅拉著子賢前去勸架時……

嗶——嗶嗶——

「那邊的同學，還不快住手！」

遠方，兩名警察穿過群眾正往這裡跑過來。正打得你死我活的志勳跟成浩瞬間放開彼此，趕緊站了起來。警察漸漸走近，兩人才意識到事情的嚴重性。要是被抓，那可就頭痛了。學校跟家裡就不用說了，肯定是會有好一陣子被不同的人叫去訓斥。成浩已經跑了，志勳快速看了一下四周並找到妍雅。

妍雅站在一個戴墨鏡的女人身旁，正急得像熱鍋上的螞蟻。志勳趕緊衝上前去，一把拉住妍雅便著急地撥開人群逃跑。雖然聽見後方傳來「喂，柳志勳！」的呼喊聲，但他只顧著趕緊逃離現場。

不知跑了多久。

直到來到江南站附近沒有路燈的小巷子裡，才沒有聽見追趕的聲音。志勳雙手撐在膝蓋上喘著氣，整路被拉著跑的妍雅也在志勳鬆手之後，整個人癱倒在地。

「到這裡警察就追不到了吧？」

志勳稍稍放下心來，這才轉頭看向妍雅。

「妍雅，妳沒……妳！妳幹嘛？妳是誰啊？」

志動驚訝地大喊了出來。一臉像要當場昏倒一樣在那喘氣的人不是妍雅，而是戴著墨鏡的女人。

「你……哈、哈，我、哈、就叫你……放手了。講了好、好幾次……」

女人依舊氣喘吁吁，說話斷斷續續的。

「什麼意思？我明明……」

是拉著妍雅的手跑，志動是這樣想的。看到警察追上來，他嚇了一跳，趕緊拉著妍雅的手就跑。現在回想起來，確實跑過來的路上，似乎一直有聽見「喂，放開我！」的聲音。

「那李妍雅呢？」

「我……哈、哈，怎麼會……哈、知道？」

女人靠著牆不停喘著氣，最後還氣得大喊。黑暗之中，志動瞇起了眼仔細查看女人的模樣。這身影跟聲音，莫名讓他覺得有些熟悉。

「妳是崔子賢嗎？」

「你現在才知道喔？」

「但妳在這裡幹嘛？」

志勳遲鈍的反應，讓子賢一把脫下墨鏡瞪著他。

「是你拉我來的，這什麼意思啊？」

「那是意外啦。我本來是要拉李妍雅的，應該是拉錯人了。她到底在哪裡啊？該不會被警察抓了吧？」

絲毫不把不小心被拉來這裡的子賢放在眼裡，志勳一邊咬著指甲一邊擔心妍雅。這時，突然傳來有人往巷子跑來的聲音。兩人以為是警察，趕緊想跑，才發現是氣喘吁吁的妍雅跑了進來。

「李妍雅！」

志勳一口氣衝到妍雅面前。終於找到兩人，妍雅鬆了口氣，雙腿一時之間沒了力氣，整個人癱坐在地上。

「柳、柳志勳，你……哈，我就叫你……不要打了。」

「沒事吧？警察呢？抱歉，我搞錯了，以為崔子賢是妳……」

志勳雖然道了歉，妍雅卻依然狼狽地喘著氣。現在她終於知道跑到要吐是怎樣一種感覺。不，她感覺自己好像真的要吐了。等呼吸終於緩和下來之後，妍雅這才看向一臉擔憂地拍著她的背的志勳。剛才還因為誤會她跟成浩的關係而氣得跳腳，現在卻因為錯把子賢誤認成她而一臉抱歉。

這傢伙的頭腦真是一如既往的簡單。

單純到令人驚訝的志動，以及這意外混亂的狀況，讓妍雅一下子說不出話來。好一段時間裡，這條簡陋的巷子裡只有三人喘氣的聲音。

「不過李妍雅，妳昨天跟今天幹嘛都跟蹤我？」

子賢突然打破沉默。

「我、我嗎？我哪有跟蹤妳？」

「少騙人了。我知道昨天晚上妳跟蹤我到江南站。」

妍雅感覺自己心跳漏了一拍。

「那是……」

該怎麼說才好？

因為妳放出謠言，說我在做援助交際？其實是妳在做援助交際吧？為了隱瞞其實是妳在援交的事實，所以才會讓我揹黑鍋，不是嗎？對，我為了掌握證據所以跟蹤妳。

這些話差點就要說出口了，但卻沒有任何證據能夠證明。而且雖然是從吳素拉那裡聽說來的，但並不是「現在」的吳素拉，而是「未來」的吳素拉說的。可是她也不能因此就什麼都不說。真正在援助交際的人是不是子賢，以後就能釐清，現在最重要的是確認子賢是不是放出謠言的人。

妍雅看著子賢，子賢現在也才十八歲。再怎麼想掩飾，表情、行為舉止跟言語都還是能看出稚氣。

「妳知道我援交的傳聞吧？我是為了問妳這件事才跟蹤妳的。」

妍雅說完，子賢跟志勳同時嚇了一跳。但妍雅並沒有錯過他們兩人反應中些微的差異。有別於單純吃驚的志勳，子賢的臉上閃過了一絲罪惡感。

「什麼？這什麼意思？」

子賢趕緊掩飾慌張的神情，擺出不知妍雅在說什麼的態度。

「我知道學校裡面有這種傳聞。」

「沒有啦，李妍雅，妳誤會了，沒有那種傳聞，根本沒有這種……」

志勳慌張得手足無措，他朝妍雅走近一步，不停揮舞著雙手想解釋。

「柳志勳，不要把我當白痴，這些事我都知道。」

無論面對什麼事，正面攻擊都是最有效的。不需要拐彎抹角，直接講出重點對方才會有所反應，無論那反應是顧左右而言他還是正面回應。

「現在沒有這種傳聞了。不是啦，我會讓它消失。妳不需要在意，走啦。」

志勳一把抓起妍雅的手想拉她離開，妍雅卻動也不動地看著子賢。

肯定有什麼隱情。這不是單純的直覺，而是透過經驗得出的結論。那無法正視自己的目光、雙手抱胸咬著嘴唇的防禦姿勢、不安的眼神以及刻意做出的冷漠表情，都是身懷祕密的人會有的典型反應。

「對吧？崔子賢，妳也知道那個傳聞吧？妳知道是誰放出這種謠言的嗎？」

「妳就只是為了問這個而跟蹤我？」

「就只是？」

子賢回完嘴之後，表情短暫放鬆了一下。

「哎呀？她想隱瞞的難道不是謠言？」妍雅心想。

子賢的表情變得從容許多，也不再逃避妍雅的視線。妍雅感覺非常混亂。從剛才的態度來看，子賢很可能不是放出援交謠言的人。

「是吳素拉搞錯了嗎？」

雖然還有很多問題想問，但她還是決定先聽聽子賢怎麼說，找出謠言的來源。她跟子賢並沒有很熟，要是繼續追問下去，她肯定會什麼都不肯說。絕對不能著急。妍雅看著子賢的眼睛，堅定地點了個頭。

「為什麼是找我問？妳旁邊那個焦慮的傢伙也知道是誰放出謠言的啊，怎麼不直接問他？」

子賢用下巴朝志勳比了比，妍雅驚訝地看著他。

你也知道謠言的始作俑者是誰嗎？

志勳緊閉著嘴，躲避妍雅的注視。從表情能明顯看得出來，他不喜歡面對現在這樣的狀況。妍雅聳了聳肩。

「因為這傢伙絕對不會告訴我。妳剛才也看到了，他說沒有這種謠言，還說會讓這種謠言消失。妳得先說，這傢伙才會開口。」

雖然感覺到志勳被自己的話嚇了一跳，但妍雅決定不多加理會。子賢這下也終於明白，妍雅是為自己開了一條生路。她只需要起個頭就好，接著妍雅會去逼問志勳，把整件事情弄清楚。一如預期，子賢無奈地嘆了口氣，然後才開口說道：

「大概是學期初的時候開始有這個謠言，三月的時候吧。起初只是有人在傳，說我們學校有一個女生在做援交。」

妍雅用眼神催促她說下去。

「大概一個月前，開始在傳說那個做援交的人是妳。就是大概四月中的時候。至於為什麼會開始傳說那個人是妳，我也不知道，我也是從別人那裡聽來的。」

「從別人那裡聽來的？不是妳說的？」

為了再確認一次，妍雅刻意換上追問的口氣。

「什麼？是我說的？我為什麼要散布這種謠言？妳把我當什麼啊？我沒講過那種話。

我真的只是偶然聽到而已。」

子賢雙眼冒火，回應的態度非常尖銳，但妍雅也不甘示弱地追問：

「妳是聽誰說的？」

「這……」

「趕快告訴我。」

妍雅感覺自己心跳加速，她知道自己正逐漸接近謠言的散播者。

「柳志勳，你也知道吧？下個問題開始就由你來回答吧。」

但路卻在抵達真相之前就斷了。子賢一臉疲憊地轉身，丟下兩人往大馬路走去。妍雅看著身旁的志勳，明顯能看出他慌張的神色。

「是誰？」

「……」

「到底是誰在放謠言？」

「……」

「你不回答嗎？」

志勳猶豫了好久，才艱難地開口。

「權俊碩，是權俊碩。」

「就說沒必要去找他了，妳幹嘛這樣？就說我都知道了，他都跟我講了啊。」

回家路上，妍雅才說明天要立刻去見權俊碩，志勳便激動了起來。他緊跟在妍雅身後，不停阻止妍雅。妍雅始終沒有理會他，只顧著爬上陡峭的階梯。時間已經過了午夜十二點，雖然已經很晚，且因為剛才跑到差點要吐出來，讓妍雅沒有力氣跟志勳爭論。但聽志勳一直在耳邊講個不停，也實在非常疲憊。

「我自己聽他說跟聽你轉述會一樣嗎？口氣跟語調、他用的句型、有沒有隱瞞什麼或說謊這些細微的表情變化，你都能表演給我看嗎？」

「妳為什麼會需要這些資訊？」

「那我問你，你為什麼不讓我去問權俊碩？該不會到現在還因為我為了參考書跟他講話的事而生氣吧？」

「不是啦，不是因為那樣……」

「不然是為什麼？」

妍雅煩躁地轉身，雖然志勳站在比她矮兩階的位置，但因為身高的差距，剛好能面對面。

「就是不想要妳跟他接觸啦。」

是因為這樣的直視讓他很有壓力嗎？只見志勳微微垂下了視線。妍雅沒有力氣與他爭論。現在光是走幾步路都讓她嫌累了，一路上還得跟志勳爭論，只讓她筋疲力盡。最後她還是舉白旗投降。

「好啦，那我就不去找他。可是你要把你知道的都告訴我，全部都要。」

「現在嗎？在這裡？」

「不然還要等到什麼時候？」

短短的幾秒鐘，志勳臉上的表情變化卻十分豐富。先是猶豫，隨後是不耐，然後是放棄，最後是生氣。他看了看妍雅疲憊的臉，無奈之下終於開口。

「大概一個月前，就是四月中的時候，權俊碩來我們班找我。我跟他又不熟，我也不知道到底是要幹嘛。他把我叫過去，然後看了一下教室，很小聲跟我說有一件事情一定要告訴我。我問他是什麼，叫他趕快講，他說不能在人這麼多的教室講，然後就叫我跟他去垃圾焚燒場。我就跟他去了。」

「……」

「到了那邊，他劈頭就問我說知不知道李妍雅的謠言。我說不知道，那時候我什麼都沒聽說。光是『有我不知道但跟妳有關的傳聞』就已經讓我很不爽了，更不爽的是什麼妳知道嗎？」

「什麼？」
「那傢伙看起來很興奮。看到他笑，我就更火大。但不只是這樣，我已經不太爽了，他還一直問我想不想知道。」
志勳回想起權俊碩在焚燒場那因為說閒話而興奮的表情，忍不住握緊了拳頭。

「柳志勳，你知道跟李妍雅有關的謠言嗎？」
「不知道。」
「哇，她真的很誇張耶。超厲害的，很了不起，你肯定想像不到。」
「……」
「你不想知道嗎？跟李妍雅有關的事。」
「……」
「你應該很想知道吧？又不是別人，你應該是最想知道的吧？」

「那你怎麼回答？」
「我說我不想知道。」
「你不想知道？」

「嗯。」

「為什麼？」

「因為我不相信別人講的話。」

志勳想也沒想便回答，好像這沒什麼大不了的，根本不是什麼重要的事。眼前那雙深邃的眼睛直視著自己，讓妍雅幾乎要無法呼吸。

怎麼有辦法這樣？怎麼有辦法這樣相信我？

你怎麼這麼盲目？

心情實在難以平靜。朦朧的橘黃色路燈照在他蓬亂的頭髮上，那俐落的臉部線條被陰影切割得十分細碎。妍雅有一股衝動，想伸手摸一摸志勳那在漆黑夜空中發出亮光的頭髮。

他有一頭細軟但微捲的頭髮。

「妳幹嘛一臉要哭的樣子？」

志勳的話隨風飄過耳邊，妍雅忍不住朝志勳伸手。

這是怎麼回事？過去我究竟是被你用什麼樣的方式愛著？

心跳聲震耳欲聾。渾身上下的神經彷彿都緊繃了起來，連在路燈旁飛舞的蚊蟲振翅聲、在草叢裡鳴叫的草蟲聲、被風吹起的砂礫滾動聲，都清晰地在耳邊響起。妍雅實在無法伸手去摸志勳的臉，只能收回了手，緊咬著自己的下唇。

不，現在可沒有時間沉浸在感性裡。

妍雅努力收回自己的視線，用冷淡又低沉的聲音說：

「你白痴喔？」

「……」

「正常人都會覺得好奇吧。」

「那我就不正常吧。」

面對妍雅的指責，志勳依然直視著她。妍雅繼續躲避他的注視，一邊催促著他講下去。

「後來權俊碩說什麼？」

志勳清了清根本沒卡任何痰的喉嚨，然後才接著說下去。

「後來就是那樣啊，鬼扯說妳在援交。」

「你仔細講給我聽。」

「有必要知道這麼多嗎？」

「不是說好要全部告訴我了？」

志勳重重嘆了口氣。

「他說有個在中式餐廳當外送的男生，在江南站地下街的倉庫看到一個女生換衣服，脫下來的制服是我們學校的，大概就這些。」

「這我已經知道了，重要的是為什麼他會覺得那個女生是我？權俊碩沒有特別提到這件事嗎？」

「這部分……」

「快講。」

「那傢伙說，他們去網咖玩《暗黑破壞神二》，那天他一直打輸，因為覺得無聊就跑去聊天室。妳也知道那個聊天室吧？天空之愛。」

天空之愛，妍雅還記得。是二〇〇〇年代初期曾紅極一時的網路聊天室。她也曾經跟允思、多庭一起去網咖開視訊聊天。後來被志勳發現，兩人大吵一架之後就沒再去了。

「他在裡面逛，然後就發現一個聊天室的名字叫『請來世賢高愛麗絲的房間玩』。然後他就想到，那個做援交的女生就叫愛麗絲。」

妍雅回想起吳素拉當時說的話。

「那個男的在中式餐廳做外送。有一天他去江南站那邊一條破巷子裡送餐，然後在那邊等結帳，就聽到一個有點年紀的男人說：『愛麗絲，錢包在哪？』」

援交的女生化名叫愛麗絲。

志勳繼續說。

「他想說是誰，就進到那個聊天室去跟對方講話。」

「然後呢？聊了什麼？」

「權俊碩說，他有一種感覺，這個聊天室的愛麗絲就是那個援交的愛麗絲，他覺得對方是想透過聊天室找願意援交的男人。所以他就開始跟對方聊天，想挖出對方是誰。聊天室裡面除了他之外，還有其他兩三個男生。但一過凌晨兩點之後，就只剩下他跟愛麗絲兩個人了。他就是從那時開始正式套對方的話。他問說我也是世賢高的，妳是幾班？當然愛麗絲沒有隨便回答。一開始愛麗絲也有點警戒，但聊久了之後，她就把權俊碩當成偶然遇到的同校男生，開始講起自己的事情。也可能是因為聊了那麼久，很自然就會講到一些自己的事吧。」

「愛麗絲到底講了什麼？她有說她的名字叫李妍雅嗎？」

「沒有，權俊碩說她沒有說她是妳。只說自己是讀文組的，姓李。啊，對了，她還說自己的名字裡都有注音『ㄧ』。」

「注音『ㄧ』？」

「嗯，說名字三個字裡面都有『ㄧ』。聊完之後權俊碩就一直在想，文組的女生、姓李，而且名字注音都有『ㄧ』的女生，只有妳跟李宥妍。」

「那他為什麼不猜李宥妍，反而要猜我？」

妍雅理所當然地提問，志勳卻無法立刻回答。

「因為……」

「不要加油添醋，也不要自己刪減，把從權俊碩那裡聽來的事告訴我就好。」

「因為……李宥妍家是有錢人。」

「那又怎樣？」

「因為有錢，所以不需要做援交……」

啊，是因為這樣。

原來，是因為這樣。

小時候，她從來不會意識到誰家有錢、誰家窮困。就算去朋友家玩，看到朋友手上一些新奇的東西，她也只是單純覺得「哦，他們家很有錢」，但並不在意這件事。可是這只是一種錯覺。因為大部分的人都會用家裡的經濟情況，來判斷「李妍雅」這個人。

「原來是因為我家不有錢，而且我沒有爸媽，是跟阿姨生活在一起……所以就覺得我會援交啊？」

「靠，煩死了！就是這樣所以我才不想跟妳說。我不想講！幹，那時候我就應該要宰了權俊碩的，都是宋宇泰阻止我！」

志勳氣得半死，雙手插進口袋裡，抬起腳憤怒地跺著地面。

這種感覺該怎麼形容呢？不是憤怒，也不是埋怨，就只是覺得空虛。是往日著急地想要擺脫、總是緊緊困住自己，使人宛如置身臭水溝一般的現實。仔細想想，才意識到這樣的想法始終存在於人們心中，反倒讓人逐漸接受這樣的認知。

妍雅看著氣得七竅生煙的志勳。對其他人來說理所當然的事，對志勳來說卻不然。以家裡的狀況來判斷一個人的價值、好奇他人的秘密傳聞、因使他人興致勃勃的八卦而開始懷疑自己的想法等等，對志勳來說似乎都並非理所當然。

是因為這樣，你看起來才如此耀眼嗎？不會被周圍的事物所動搖，有著強大的自信以及對他人的信賴，還有筆直地朝著同一個方向前進的心。志勳根本不相信權俊碩的話，反而還揍了權俊碩一頓以阻止謠言散播。還有……

「是因為這樣，所以你剛剛才叫我不要去找權俊碩？是怕我聽到他說的話會受傷？說因為我家很窮，所以我才去援交？」

志勳不發一語，只是用穿著運動鞋的腳踢著階梯，可妍雅卻覺得好像聽見了他的回答。總是不聽使喚的心，此刻又怦怦地劇烈跳動了起來。

這樣的你，為何在火災意外時丟下我跑了？那時的你跟現在的你，為何差異這麼大？我知道的真實、我以為是真實的東西，究竟是真的嗎？

維持了好一段時間的沉默，志勳才小心翼翼地悄悄抬起頭。

「看吧，我就說妳不需要知道這些。」

隨後他抽出插在口袋裡的手，握著妍雅的手摀住耳朵。

「從現在開始妳什麼都別聽。大家在背後講那些跟妳有關的事、奇怪的傳言，妳什麼都不要聽。」

「要怎麼不聽？」

志勳。

「不，我會不讓妳聽到。」

「你憑什麼？」

志勳。

「我會擋下來，我會全部擋下來，所以妳就像現在這樣摀住耳朵。不好的事情、糟糕的事情，全部都不要聽。」

志勳……

下課鐘聲響起。

下一節是體育課，男生們三三兩兩地帶著體育服離開教室。妍雅瞥了一眼跟浩允、慶民一起從後門離開的志動。雖然只是短暫地看一眼，但志動似乎是感應到她的視線，竟突然轉過頭來。兩人一對上眼，姸雅便嚇了一跳並將視線移開。

「幹嘛？不走喔？」

「啊，好。」

在慶民的催促之下，志動走出後門，姸雅這才感覺自己終於能呼吸。經過昨晚之後，她沒辦法好好看著志動。好像自己真的回到十八歲一樣，渾身上下的神經細胞都在在意志動。她得盡快查明跟援交謠言有關的真相，否則就失去回到過去的意義，偏偏她的注意力總被其他事情吸引。

「妳在幹嘛？沒剩多少時間了，趕快換衣服吧。」

多庭催促愣在原地發呆的姸雅。

體育服？對，要換穿體育服……

姸雅呆看著手裡的草綠色體育服，是一直被塞在置物櫃裡的衣服。

上一次洗這衣服是什麼時候？

還記得阿姨曾經因為自己沒把體育服帶回家而責罵過自己。每次上體育課都會流得滿身大汗，但似乎沒有幾次是真的把衣服拿回家洗乾淨。還會以冬天很冷為藉口，總是在制服裙子之外多套一條體育褲……

我，要說髒也太髒了吧？

在允思跟多庭的注視之下，姸雅只好硬著頭皮套上體育服。果不其然，一股詭異的氣味竄入鼻腔。

換上骯髒的體育服來到操場，發現男生們早已迫不及待地踢起球來。志勳也把操場當自家院子一樣馳騁，讓人絲毫察覺不到他前陣子才弄傷手的韌帶。

教體育的邊章浩老師一來到階梯式看台上，在踢球、在聊天的同學們便立刻整齊劃一地到司令台前集合。沒有人特別下達指令，所有人卻乖乖依序照號碼站好。姸雅也進入隊伍裡，找到了自己的位置。

「開合跳五十次！每跳一次就數一下，但最後一下不准喊出聲。」

老師走下階梯，大聲喊出每次體育課都一定會有的要求。

「一！二！三！」

同學們按照座號開始開合跳。五月，校園裡還沒換上夏季制服。穿著厚重的冬季體育服開合跳，大家很快就汗流浹背。

五十次，五十次！真是個令人頭昏眼花的次數，況且還得每跳一下就報數一次。

「四十八！四十九！五十！」

果然，有人大聲喊出了「五十！」所有人都一邊甩著手一邊數落起放槍的同學。姸雅也是氣喘吁吁地瞪著那個人。志勳搔了搔頭，帶著爽朗的笑容接受大家的數落。

「唉唷，你這白痴！」

慶民踢了志勳的屁股一下。志勳不知在開心什麼，還傻裡傻氣地笑著。

「哎呀，就再來一遍嘛，五十下哪有什麼？」

話才說完……

「一！二！三！」

志勳搶先一邊報數一邊開合跳起來。其他原本在責怪他的人，也都跟著他開始喊了起來。

那傢伙肯定是故意的。他今天精力特別充沛，上課時也一直動來動去，怎麼也坐不住。

第二遍開合跳接近五十次，見志勳似乎又有意再放一次槍，浩允跟慶民趕緊上前摀住他的嘴。

「ㄨ……唔、唔，放開啦！混蛋！」

似乎是覺得讓同學們跳一百下開合跳已經足夠，體育老師假裝沒看見剛才的騷動，從旁拿起一顆排球。

「今天天氣很好，對吧？」

「對！」

正如他所說，頭頂上是一片晴朗的藍天。除了偶爾有幾朵如棉花糖一般的白雲飄過之外，幾乎可說是萬里無雲。

「那今天就來打躲避球吧！規則你們自己決定。」

邊章浩老師扔出手上的排球，同學們便開心地跳了起來。每隔兩三個月，體育老師就會像這樣在體育課時讓大家打躲避球、排球或籃球。

「那男生女生分開？」

「也不能一起玩啊。」

「還是要打雙人躲避球？」

在不知誰的提議之下，大家很快決定要玩雙人躲避球。

用石頭劃出球場的邊界之後，大家開始分組。男生一號跟女生一號一組、男生二號跟女生二號一組，以這樣的方式分好組別後，再以單、雙號分隊，隨後開始比賽。妍雅是十五號，屬於單號組，志動則是六號，屬於雙號組。

「李妍雅，我們趕快進去吧。」

男生十五號李光泰拍了拍妍雅的肩，讓志動忍不住皺起眉頭。他旁邊的女生六號裴友莉則滿臉期待、雙眼發光地看著志動。似乎是因為能跟志動一組，讓她非常開心。

「志勳，我們也趕快進去吧。」

在裴友莉的催促之下，志勳只能跟著她一起進到另一邊的內場。裴友莉抓著志勳腰間的衣服，讓自己能躲藏在他身後。兩人就這樣悄聲討論作戰策略。

「我們應該也要有個作戰策略吧？」

光泰拍了拍呆看著兩人的妍雅，妍雅這才看了球場一圈，並注意到對方的攻擊手。她突然覺得害怕。自從被志勳踢的球打到額頭之後，她似乎就有了創傷，只要一想到球往自己飛來便會非常緊張。妍雅不自覺抓著光泰的腰，緊緊躲在他身後。男生一號的浩允跟自己同一隊，女生十四號的多庭跟十六號的允思則在另一隊。浩允跟籃球狂人光泰在單數隊，志勳則在雙數隊，戰力可說相當平均。

單雙數隊分別派了代表出來猜拳，猜贏的雙數隊先攻。手拿著球的同學不停使眼色，外場隊友之間慢慢傳球。這讓妍雅更加緊張，把光泰抓得更緊了。

「妳死定了，李妍雅。」

不知哪裡傳來一個聲音，但不看也知道，那肯定是志勳。那傢伙吃醋總是不分人事時地。雖感到無奈，但一方面也讓人莫名安心。妍雅微微抬起頭，看了看對手陣營。志勳身後跟著裴友莉，雙眼卻炯炯有神地看著自己。

「傻瓜。」

就在妍雅要笑出來的那一刻，球迅速飛了過來。

啪。

球驚險地打到光泰的手臂，隨後彈了開來。力量似乎很大，讓光泰皺起了眉頭。雙人躲避球是男女一組，只要女生被打到就出局的遊戲。但男生無論如何被打都不會出局，所以必須誓死保護女生。

啪、啪、啪。

單數隊接連出局。女生們為了躲球而跟自己的組員分開，毫無防備地暴露在攻擊之下，自然會被球打中。這讓妍雅更是緊緊地抓著光泰，敏捷地躲避四處飛來的球。幸好有人接下了雙數隊的球，現在輪到單數隊攻擊了。妍雅鬆了口氣，這才有多餘的力氣去看對面。

面對來勢洶洶的攻擊，志勳拚命保護裴友莉，拉著她四處躲球。也因為他雙手向後伸直包住裴友莉，因此飛來的球無情地砸在他的手上跟頭上。志勳是雙數隊最強大的戰力，自然也是被集中攻擊的目標，而這情景讓妍雅稍稍有些不耐。不過是個躲避球，有必要這麼認真嗎？

就在這時，一個響亮的碰撞聲傳來，球狠狠地砸在志勳的右肩上。

「啊……！」

妍雅不自覺尖叫出聲，那是從樓梯上滾下來的時候傷到韌帶的右手。手已經受傷過一次了，還被打得這麼大力，誰曉得會造成什麼影響。妍雅皺起眉頭，忐忑不安地看著志動。

「沒事吧？」妍雅用嘴型問道。

「沒事。」

志動的回答讓她安了心，但球又再度飛過去，幸好這次志動用雙手把球接下。妍雅正覺得鬆了口氣，才注意到志動咧嘴笑著看她，手上還緊緊握著那顆球。

幹嘛？該不會是要拿那顆球丟我吧？

妍雅才抓緊光泰的衣領，就聽到球咻一聲飛了過來。志動是真的朝妍雅發動攻擊。光泰反射性地縮起身子，讓妍雅整個人暴露在外。

啪——

碰撞聲響起的同時，她也感覺肩膀一陣劇痛。

「李妍雅、李光泰，出局！」

裁判以輕快的聲音做出判決，雙數隊的人紛紛笑著相互擊掌。就這樣，比賽才開始十分鐘，妍雅便遭擊中而出局，必須離開比賽場地。比起無奈，妍雅更氣讓自己出局的人竟然是志動。才跟志動對上眼，就發現他一邊把玩手上的球，一邊對著妍雅露出壞笑。

接下來就是志動的表演了。即使攻擊來自四面八方，志動依然能巧妙地閃躲開來，最後勝利也由雙數隊收下。幫助他們贏得勝利的主要功臣當然是志勳。後來又比了一場，但妍雅氣得昏了頭，根本無法專注在比賽上。況且第二場比賽時她負責攻擊，運動神經本來就很遲鈍的她，根本沒有機會出手。

第二場比賽也是由雙數隊獲勝。不僅是雙數隊連贏了兩場，邊章浩老師還宣布說要請贏的隊伍吃冰淇淋，讓單數隊再一次感到絕望。

體育課結束，流了一身汗的學生們全部往洗手台走去。

「超傻眼，妍雅，妳沒事吧？妳有被嚇到吧？怎麼可以朝妳丟球？而且還是打定主意要丟妳耶。」

多庭跟在妍雅身後，一再觸動她已經很敏感的神經。

「哎呀，只是打個躲避球，不用想這麼多啦。那傢伙本來就很重視輸贏啊。」

允思摟著妍雅的肩，一臉不在乎地說。

「但畢竟是自己的女朋友耶，只是在比賽，怎麼有辦法朝自己的女友丟球？他是真心喜歡妳嗎？太過分了啦。」

多庭這番言論乍聽之下是出自擔憂，聽在耳裡卻讓人莫名不快。

「哎呀，就跟允思說的一樣，只是比賽而已啦。因為這種事就不開心，那就是我太傻了，不過只是躲避球嘛。」

但多庭還是一再重複剛才的論調，說一些讓人不開心的話。回到過去，得知多庭的心意之後，妍雅總能直覺猜到多庭想說什麼。或許是十八歲的自己不懂得察言觀色，才會不曉得多庭的言下之意，也許多庭一直是用這種方式在說話也說不定。志動扔在妍雅身上的球讓她感到沉重，多庭的這番話也令妍雅憂心忡忡。

洗手台邊已經擠了一群男生，大家都脫下上衣，假裝洗臉順便洗洗身體。有些人直接在洗手台邊洗起頭來，還有些人故意把水噴到其他人身上，直接打起水仗來，洗手台旁的地面濕成一片。

「唉唷，到底是怎樣啦？怎麼都不會打？這樣躲就好啦，就這樣、這樣，不會嗎？」身材魁梧的宇泰，挺著肥嘟嘟的肚子在旁跳來跳去。

「臭小子，你是明知故問喔？」

像隻剛洗好澡的狗要把身上的水甩掉一樣，慶民一邊甩頭一邊說。也因為他的動作，水滴四處噴濺，讓浩允忍不住皺起眉頭。

「喂！混蛋！用你的衣服擦啦！用體育服上衣！不要亂甩！」

浩允一把抓起體育服上衣蓋到慶民頭上。

「說啊，我看你的腰這麼軟，怎麼就沒辦法這樣躲？」

宇泰沒有理會慶民的質問，只顧著扭動自己的腰。

「白痴喔，你這樣只甩腰是有屁用？肥肉還不是跟著你跑？」

「混蛋，你說什麼？」

「是叫你這白痴不要只會一直吃，減肥啦！看你剛才打躲避球的樣子，簡直就是一顆肉球在裡面滾。」

「吵屁喔！我至少活得比你久，好嗎？一開始就被打出去的人，是在那叫什麼叫？」

慶民跟宇泰一鬥起嘴來，浩允跟志勳便立刻大聲喝斥：「吵死了，兩個白痴！」隨後便用手用力握住還沒關上的水龍頭，讓強力的水柱往兩人噴去。在後頭的妍雅、允思與多庭也跟著遭殃，落得渾身濕透的下場。

「喂，你們是想死喔？都噴到我們了啦！」

允思衝上前去，一掌拍在浩允背上。

「好痛！好痛！我不是叫妳不要亂揮手上的凶器嗎？要揮之前也先預告一下啦！」

「好，姜浩允，我就先跟你預告，之後我要再打你一百下！還不快把背靠過來？」

妍雅站在一旁，看著眼前渾身濕透卻笑得樂不可支這群人。她的心情低落得幾乎深入地底，讓她沒有心情跟著一起笑。妍雅打開洗手台最後面的水龍頭，靜靜地洗著臉。

「很痛嗎？」

是志勳的聲音。妍雅沒有回答，只是用水洗掉脖子後面的汗水。

「還是生氣了？」

「沒有啊。」

「那妳怎麼感覺心情很差？」

「我心情沒有很差，只是因為很熱。」

妍雅關上水龍頭，緩緩擦掉臉上的水珠。志勳把脫下來的體育服上衣扔在一旁，身上穿的是自己的T恤，但就連那件衣服，也因為剛才那一場打鬧而濕透。水珠反射刺眼的陽光，讓志勳彷彿發出耀眼的光芒。而他這樣光彩奪目的模樣，讓妍雅感到很是不滿意。

「你很會打躲避球嘛。很會躲又很會丟，都能一下子就打中你要的目標。」

妍雅說完，志勳便「哈哈哈哈」地大聲笑了出來。

「李妍雅，妳是真的因為我拿球丟妳在不爽喔？哎呀，太可愛了啦。」

志勳伸手撥亂了妍雅濕漉漉的頭髮。

「不要弄，就叫你不要這樣摸我了！」

「妳喔，我是故意讓妳趕快出局的啦。」

壞蛋，所以真的是故意打我的吧？

「為什麼？你不想看到我活久一點喔？」

「嗯。」

可惡的傢伙。

「當然啊，我人就在這裡耶，怎麼可以眼睜睜看妳跟其他人一直黏在一起？」

「什、什麼？」

「妳覺得我會讓妳一直跟其他男生一組嗎？」

「……」

「做夢都別想！李妍雅，妳就是只能跟著我。」

沉到谷底的心一下子又活蹦亂跳了起來，那張失魂落魄的臉瞬間燒紅。志勳收回原本在摸妍雅頭的手，說了句「走吧」便轉身離開。妍雅則不自覺地伸手抓住志勳的短袖T恤。

「那、那你呢？」

「嗯？」

志勳一臉驚訝地回頭看著妍雅。

「你不也跟裴友莉一直黏在一起嗎？」

志勳瞬間愣了一愣，隨後張大了嘴，像個傻瓜一樣笑了開來。

「妳再說一次。」

「什麼？」

「剛才那句話。」

「你不也跟裴友莉一直黏……」

妍雅想也沒想便重複自己剛才的話，但才說到一半她便住嘴了。她感覺自己的臉頰發燙。原本著急等待妍雅回應的志勳，這時則換上了感激的神情。

「啊，妳真的是喔……」

「……怎樣？」

「很不錯耶。」

「嗯？」

「哈哈，這個……真的讓人心情很好。」

志勳彎下腰來，雙手搭著妍雅的肩。

「什麼啊？你幹嘛？」

「繼續喔，妳要繼續，要繼續這樣。」

「繼續怎樣？」

「吃醋。」

15　世賢高愛麗絲的房間

吃醋啊，那句話聽在他耳裡是這種感覺嗎？原來那句話是這個意思。

體育課結束後，志勳就像嗑了藥一樣興奮。他臉上開心的神情特別明顯，連帶整個班上都在愉快的氣氛之下上完了課。只有姸雅被自己的反應嚇到，恍恍惚惚地離開學校。整天下來，她都非常在意志勳。回過神來才發現，自己竟然一直盯著志勳看，一直都在想著跟他有關的事。

對一個已經死去的人、一個毀掉自己人生的人，這究竟是怎樣一種情感？

「今天司機也來接公主大人了。」

順著允思的目光看過去，九班的李宥妍正坐上黑色的轎車。司機為她打開車門，她坐進車裡的時候雙眼都還盯著手上的筆記本，真不愧是文組校排第二名。

「她真是了不起。我們才高二，有必要讀書讀得這麼認真嗎？姜浩允一天到晚在玩，不也是全校第一？」

「允思，李宥妍家很有錢嗎？」

妍雅一邊問，一邊盯著遠去的轎車。

「妳不知道喔？她爸……是那個什麼啊，好像是什麼綜合醫院的院長，總之聽說超有錢。」

「每天都有司機來接她嗎？」

「喂，我們不是每天都有看到嗎？妳居然還這樣問，太誇張了吧？她一早來學校，下課就去補習班或上家教到十二點，忙到都沒有休息時間。就是那個司機跟著她，載著她到處跑啊。就是公主，真正的公主。」

確實在妍雅看來，李宥妍跟援助交際根本八竿子打不著邊。她是全校第二名，家裡又有錢，一整天都有司機跟著，沒有時間上聊天室，更沒有時間跟男人來往。既然如此，真正在做援助交際的人，肯定是刻意要讓妍雅揹黑鍋。她肯定是察覺了權俊碩的意圖，才會刻意洩漏情報，引導他往「李妍雅」的方向去猜測。

「喂，妳會不會餓？要不要去吃辣炒血腸？」

遠遠看見世賢小吃的招牌，允思雙眼發亮。

「不了，我今天要去別的地方。」

「搞什麼啊？妳跟多庭最近怎麼都這麼忙？妳要去哪？要跟妳一起去嗎？」

這麼說來，多庭從前陣子開始就說有事，總是一放學就以驚人的速度離開學校。妍雅看了看手錶，不知不覺已經超過晚上六點，她得現在去才能佔到位置。

「抱歉，今天我得一個人去。」

「什麼啊？怎麼連妳都這樣？妳要去哪？嗯？要去哪裡啦？」

「真的抱歉，明天見嘍。」

留下依舊在問「要去哪」的允思，妍雅頭也不回地跑出巷子。

妍雅來到距離學校約十五分鐘路程的商店街。打開位於地下室的奧茲網咖大門，刺鼻的菸味隨即衝入鼻腔。往櫃檯走去，地下室獨有的霉味混雜著男生身上酸臭的汗味撲鼻而來。

在櫃檯吃泡麵的工讀生認出了妍雅，熟練地拿出非會員用卡給她。接過卡片之後，妍雅直接路過遊戲跟網路聊天區。在這裡，《星海爭霸》依舊受歡迎，網咖裡許多人一邊玩著《天堂》、《暗黑破壞神二》、《絕地要塞》一邊發出激昂的吶喊。

妍雅來到最裡面的空位，輸入非會員用卡上的數字與密碼，連上很久以前她喜歡去的網路聊天室〈天空之愛〉。輸入密碼與帳號，畫面上便跳出三天前創建的個人檔案畫面。

「男，三十歲，住在首爾。」

讓我看看——

進入高中生的分類，幾個聊天室便一字排開。

「首爾麻浦區的高高都進來+口+」

「八七年生專用~不是八七的就+_+強制退出^o^」

「今天快閃的人來來來(+_+)」

「住仁川的小可愛小漂亮們>_<***呵呵」

仔細翻看聊天室的清單，但怎麼也找不到名叫「世賢高愛麗絲」的聊天室。

已經三天了。妍雅一下課便立刻來到網咖，開始在網路聊天室徘徊，試圖尋找權俊碩說的愛麗絲。

今天會出現嗎？

此刻她需要的是耐心。她只能等到愛麗絲主動創建聊天室。妍雅癱坐在吸了滿滿菸味，幾乎能把她整個人包覆的椅子上，雙眼目不轉睛地盯著畫面。不知過了多久，差點在座位上睡著的妍雅突然跳了起來。不知不覺已經超過晚上八點。

今天也不會出現嗎？

就在她半放棄地撐著下巴看著螢幕，手不停操作滑鼠，了無生趣的雙眼看著聊天室目錄時，突然一個東西吸引她的注意力，她整個人衝到螢幕前，快速滾動網頁。

「歡迎來世賢高愛麗絲的房間玩喔~ ^^***」

有了，出現了！愛麗絲的房間！

經過四天的努力終於找到了。妍雅高興到幾乎就要落淚，一方面卻又有種奇怪的感覺。學校暗地裡在傳有人在援交的消息，這個人還大剌剌地用愛麗絲的名字開聊天室，怎麼會這麼疏忽？好像一點也不在乎謠言一樣。還是這個人還沒聽說謠言？說實在的，愛麗絲向權俊碩透露的線索是姓李、名字三個字的注音都有「一」，而且是文組，讓權俊碩推測出是「李妍雅」。然後肯定是想繼續開聊天室，以讓妍雅繼續揹著這個援交的污名。

妍雅調整了姿勢，點開愛麗絲的個人檔案，申請與她單獨對話。

「普通的上班族：嗨！^^」

對方沒有回應。雖然只是一陣短暫的空白，妍雅卻覺得心跳快到心臟幾乎要衝出嘴巴。

「愛麗絲：哈囉～^^」

「回、回答了！」

朝鍵盤伸出的手微微顫抖著。從現在開始，她必須繼續講話以吸引愛麗絲的注意。

「普通的上班族：妳真的是高中生？呵呵」

「愛麗絲：當然～怎麼啦？不像嗎O_O」

「普通的上班族：因為很多人假裝是高中生呵呵」

「愛麗絲：人家是真的～^^那哥哥你呢？介紹一下吧～」

「普通的上班族：我？我是普通的上班族，住首爾，三十歲呵呵」

「愛麗絲：你住首爾哪裡？」

「普通的上班族：舍堂洞～妳呢？」

「愛麗絲：傻眼！+口+真的嗎？人家住方背站附近！我們是鄰居耶呵呵呵呵」

「普通的上班族：對啊～說不定有機會在路上碰到^^誰曉得呢？搞不好我在路上遇過妳，還因為妳太漂亮多看妳幾眼」

幸好對話發展一如妍雅的預期。給對方一個住在附近的共通點，可以降低對方的警戒心以拉近距離。而且對這個年代十八歲的女孩子來說，要營造一個有如連續劇或浪漫愛情小說的男性幻想，可說是一點都不困難。只要聽聽她們那些平凡到不能再平凡的煩惱，你來我往地聊一些荒唐事，隱約透露自己長得帥、很有錢、有一份很不錯的工作，並在字裡行間讓對方感覺自己很特別，讓對方感到心動就好。

果不其然，對話順利地持續到晚上十點，愛麗絲似乎就被普通的上班族所迷惑。

「愛麗絲：葛格～你真的好有趣喔呵呵呵，比我們班的浮誇鬼好笑多了。」

「普通的上班族：面對面講給妳聽更好笑喔呵呵呵」

「愛麗絲：人家想知道～葛格長什麼樣子。你真的像god的尹啟相嗎？」

「普通的上班族：不知道耶，我自己覺得不像，但我們公司的女生都說像。」

「愛麗絲：我看過之後就可以跟你說真的像不像惹～現在立刻就可以喔。」

終於，對方咬住了餌。

「普通的上班族：妳嗎？欸，現在太晚了。」

「愛麗絲：哪裡晚？才十點而已啦。」

「普通的上班族：那我們要不要碰個面？反正我們住很近嘛。」

妍雅按下送出鍵，隨後開始一邊咬著手指一邊盯著聊天室等待回應。一說要見面，愛麗絲便謹慎地沒有立刻回答。焦躁之餘，妍雅又開始敲起了鍵盤。

「平凡的上班族：我不是怪人喔～ ^^;; 只是想把妳當好妹妹來相處啦～」

稍後，愛麗絲的訊息才再度出現。

「愛麗絲：好哇～ ^^ 那等一下十點半，在方背站前面的麥當勞見喔～」

「平凡的上班族：真的嗎？哇～真的很榮幸耶。哥哥真的不是怪人，妳可以放心。那我就真的去找妳嘍～！可以給我妳的手機嗎？怕錯過妳。」

妍雅幾乎能聽見自己的心跳，愛麗絲真的會把手機號碼給她嗎？

「愛麗絲：好哇！016」

「愛麗絲：345」

「愛麗絲：2」

「愛麗絲：3」

妍雅迅速把愛麗絲打出來的數字抄在紙上。

「016-345-23……」

聊天室的畫面突然停了下來，不再出現數字。

「愛麗絲：嗯，葛格，人家不是懷疑你喔～我們就直接在那邊碰面吧，碰面再跟你說～」

「平凡的上班族：好，那等等見喔。」

沒能得到電話號碼的最後兩個數字固然可惜，但既然對方已經上鉤，也沒必要硬是逼對方把電話號碼說出來。要是繼續逼問，反而可能會讓對方起疑心。為了前去赴約，妍雅趕緊關掉聊天室的視窗。

但就在這時……

「妳剛剛到底是在跟誰聊天？」

突然一個聲音響起，狠狠嚇著了妍雅。充斥噪音的網咖鬧哄哄，讓她根本沒能察覺有人靠近的動靜。妍雅趕緊轉頭，是以不尋常的眼神盯著自己的浩允，以及手上拿著餅乾的慶民。

「妳瘋了，妳真的瘋了。李妍雅，妳腦袋絕對不正常，也太大膽了吧！」

聽完整件事情的來龍去脈，浩允跟慶民痛斥她的魯莽。妍雅坐在長椅上，委屈地以鞋尖踢著沙地。

「我只是想說躲遠一點看看對方是誰，沒有真的想跟她見面。而且我是跟女生碰面，哪會有什麼危險？」

在網咖玩遊戲的浩允跟慶民，意外發現了窩在角落的妍雅。本來躡手躡腳地靠過去想嚇嚇她，卻感應到氣氛不太尋常，便躲在她背後偷看她聊天。網咖本來就很吵，兩人站在她身後偷看超過十分鐘，妍雅卻完全沒有發現。

在浩允的逼問之下，妍雅才老實地說，這是為了查明誰讓自己揹上援交的污名。然後就被兩人拉到附近公寓前的小遊樂場，現在正在聽訓。

「但那個愛麗絲也有可能是男的啊，就像妳假裝成三十歲的男人一樣。」

「欸，哪有可能？對方知道我是三十歲的男人，如果是男人的話，那幹嘛約我見面？」

「可能是想逮到援交證據，用來威脅援交的人啊。」

浩允緊皺眉頭，看來是真的很擔心妍雅的安危。

「就算真的要去，也不能一個人去。網友這樣臨時約見面很危險耶。」

慶民也附和浩允。

「好不容易才有這個機會耶，怎麼可以因為危險就錯過？我就不能反擊嗎？我真的受不了繼續這樣委屈下去。我一定要親手抓到那個誣賴我的愛麗絲。」

說完，妍雅神情堅決地起身。現在是十點十分，如果想準時到達約定地點，那現在就得出發。在不知道愛麗絲聯絡方式的情況下，如果還遲到的話，那很有可能會錯過對方。

「喂，李妍雅。」

「那我走了。你們要是把這件事情告訴志勳，我絕對不放過你們。」

志勳甚至不准她去跟放出謠言的權俊碩接觸。要是知道她獨自一人去見愛麗絲，不用想也知道他會立刻跳出來制止。神情嚴肅地給了下馬威之後，妍雅便往公寓社區的出口走去，身後傳來浩允跟慶民跟上的腳步聲。

「就是這樣我才會短命啦。」

「喂，李妍雅！等一下啦！我們一起去！」

最後三人一起來到麥當勞對面的瑟堡咖啡廳，找了個二樓靠窗的位子坐下。妍雅坐在花布沙發上，挺直了身子，目不轉睛地盯著對面麥當勞的門口。

「來，吃點東西吧，妳不是說沒吃晚餐嗎？」

浩允拿了杯奶昔放在妍雅面前，一屁股在她對面坐了下來。

「嗯，謝啦。」

妍雅拿起玻璃杯，吸管就口吸起奶昔來。甜甜的飲料混著碎冰，經由嘴巴滑進喉嚨。

「妳真的不打算告訴志勳？」

「嗯。」

「為什麼？」

「他要是知道，肯定又會在那邊鬧。一定會說什麼他會去處理，我幹嘛沒事找事。」

「志勳說得沒錯啊。妳、志勳還有我們，全都知道這是謠言啊。以後要是有誰再胡說八道，我們就可以去證明那是假的。志勳也說他會阻止謠言繼續散播，只要謠言不繼續散播就行了吧？」

這話確實沒錯，但浩允並不知道，援交事件將會成為導火線，最後破壞她跟志勳的關係。現在志勳雖然堅決相信妍雅，但總有一天，在他親眼看見什麼之後，會再也無法相信並背棄妍雅，最終導致火災意外發生。許多說不出口的話卡在喉頭，妍雅硬是吞了下去。

見妍雅一言不發，浩允不解地看著她，催促她快點回答。妍雅只能重複剛才那番話。

「我就覺得很委屈啊，我一定要親手抓到犯人。」

這是最好的答案，也是她發自內心的想法。妍雅的果決，讓喝著碳酸飲料的浩允笑了出來。

「也是，不這樣就不是李妍雅了。我就知道妳會這樣講，我也只是想再勸妳一下而已，畢竟這真的很危險。」

啊……看見浩允有如一輪彎月的笑眼，妍雅忍不住嘆了口氣。帶著微笑看著自己的浩允，眼裡滿是不言自明的情感。渴望的眼神、無比深情的語氣，都讓妍雅心裡感到有些不自在。但就在這時，慶民恰好從廁所回來了。

「要尿尿的人也太多了吧？」

「你有洗手嗎？」

見慶民兩手一點水珠也沒有，妍雅便皺起了眉頭。接著慶民便露出奸詐的笑容，一把抓住妍雅的手。

「沒有，而且我剛剛是大便。」

「髒死了！」

浩允拿起放在沙發一角的抱枕往慶民扔了過去，慶民雖然被打，卻還是笑得非常開心。

「已經快十點半了，我們真的可以一直坐在這嗎？大家都會約在那裡見面，人應該會很多吧？」

正如慶民所說，方背站入口旁的麥當勞，是個人流量非常大的點。進出地鐵站的人多，又是補習班聚集的地方，自然有不少穿著制服的學生。

「別擔心，我都想好了。」

妍雅一口氣將剩下的奶昔喝光，隨後便將半開的窗戶一下子完全打開。窗外傳來汽車此起彼落的喇叭聲，讓咖啡廳內頓時變得非常吵雜。現在是晚上，且面前的馬路是四線道，要辨識出馬路對面的人長什麼樣子，可說是非常困難。

「妳想怎樣？」

慶民疑問，妍雅便看了看時間。現在是十點二十五分，人差不多該現身了。妍雅站起身說：

「有三個方法可以認出對方。第一，找落單的高中女生。第二，應該是對自己的外表有自信，才會答應網友邀約吧？所以就是找比較漂亮的女生。第三，找看起來像在等人的。只要滿足這三個條件，應該就能從裡面找出目標。」

「但愛麗絲會不會也跟妳一樣，現在躲在某個地方偷看？如果看到妳，愛麗絲就有可能嚇到不敢出來。畢竟她是故意要害妳揹援交黑鍋的人耶，如果妳突然出現在麥當勞前面，她不會覺得很可疑嗎？」

浩允說的事情，確實也是妍雅最擔心的部分——愛麗絲說不定也躲在某個地方觀察麥當勞。如果自己突然出現，她可能就會發現「李妍雅」就是「平凡的上班族」。

「你說得沒錯。」

就在這時，慶民揹著包包站了起來。

「那就我去啊。落單又有點漂亮的女生，看起來像在等人，我會先挑幾個目標。之後妍雅妳再去聊天室找愛麗絲，說突然有事沒辦法去，再跟她約下一次。然後下次再派我去，只要看到同一個人出現，就知道她就是愛麗絲。」

這話很有道理，況且慶民雖然很不受控制，但察言觀色的能力卻比任何人都要好，說不定一下子就能認出愛麗絲。見妍雅點頭，慶民便踩著輕快的腳步離開咖啡廳。

往窗外一看，便能看見慶民過馬路的身影。又高又瘦的慶民，此刻正朝麥當勞門口走去。站定位之後他就假裝跟人講電話，假裝像在等人一樣四處張望，看起來非常自然。突然，原本來回走動的慶民停下腳步。遠遠看過去，也能感覺到他非常吃驚。他的視線向著麥當勞旁邊的小巷子。

「他發現誰了嗎？」

為了看得更仔細一些，姸雅往窗外探頭。慶民的視線往巷子看去，僵在原地一動也不動。

「搞什麼？池慶民，你看到誰了？」

就在這時，一個女生從慶民身後經過，往麥當勞門口走去。女孩的頭髮束在腦後，露出白皙的後頸。姸雅隨即像彈簧一樣彈了起來。

「怎麼了？愛麗絲出現了嗎？」

看著姸雅似乎在思索什麼，浩允也跟著站起身。

「不，沒有。等、等一下，你先坐在這邊等，我覺得我要過去那邊看一下。」

沒有等候浩允的回答，姸雅便衝出了咖啡廳。經過慶民身後的那個女生，頭上綁的是紅色髮帶。只要她一出現，自己就得回到現實了。如果這次也是這樣，那顯然她就是與時間旅行有關的人物。

應該是金正慧。

姸雅快速跑過斑馬線往麥當勞過去。來到門口，慶民依然愣在剛才的位置。

姸雅有些猶豫，是要去追紅髮帶的女生，還是要去確認慶民看到誰。

「池慶民，你怎麼了？你是看到誰？」

妍雅沒有煩惱太久，因為紅髮帶女應該在麥當勞裡，因此當然要以慶民為優先。

「沒、沒有啦，我什麼都沒看到。」

注意到妍雅出現，慶民顯得有些慌張，說話也結巴了起來。

「你那是什麼表情？你看到誰了？」

「沒有啦，真的沒什麼。喂，已經過十分鐘了耶，她應該不會來了啦，我們走吧。」

妍雅懷疑地看著慶民，任誰都能一眼看出慶民的樣子很可疑。看到妍雅有意往巷子裡走，慶民甚至還不著痕跡地擋住她呢。

「是怎樣？幹嘛擋我？」

「就真的沒什麼嘛，巷子裡有老鼠啦，突然從我腳邊竄過去。妳也知道的啊，我超討厭老鼠。我們趕快走啦。」

慶民玩笑似地搭著妍雅的肩，轉了一百八十度推著她離開。

「喂，放開啦，池慶民，你真的很怪耶，快點放開我。」

妍雅重重踩了慶民一腳，甩開他搭在自己肩上的手，迅速衝進巷子裡。

「喂，李妍雅！」

慶民趕緊追上去，妍雅卻已經衝進巷子。妍雅迅速環顧四周，巷子裡並沒有值得讓慶民如此驚訝的人。

「看吧，就跟妳說沒什麼。就是那邊下水道突然有老鼠跑出來啊，我差點就要被嚇死耶，妳知道嗎？看，我心跳到現在都還很快。」

慶民把手放在胸口，連珠炮似地講個不停。他臉上流露出一股難以言喻的放心感，妍雅一臉懷疑地看著他。

「你看到了什麼，對吧？」

「看到什麼？就是老鼠啊。浩允在等了啦，趕快走。」

慶民確實很可疑，但現在似乎很難問出什麼，而且妍雅也有其他要事得處理。她得在紅髮帶女消失之前，趕快確認她的真實身分，看看她是否是跟敏京有關的「那個金正慧」。當然，見到金正慧之後，妍雅可能就得回到現實，所以她必須非常小心。但就算只是遠遠看一眼，她也希望能確認對方的長相。現在跟慶民在這邊耗，說不定就會因此錯過對方。

「等一下，我去一下麥當勞。」

「要幹嘛？」

「一下下就好。」

丟下忐忑不安的慶民，妍雅趕緊進到麥當勞。麥當勞裡擠滿了穿制服的學生。有些人補習班剛下課，有些人剛結束晚自習，也有些人在網咖裡打了一晚的遊戲，飢腸轆轆的學生們各自吃著漢堡、薯條，開心地聊著天。

在哪？剛剛明明就看到她進來啊。

妍雅快速掃視整間店。之前已經看過兩次，已經相當熟悉那個背影，卻怎麼也找不著。

是在二樓嗎？

妍雅往樓梯的方向走去，卻突然被櫃檯前一個小小的腦袋瓜吸引。那紅色的髮帶非常引人注目。

「找到了。」

妍雅趕緊跑向櫃檯。似乎是為了看菜單，紅髮帶女稍稍轉了下頭，接著一股不知從哪冒出來的白光，擋在妍雅與紅髮帶女之間。

「不行，讓我看一下，看一下側臉也好。」

就在要看到紅髮帶女側臉的那一刻，妍雅眼前便徹底被白光遮蔽。那光芒十分強烈，讓她只能緊緊閉上眼睛。即便緊閉著眼，隔著眼皮仍能感覺到那道光芒有多麼強烈。

不知過了多久，感覺光芒終於消失，妍雅才緩緩睜眼。她感覺眼前一陣搖晃，整個人無法保持平衡。最後一點搖曳的光線徹底消失，才終於能看見眼前被黑暗籠罩的學校。

又再一次，回到了現實。

16 如幻影般搖曳

窗外，東方的天空泛起魚肚白。徹夜輾轉反側後早早起床，姸雅站在蓮蓬頭下沖著水，試圖整理思緒。這裡的確是她的家，卻感覺時間一下子跳了十四年，讓她難以適應。停留在過去的時間越長，似乎就越無法跳脫。

三十二歲的李姸雅，此刻，這裡才是她的現實。但她卻覺得自己似乎還在二〇〇三年徘徊。冰涼的水柱打在臉上，她開始一一回想現實中的事情。如果不刻意去想，似乎無法在上班之前找回現實感。

今天是敏京給的最後期限。至今姸雅都沒吐露自己的過去，敏京今天就會去找金正慧問個清楚。既然無法改變過去，那想必金正慧說出來的內容便不會有任何改變，敏京也會得知那起火災意外。但意外的是，姸雅發現自己一點都不害怕。不，她覺得自己像在隔岸觀火，遠遠地觀望他人的不幸。她不像過去那樣，擔心過去被揭露而急得跳腳，也不覺得自己悲慘。她逐漸失去對現實的感覺。

沖了許久的冷水讓身體冷卻後，姸雅完成上班前的準備，硬逼自己邁開步伐走出家門。

【嫂子，早安！】

敏京的早晨問候比任何時候都要充滿活力。妍雅冷漠地看著手機螢幕，她不再像過去那樣害怕，只覺得這令她很不愉快。

【是啊，小姑，今天也早安啊。】

妍雅加快腳步往地鐵走去，並回了個極其平凡的訊息。

【妳知道今天是什麼日子吧？】

究竟期待得到怎樣的回答？真令人不耐煩。

【是，我知道。^^;;】

【但妳還是沒有話要跟我說嗎？】

該回答什麼才好？

妍雅用力敲打著鍵盤，隨後按下送出。

【妳想怎麼做就怎麼做吧。】

在妍雅抵達分行之前，都沒再收到任何回覆。

「然後呢？梁靜秀夫人最後簽名了嗎？」

「對啊，我就照玉次長說的，弄了一份說明簡報送去給她，因為她的穩定資產比重比較高。」

「幹得好，梁夫人很不喜歡本金有虧損，但還是一天到晚在說獲利太低。那是要我們怎麼辦？難道是要變魔術嗎？想要提高獲利，就得承受一定的風險嘛，可是她又不想。總之呢，劉課長，妳這次真的是做了一筆大生意，是不是該請我一下啊？」

PPWM中心最資深的女職員玉次長跟劉美愛在諮詢室裡大聲聊天。剛才公司內部的通訊軟體收到群發消息，說是恭喜劉美愛簽下了一筆大成交案，看來那是多虧了玉次長的建議。妍雅在外頭聽了一下她們兩人的對話，正打算走進接待室裡……

「就說現在去了啊。慶雅！荷娜！我們要去喝咖啡，妳們也一起來吧。」

「劉科長，真的嗎？妳也要請我們嗎？」

聽到劉美愛的邀約，原本站在貴賓接待處聊天的慶雅趕緊跑了過去。

「荷娜，妳也一起來吧。」

劉美愛一邊邀請荷娜，一邊瞥了正穿過諮詢室的妍雅一眼。

「不、不用了，我沒關係，妳們去吧。」

荷娜看了看妍雅，隨後神色僵硬地擺了擺手拒絕。

「妳在說什麼啦，走啦，一起去。」

慶雅挽起荷娜的手要拉她一起去，荷娜卻趕緊搖頭，同時看著從倉庫拿了文件，再一次穿過接待室要走回座位的姸雅。感覺到她的視線，姸雅抬起頭來看向荷娜。

「沒關係，去吧。」

姸雅無聲地用嘴型示意，荷娜卻皺著眉搖頭。

「去吧。」

荷娜哭喪著臉，低著頭站在原地，一動也不動。

「妳在幹嘛？趕快走了啦。」

慶雅大力拉著荷娜的手臂，無奈之下荷娜只能跟著離開。

「代理，對不起。」

荷娜用嘴型向姸雅道歉，便跟著玉次長、劉美愛和慶雅一起離開諮詢室。四人一離開，姸雅才覺得終於能喘口氣。今早，從她踏進辦公室的那一刻起，女員工就不約而同地不跟她說話。就算她自己沒提，跟高次長外遇的傳聞也迅速傳開，姸雅那天對分行長的解釋卻沒人提起。

姸雅不想在高次長從研修院回來之前，先把他已經離婚以及有新對象的事情公諸於世，便選擇保持沉默。但同事們似乎打從心底相信謠言是真的，才會這樣毫不掩飾地排擠妍雅。

排擠，時隔十四年再度被排擠，而且還是因為一個荒唐的謠言。再一次面臨與當年相同的狀況，讓妍雅忍不住嘆了口氣。當然，等高次長結束升遷考試，回來說明之後，一切就會迎刃而解。只是那有如創傷一般蟄伏在心底的記憶再度浮現，讓苦撐著的妍雅在精神上感到非常吃力。她用與平時無異的態度來上班、跟顧客諮詢、處理延宕的業務，實際上卻覺得要喘不過氣來。她只覺得自己走在搖搖欲墜的繩索上，繩索彷彿下一刻就會斷裂。

啊，對了，螢光筆也用完了。

妍雅發現自己只顧著在意那幾個女人，都忘了要從倉庫再拿幾支螢光筆出來，只好再次往倉庫走去。倉庫在玉次長的諮詢室裡，現在她人不在裡頭，妍雅依然小心翼翼地開門入內。經過玉次長的辦公桌，妍雅注意到她螢幕上內部通訊軟體的對話視窗。理性告訴她，要她直接離開別分心去看，妍雅卻仍不自覺地往玉次長的辦公桌走去。

「劉美愛：真是傻眼耶，外遇女還敢這麼厚臉皮喔？到底是有什麼臉來上班啊？如果是我，一定會因為太丟臉而立刻辭職。」

「玉成熙：就是說啊。但分行長不是說她否認嗎？」

「劉美愛：次長，妳相信喔？她當然是會否認啊。又沒有明確的證據，在人事部監察組調查出來之前，哪裡會自己承認啊？」

「玉成熙：不是說高次長回來就會解釋清楚嗎？」

「劉美愛：他們一定是趁這時候趕快串通啦。他們這樣也不是一次兩次了，肯定會事前講好啦，呵。」

「玉成熙：也對，哪有人會一下子就承認說『對，我外遇』啊？話說回來，妍雅的婚事應該真的完了吧。我本來就覺得她有點太高攀了，她婆家要是聽說這件事，肯定不會善罷甘休。」

「劉美愛：當然啊，哪裡氣得過啊？肯定是會被退婚，然後銀行也會有人事處置，她的人生就完蛋了。次長，我早就知道會這樣。妳看她一個人在那邊裝乖裝優雅，我就知道她是在人前裝模作樣，人後又是另外一個樣子。」

妍雅無法繼續看下去了。離開了玉次長的諮詢室，她只覺得自己雙腳發抖，幾乎都要站不住。她趕緊回到自己的諮詢室並鎖上門。

此刻，某人的臉如幻影一般在她眼前若隱若現，某人的低語彷彿在她耳邊響起。那張臉上有著任何事物都無法摧毀的堅決，那個人正在對妍雅低聲說：

「不管發生什麼事，妳都是我的。」
「只有這件事不會改變。」
「不管發生什麼事，我沒有親眼看到就絕對不相信。」
「我不相信別人講的話。」

志勳。
顫抖的雙腿無力地跪了下來。
志勳。
內心深處一陣滾燙沿著喉嚨湧現。
志勳。
無法按捺的情緒終於化作淚水流過臉龐。
志勳，
你在哪裡？
妍雅雖然清醒，卻有如喝醉酒的人一樣搖搖晃晃地哼著歌。她甩著手提袋，一邊爬上長長的階梯，來到通往住家的巷口。原本只是輕輕哼唱的她，不知不覺間像個醉漢一樣大聲唱了起來。這時，巷口一個人影冒了出來，從她身旁走過時還上下打量了她一眼。妍雅沒有在意，只是唱得更大聲了。

就在她快要走到照亮家門口的路燈下時，才注意到公寓門口有個黑影。

「欸，小姐，喝醉了就乖乖回家休息啦，不要在這裡發酒瘋。」

是浩允。他站了個三七步，臉上的表情很是不高興。

「哦，你怎麼會在這？」

「妳沒看到我傳訊息問妳下班後要不要一起吃飯嗎？」

「啊。」

妍雅這才想起來，她把手機調成靜音之後，就一直扔在包包裡。

「妳沒打電話講一聲，也不回訊息，我擔心妳不知道發生什麼事了。」

「哪會有什麼事。」

「怎麼都不接電話？」

妍雅從手提包裡拿出手機給浩允看。

「我關靜音了，所以沒發現。」

「忙成這樣喔？」

浩允溫柔地摸了摸她的頭。面對這麼溫柔的浩允，妍雅突然有一股把一切都告訴他，再好好哭一場的衝動。

「就是說啊……」

「今天發生什麼事了嗎？」

「嗯？沒有，沒什麼事啊，怎麼了？」

「就只是……」

「只是怎樣？」

浩允有些不解地歪著頭。

「只是看妳邊走邊唱歌，好像心情很好的樣子。」

「李妍雅，妳是怎樣？發生什麼事了？一定是有什麼事吧？說來聽聽啊，怎麼心情這麼差？」

感覺好像能聽見他的聲音從某處傳來。

「是嗎？沒有啦。」

妍雅語帶模糊地回應。雖然想找個人傾吐心事、想被安慰，但她同時也不想鉅細靡遺地講述一切。真希望能有個不需要特別講，也能了解自己的人。她知道自己這樣想非常自私。

「不然是怎樣？」

似乎是注意到妍雅的反應有些異常，浩允的神情帶著些許疑惑。

「其實我今天遇到很誇張的事。」

妍雅帶著笑意，一派輕鬆地講起今天發生的事情。她話才說完，在旁靜靜聽著的浩允便神情僵硬地開口。

「妳覺得這很好笑嗎？」

「嗯？」

「妳很難過吧？心情很差吧？為什麼裝出一副不在乎的樣子？」

「沒有，我沒有難過，心情也沒有不好。只是……覺得這個情況很好笑。」

她或許真的在哭吧。看似不在乎地講起自己的遭遇，雙眼卻一直不停流著淚。

「真的很好笑，笑死人了。好好笑……哦……嗚嗚、嗚嗚、嗚嗚嗚。」

妍雅的聲音逐漸模糊，最後終於哭出聲來。她覺得自己實在太可笑，便蹲坐在路邊哭了起來。一隻柔軟又溫暖的手伸了過來，輕輕摸著她的頭。

「妳一定很難過，很委屈吧？沒關係，沒事的，想哭就哭吧，之後我們再慢慢聊。」

那隻溫柔的手摸著她的頭，讓她的心跟著溫暖起來，耳邊也同時響起那個聲音。

「那些混帳在哪？我一定會把他們整死。弄哭妳的混帳我會全部找出來，絕對不放過他們。」

洗好澡之後回到房間，才發現放在梳妝台上的手機響個不停。

【妳就照我說的去做啊，有必要在乎別人的情況嗎？妳明天就立刻去跟那個什麼玉次長還是于次長的講清楚，說高次長已經離婚了，而且跟張荷娜在談戀愛，全部清清楚楚講出來，知道嗎？】

跟浩允分開之後，他還繼續傳簡訊來提醒妍雅。浩允這一反常態的舉動，讓妍雅忍不住笑著回覆訊息。

【好啦，不要擔心。時間很晚了，不要再唸了，趕快睡吧。】

【冰袋放進冷凍庫了嗎？明天早上一定要冰敷一下眼睛，不然一雙眼睛那麼腫，別人一看就知道妳哭了。】

【明天是禮拜六，好嗎？】

【啊，對耶，但妳還是要記得冰敷。】

不知有多麼激動，浩允幾乎都忘了今天是星期幾。

【好啦，知道了啦，不要再唸了。】

妍雅放下手機，看著鏡中的自己，甩了甩一頭濕髮。梳妝台上的手機再度震動。回訊的速度不如稍早那麼即時，似乎也能從中感覺到浩允的遲疑。

【我們這樣也只算是朋友嗎？】

妍雅靜靜看著手機螢幕。嗡嗡，手機再度震動。

【難過的時候、疲憊的時候都不能直說，這樣能算是情侶嗎？怎麼能跟這種人結婚？】

嗡嗡——

【我會陪妳，妳難過的時候我會在妳身邊。】

【所以妳快點跟他分手吧。】

【就不能也給我機會嗎？】

嗡嗡——

【妍雅……拜託……】

不知該回什麼。但現在必須好好回應浩允的心意才行。必須告訴他，除了朋友之外，沒辦法用不同的態度面對他。

妍雅拿著手機猶豫了一會，手機便再度震動。

【妳已經很難過了，結果我還跟著這樣逼妳，真是抱歉。但我不是想利用妳的脆弱，就把今天的我當成是神經病喝了酒在發酒瘋吧。】

拿著手機，妍雅好一陣子不知所措。她彷彿能透過手機，看見浩允那張消沉的面孔。

我們是朋友嗎？或者說曾經是朋友呢……？

要說在與浩允重逢之後從來不曾對他心動，那肯定是假的。但目前自己處在往來於過去與現在的混亂之中，越是跟浩允見面，就越讓她想起志勳，也令她無法想像跟浩允有其他的發展。妍雅最後決定放棄回傳訊息，她覺得之後找一天當面講明自己的想法，才是最基本的道義。

妍雅看了看時間，螢幕上顯示十一點四十分。

今天會吹東風嗎？

在吹東風的日子去到學校，就能夠回到十八歲的那一年，但她仍無法在敏京給的時間內成功改變過去。雖然想過要不要去學校，但她實在太疲憊了。況且沒有任何新的情報就這樣回到過去，也不知道有什麼用。經歷過就知道，改變過去不是什麼容易的事。

走回床邊之前，妍雅微微側過身，透過鏡子看著自己的背。同時一手伸到背後，靜靜撫摸著背部。她能摸到從肩膀經過背部中央，一直延伸到腰部的疤痕。那似乎是火災意外時被著火的木頭打中，或是著火的木頭壓在她身上所導致的疤痕。依稀記得當時阿姨是這麼說的。那之後花了很多時間治療，但那疤痕就有如烙印在心頭的傷痕，怎麼樣也消不掉。

妍雅躺在床上，一把拉起棉被。不知是不是因為久違地摸了背上燒傷的疤痕，她總覺得那疤痕微微發燙。

這是個不算舒暢的星期六早晨。昨晚妍雅沒能順利入睡。因為才一躺上床，她便意識到自己沒收到敏京和赫俊的任何聯繫。

昨天就是敏京給的最後期限，但自從昨天早上的簡訊之後，便沒再收到任何消息。如果敏京跟金正慧碰了面，聽她說了當年的事，肯定會立刻把一切告訴正淑跟赫俊。但奇怪的是，昨晚卻沒有任何人跟她聯絡，而這反倒讓妍雅更睡不著。

如果炸彈能一次引爆，她心裡反而還舒服一些。如今她只覺得痛苦，好像抱著一顆不知何時會爆炸的炸彈。她本以為自己已經不在乎這一切，沒想到逐漸恢復對現實的感受之後，她才發現自己面對這些未解的問題仍舊戰戰兢兢。

敏京該不會還沒見到金正慧吧？還是說金正慧沒透露跟過去有關的任何事？不然還是敏京、赫俊跟正淑正在討論，究竟該拿這婚事如何是好？沒接到任何聯繫，反倒讓妍雅更感到鬱悶。她覺得自己無法就這樣待在家，任憑想像自由發揮下去。最後，姸雅決定跟允思一起到林蔭道逛逛。

來到餐廳裡點了餐，很快地裝著可口義大利麵跟披薩的盤子便端上桌。允思胃口很好，在她吃掉盤裡一半的食物時，姸雅還懶洋洋地撥弄著盤子裡的食物。

「是妳說要出來透透氣轉換一下心情，該不會到現在都還在想昨天的事吧？」

聽完姸雅在公司那些誇張的經歷，允思表現得比她還要激動。

「沒有啦，別擔心，我根本不在意。」

姸雅努力牽起嘴角露出微笑，同時撈起一口麵條。嘴上雖是這麼說，她卻一點胃口也沒有。這時，允思的手機跳出通知。

「誰啊？」

姸雅不假思索地詢問，允思卻偷看了她一眼。

「沒有啦，就一個認識的人。」

「是誰？妳身邊有我不認識的朋友嗎？」

允思無法立刻講出對方的名字。

「搞什麼，很可疑喔，幹嘛隱瞞我？」

姸雅刻意露出覺得她非常可疑的神情，想藉此捉弄一下允思。

「哪、哪有什麼可疑……我哪有！就跟妳說不是什麼重要的人了！」

允思有個習慣，只要說謊就會開始結巴。

都認識多久了，姸雅不會不知道這點。

「妳是在談戀愛喔？到底是誰啊？連我都要瞞。」

姸雅放下叉子，作勢要去搶允思的手機。

「沒、沒有啦，真的不重要。」

慌張的允思趕緊把手伸得老高，避免手機被姸雅拿走。無論是要比身高還是比力氣，姸雅都不可能搶贏允思，因此她實在沒必要這麼做，所以這個舉動也讓姸雅真的開始懷疑了起來。

「妳真的要這樣對我喔？我因為公司的事心情已經很差了，連妳也這樣，那我到底還可以相信誰？」

每一次吵架，最後獲勝的都是姸雅，這次也不例外。只見允思遲疑了一會，看了看姸雅的臉色，最後才決定開口。

「在昱……是在昱。」

「金在昱？」

換作是以前，姸雅肯定無法立刻把長相和人名連結在一起，但因為長時間停留在過去，跟高中時的同學們相處在一起，讓她立刻就回想起高二時坐在自己隔壁的同學。

「妳記得他喔？」

「二年級時他坐我旁邊啊。」

允思這麼一問，妍雅慌慌張張地解釋。

「是喔？」

「但他幹嘛跟妳聯絡？」

「因為就要辦同學會啦，現在是金在昱當總務，所以他才聯絡我，問我有沒有確定要出席。哎呀，不要擔心啦，我絕對不會提起妳的事情。」

這是兩人之間不成文的體諒，也是未言明的約定。允思偶爾會跟高中同學見面，妍雅一直都知道這一點。雖然沒特別說，但允思確實一直以來都會出席班同學會跟校同學會。

「妳不用那麼緊張啦，我也不覺得妳會提起我的事。但好意外喔，居然是金在昱耶。他高中的時候不都顧著讀書嗎？我記得他很膽小也很安靜。」

「就是說啊。真沒想到那個金在昱，現在會變成這樣。社會地位果然可以改變一個人。」

「怎麼這樣說？金在昱現在變成怎樣？」

「他考上法學院，又成功通過律師資格考，現在是瑞草洞某間法律事務所的律師。要是看到他現在的改變，妳肯定也會嚇一大跳。他已經不是以前的金在昱了，現在超有自信，整個人抬頭挺胸的，簡直變了一個人。」

看妍雅不避談高中同學的事，允思的語氣顯得有些興奮。妍雅鼓起勇氣接著問下去，因為她覺得或許能從允思身上，獲得改變過去所需的情報。

「那其他人呢？聽說吳素拉在藝廊當策展人。我有跟妳說過吧？我上次跟浩允一起見過她。我是那時候聽她說的。」

「嗯，我看看喔，朴書庭的狀況妳應該知道。至於其他人就很普通，就是都在上班，也都結婚了。啊，對了，妳記得裴友莉吧？塊頭有點大又愛管閒事的那個，她超愛看浪漫愛情小說啊，老是在上課時間偷看，看到不小心哭出來結果被老師罵，記得嗎？她現在變成浪漫愛情小說作家了！她的小說超紅，聽說很快就要拍成連續劇了，書名好像是叫《初戀的回憶》還什麼的。」

「是喔？那其他人呢？」

「宋宇泰結婚了，還有小孩了。他在清潭、江南還有梨泰院這三個地方開餐廳。池慶民現在是科技公司的老闆，不過他才剛創業沒多久。」

妍雅忍不住笑了笑，這些人的近況與她想像的並沒有太大差距。曾經跟志勳玩在一起的浩允、慶民還有宇泰，都是家境不錯的孩子。不，妍雅記得他們不單單只是家境不錯，根本都是富裕人家的孩子。那時志勳要是沒死，現在想必也會跟他們一樣。

「大家都過得不錯嘛。」

「對啊，他們家境都挺不錯的。」

兩人都沒特別提及，但下意識知道，只要提到宇泰跟慶民，就自然會想起那個人。或許是因為才剛從過去回到現在，姸雅反倒覺得志勳的死更不現實，總覺得允思好像會接著講起志勳現在在做些什麼。

「那多庭呢？」

「她……」允思語帶猶豫，「我也不知道。」

「不知道？」

「我們沒有人聯絡得上她，都沒人知道她的聯絡方式。她好像社群平台都沒在用，不管怎麼找都找不到她在哪裡、在做什麼。」

姸雅有股奇怪的感覺。允思、多庭和姸雅在火災意外之前，是每天都黏在一起，宛如連體嬰一樣的好友。但不知從何時開始，她們與多庭逐漸疏遠，之後便沒再聽說多庭的消息了。

話說回來……她們是怎麼跟多庭疏遠的？

「對了，還有，妳聽到這件事應該會昏倒。」

「什麼？」

「這是所有消息裡面最讓人吃驚的一個。」

「是什麼？」

「崔子賢。」

「崔子賢怎樣？」

「崔子賢她……」

「怎樣啦？趕快講！」

允思先是問妍雅準備好接受驚嚇了沒，隨後又停頓了一會，似乎是在期待妍雅嚇到昏過去一樣。

「她跟蔡弘植老師結婚了！」

這個令人震驚的消息，令妍雅的腦袋瞬間一片空白。她感覺自己的耳朵嗡嗡作響，嘴巴一開一合，卻一句話也說不出來。

「誰？妳說誰？」

「崔子賢跟蔡弘植老師，妳記得吧？就教英文的狗弘植啊！」

「妳說誰跟誰？」

「唉唷！妳幹嘛啦？就二年級跟我們同班的那個戀愛腦崔子賢，還有那個體力跟野狗一樣好，個性跟野狗一樣爛的蔡弘植老師！」

允思的這番話，讓妍雅嚇得目瞪口呆。

「什、什麼時候的事？他們什麼時候結婚的？」

「應該超過五年了吧？」

「那他們從高中的時候就是那種關係喔？」

「哎呀，妳肥皂劇也看太多了吧？沒有那麼誇張啦，聽說是崔子賢大學畢業以後才開始交往的。」

「他們是怎麼在一起的？」

「我也不知道，好像是崔子賢每年教師節都會回去找蔡弘植吧。」

「每年都回去？為什麼？蔡弘植又不是班導。」

「就是說啊。聽說好像是有什麼事情很感激他的樣子。蔡弘植不是我們一、二年級的英文老師嗎？他好像從那時開始就在幫崔子賢什麼，也因為這樣崔子賢就一直把他當恩人。每年教師節都會回去找他，然後就交往了，差不多就是這樣吧。」

「蔡弘植幫了她什麼？」

「這我就不知道了。」

妍雅感覺自己的心跳聲如雷貫耳。這可不只是單純的嚇人，更是幾乎能令人渾身顫抖的衝擊。妍雅不知道自己為何會有這麼大的反應。

她一一喚醒腦海中四散的記憶。其中之一是回到過去時，子賢把大家召集起來講愛情故事的畫面。一提到蔡弘植老師的事情，子賢便慌張了起來，說話也變得結巴。問她跟援交有關的事情時，她的行為看起來也像在掩飾些什麼。雖然這個消息讓她想到許多事，卻無法立刻找到將事情串聯起來的關鍵。

「允思，妳有崔子賢的手機號碼吧？」

「嗯？有啊。」

在妍雅不尋常的催促之下，允思拿出了手機，而妍雅從中找出了崔子賢的電話號碼。

17 真與假

妍雅站在公寓大門前，深吸了一口氣。按下電鈴之前，她先試著穩定自己的心情，一邊回想跟子賢的通話。

「妳記得我嗎？」

〔妍雅？李妍雅？〕

「對，好久不見了吧？」

〔李妍雅……嗯，好久不見。〕

突如其來的電話，子賢卻不感到驚訝，但也並不特別歡迎。她的口氣聽起來有些認命，像是一直在等這通電話一樣。妍雅說有事要問她，並表示希望能見個面。

〔今天有點困難，下週三妳可以來我家嗎？我要照顧老二，沒辦法出門。〕

「那……我過去的時候，他也會在嗎？」

妍雅有些尷尬，不知該稱呼對方為老師，還是稱呼對方為子賢的先生。無論如何，如果蔡弘植老師也在家，那應該很難從子賢那打聽到什麼。

「他不在。我會叫他帶老大書俊回我婆家，妳放心吧。」

這句話讓妍雅有了勇氣，這才來到子賢家赴約。

叮咚——

才按下電鈴，便立刻聽見有人走來應門的聲音。妍雅嚥了下口水。過去的子賢有著小麥色的皮膚，單眼皮且眼尾銳利上揚，尖尖的下巴總流露出一股難以形容的性感。現在會是什麼樣子呢？

「快進來。」

大門開啟，與高中時無異的那張臉，正對著妍雅露出笑容。雖能感覺到歲月的痕跡，但整體給人的印象並沒有太大的改變。

「好久不見。」

先是尷尬地互相問候，子賢便立刻帶著妍雅進到客廳。

「妳可以等我一下嗎？現在是書雅喝奶的時間。」

子賢在廚房泡奶的時候，妍雅看著躺在客廳軟墊上的嬰兒。那小到一手就能抱起來的孩子被包在布裡，小小的身體不停扭動。妍雅探頭靠近跟她對上眼，孩子立刻就露出開朗的笑容。

「抱歉，她兩小時就得喝一次奶。吃、睡、拉，這就是嬰兒一天的行程，光是她能夠好好完成這三件事，我就很感激了。」

一邊聽子賢說，妍雅一邊參觀房子。房子雖小，卻裝點得非常溫馨，能感覺到子賢的用心。客廳的桌子上放著相框，是兩夫婦不同時期的合照。有在海邊親吻的照片、結婚典禮上的照片、跟第一個孩子開心地在遊樂園裡拍的照片。光看這些照片，都能感受到滿溢的喜悅與幸福。

回到客廳的子賢熟練地將孩子抱起並開始餵奶。不停吸著奶瓶的孩子非常可愛，妍雅忍不住伸手碰了碰她的小手。孩子一把握住她的手指並看著她，讓妍雅笑了出來。

「她叫什麼名字？」

「蔡書雅。」

「書雅，名字就跟人一樣美。」

餵完書雅喝奶後，子賢一邊替孩子拍嗝，一邊跟妍雅開始聊起生活瑣事，就像許久未見面的老友一樣。子賢進房哄書雅睡覺時，妍雅則坐在客廳的沙發上沉思。

「抱歉，讓妳久等了。」

輕輕關上房間的門，子賢低聲說。

「不，沒關係，是我硬要跟妳見面的。話說回來，書雅真的好可愛。眼睛很大、睫毛也很長，簡直跟蔡老師是同個模子刻出來的。」

「這真的是萬幸，眼睛要是像我怎麼辦？」

子賢玩笑似地回應，並在桌子的另一頭坐了下來。她才一坐下，兩人之間便突然陷入沉默。讓對話得以延續的書雅消失，她們也就沒了合適的話題。

「妳不是說有事情想問我？」子賢率先開口。

「嗯。」

「……花了十四年呢。」

子賢那像是早就在等這一刻來臨的口氣，讓妍雅有些訝異。

「這是什麼意思？」

「這些年我一直很在意，所以這十四年心裡一直不是很舒服。明知道這樣不對，但還是因為自己太貪心、因為自己沒有勇氣，所以才沒說出口。」

這段話像是子賢自顧自的告白，不，更像是在告解。

「什麼啊？我怎麼都聽不懂？妳又不知道我要問妳什麼。」

「就是十四年前，妳在江南站問我的事吧？妳是想問跟援交謠言有關的事，對吧？」

妍雅點頭。那是不久前她親手改變的過去。因為那件事，十四年來子賢都背負著罪惡感，也改變了現在。或許正是因為這個小小的改變，子賢才終於下定決心要吐露過去也說不定。

「是啊，子賢，妳現在能告訴我了嗎？」

子賢並沒有馬上回應，而是抓著自己襯衫的衣角猶豫了一會。

「援交的謠言……」

「……」

「那個謠言裡的愛麗絲就是我。」

一記紮實的直球，讓妍雅嚇得張大了嘴巴。

「妳真的是愛麗絲？」

也就是說，子賢真的做過援助交際嗎？那蔡弘植老師呢？他知道子賢的過去，但還是跟子賢結婚嗎？回到過去的時候，跟「普通的上班族」聊天的人也是子賢嗎？

上萬個問題在妍雅腦海中迸發。思緒如海浪一般洶湧，她一時之間不知該從何問起。

「別露出那個表情。雖然愛麗絲是我，但我是真的愛麗絲。不是那個在聊天室裡假裝援交，刻意假扮成妳的假愛麗絲。」

「什麼真愛麗絲？那假愛麗絲又是什麼？」

「妳那時候也看到了，我組了一個獨立樂團，我們的樂團名字叫仙境，而我的藝名叫愛麗絲。就是《愛麗絲夢遊仙境》的愛麗絲。」

妍雅想起在江南站圍觀樂團街頭游擊演出的觀眾說的話。

「是仙境！仙境耶！」

「哪裡？在哪裡？」

「哇，運氣真好，是仙境！應該是要表演吧？」

「謠言的主角就是我，但根本不是謠言講的那樣。我沒有在做援交。我們樂團的練習室在江南站的地下街，但雖然說是練習室，其實那裡更像是倉庫。」

「……」

「那個外送的人來的時候，我剛好為了表演要換掉身上的制服。但因為練習室裡面沒有獨立的空間，所以就掛了一個布簾充當隔間。我都是下課以後立刻去練習室，所以都是在那邊換衣服。」

妍雅似乎可以明白究竟是什麼情況了。

「布簾不夠長，只能遮住膝蓋以上，所以外送員才會以為我在脫衣服。看到脫下來的制服，就以為是我們學校的女生在做援交。」

「……」

「那天其中一個樂團成員要結帳，所以才會問說：『愛麗絲，錢包在哪？』」

「真的嗎？」

「我知道這聽起來有點怪，但當時在練習室裡的不是只有我跟他，還有其他一起玩樂團的哥哥姐姐，偏偏那時候他們不是去便利商店買東西就是去抽菸，大家都不在。但頂多也就一兩分鐘而已，不然怎麼可能才兩個人吃卻叫那麼多食物？」

這麼說來，吳素拉確實是說「中式餐廳的外送員送了很多炸醬麵、炒碼麵還有糖醋肉」。

「所以打從一開始就沒有人在援交嗎？」

「嗯，就是這樣，這一切都是因為那個外送員的誤會才發生。」

「好，就算是因為這樣才有援交謠言，那聊天室裡的愛麗絲又是誰？怎麼會開始謠傳說那是我？」

聽完妍雅連串的問題，子賢便搖了搖頭。

「我也不知道。我可以確定的是，有其他人假扮愛麗絲，然後再裝成是妳。一定是利用謠言，想把這個黑鍋推到妳身上。」

從一開始就沒有人在做援交，只有某人帶著惡意，想利用援交謠言來誣陷妍雅。那個人就是假的愛麗絲。

妍雅先是沉思了一會，隨後才轉頭正眼看著子賢。

「但妳明知道是這樣，為什麼不站出來講話？只要妳把事情講出來，說謠言裡面的愛麗絲是妳，根本不是在做什麼援交，說一切都是誤會——」

「抱歉，我說不出口。」

「為什麼？」

「因為我不想讓蔡老師困擾。」

「這又是什麼意思？」

「我一年級的時候遇到很多問題。我想做音樂，但家裡非常反對，讓我覺得很徬徨。那時候我長期跟爸媽吵架，都不住在家裡，所以常常沒去上課。我到處去找演藝經紀公司，也會假裝自己已經成年，跑去酒吧之類的地方駐唱。」

一年級時兩人不同班，因此妍雅不知道子賢曾有這樣一段過去。

「一年級的時候，我們班導是林亞朗老師，我給她添了不少麻煩。她好像是把我的事情跟辦公室裡坐在她隔壁的蔡老師說，結果有一天蔡老師就把我叫過去。說他有個在玩獨立樂團的大學學弟，問我要不要跟他們認識一下。」

「蔡弘植老師嗎？」

「對。後來我就跟他的學弟碰面，最後就成了獨立樂團的成員。當然，老師只是希望在未來發展上給我一點幫助而已。可是他學弟聽完我唱歌之後，就正式邀請我擔任他們的主唱。」

「……」

「我家本來就很反對這種事，所以我只能對學校跟家裡都保密。蔡老師好像很困擾。他只是介紹在做音樂的學弟給我認識，沒想到我突然就成了樂團主唱，這樣就變成是他慫恿我去做這件事，最後還冒出援交的謠言。如果要解釋那個謠言，那就得把老師的事情也講出來，我實在很怕。」

妍雅似乎可以理解，子賢究竟在怕什麼。而且說不定子賢……

「而且我那時候根本被初戀沖昏頭了。」

「是對老師嗎？」

「對。」

「那妳後來幹嘛假裝成戀愛腦，到處去講妳喜歡張英泰還有其他老師的事？」

妍雅想起不久前回到過去時目睹的情景。書庭問子賢跟英文老師怎樣了，子賢趕緊辯解說對弘植已經沒那個意思，隨即轉移話題。子賢當時的反應有些奇怪，還讓妍雅覺得不解。

「都是為了同樣的事啊，如果讓大家對我喜歡老師這件事留下印象，就會一直把我跟老師連結在一起，這樣老師把樂團學弟介紹給我認識的事，就有可能會被發現。我覺得發生這種事，最困擾的人肯定就是老師。」

「所以妳才故意假裝是戀愛腦，假裝一副很容易對其他男生動心的樣子？」

「對。很蠢吧？但那時候我只能想到這個方法，我覺得這是我唯一能為老師做的。」

話說完，子賢的表情有些難以形容。那是一方面因罪惡感而痛苦，卻又不感到後悔的神情。因為她對自己的想法深信不疑，所以才會做出這種事。那是堅決地愛一個人、想守護一個人的心。即使再一次面臨相同的情況，她也會做出相同的選擇。

「對不起。就是因為這樣，所以妳因為奇怪的謠言而揹黑鍋的時候、被大家霸凌的時候，我……我什麼都說不出口。可是之後我一直在想，妳一定會來找我把事情問清楚，只是沒想到要等十四年。」

子賢的眼角帶著淚水。

「妍雅，妳說句話吧……」

為何子賢要這樣哭喪著臉哀求呢？

這不是她的錯，這一切都是誤會。妳沒有錯，是利用謠言讓我揹黑鍋的真犯人的錯。是該這樣想嗎？

也只能這樣想了。當年子賢什麼也沒說。沒有澄清說援交謠言是因誤會而起的事，明知道假愛麗絲利用謠言讓妍雅揹黑鍋，但也沒站出來說明。突然，她想起在江南站聽到子賢唱的歌。那首歌叫〈低語的秘密〉，應該是子賢自己寫的。歌詞講述的是罪惡感與折磨自己的自責感，如今在妍雅的腦海中嗡嗡作響。

﹇深藏在許多人心中的秘密。

不見五指的黑暗降臨，秘密便開始低語。

悄無聲息又安靜，一句接一句。

低語的秘密，嗯嗯，低語的秘密。﹈

妍雅若無其事地說沒關係，並祝福子賢婚姻生活幸福，隨後便離開了子賢家。回家路上，子賢當年演唱的那首歌，一直在她腦海中迴盪。從寫下這些歌詞的十四年前至今，罪惡感肯定讓子賢每一天都過得非常痛苦。

然而我的人生卻毀了，我的人生卻天翻地覆了。

妍雅靠在地鐵車廂的窗邊，看著映照在玻璃窗上的臉孔安慰自己。那不是子賢的錯，她也只是個沒有勇氣的孩子。真正該怨的，是那個讓她揹黑鍋的人。

即便如此，若不抓住犯人，那怨恨的矛頭最終仍會指向子賢。

這時，口袋裡的手機震動了起來。那是一封來自延徹，以「姊，妳記得嗎」為開頭的長訊息。看了他前面鉅細靡遺的描述，不用讀完整封訊息也知道，他肯定是來要錢的。妍雅立即回覆。

【所以你是需要多少？】

【五十萬就好T_T】

這如臭水溝一般的現實連一刻都不肯放過妍雅。雖然她氣得咬牙切齒，卻還是一如既往地壓下了心中的怒火。

【什麼時候要？】

【如果可以現在就給，那就太感激了。姊，謝謝妳。T_T】

嘆了口氣，妍雅打開銀行應用程式，沒想到電話響了，而列車也恰巧抵達舍堂站。夾在潮水般的人群之中，妍雅被從車廂裡推了出來。

手機螢幕上顯示的是赫俊的名字。

「赫俊？」

〔妳在哪裡？〕

地鐵月台上，站內廣播聲與列車行駛的聲音十分吵雜。赫俊的聲音穿透噪音傳進耳裡，聽起來相當生硬。

「我剛跟朋友見完面，現在在回家路上。」

〔……〕

「你的聲音聽起來有點怪，發生什麼事了？」

〔妳現在還有心情跑出去跟朋友玩？〕

像在按捺怒火，赫俊的聲音微微顫抖著。妍雅感覺兩眼發黑，後面的話不用聽也知道，赫俊肯定是從敏京那聽說了些什麼。顯然敏京確實如自己所說，因為沒在期限內得到回答，而將妍雅的過去說了出來。

「赫俊，我跟你說，我不知道你從敏京那裡聽說了什麼——」

〔為什麼要提敏京？妳最近到底都在做什麼？都要結婚了，行事怎麼這麼不檢點？要讓我丟臉、讓我爸媽丟臉，也該有個分寸吧！〕

「赫俊，那真的是十四年前的事——」

〔妳還要一直胡扯這些？妳現在在哪？用電話講不清楚，我們見面再說吧。現在立刻到瑞草洞來。〕

嘟一聲，切斷電話的聲音傳進耳裡，忐忑不安的心也隨即墜入谷底。深不見底的黑暗彷彿正大張著嘴，要讓她的心直接掉入地獄。

一切都結束了，赫俊什麼都知道了。她是這麼努力想改變過去，卻沒有任何用處，反倒得知過去的一切都是肇因於可怕的誤會。妍雅緩緩閉上眼，待心情平復後才重新睜眼，並往對向月台走去。她感覺自己像是要去接受地獄的審判。無力、失落與恐懼團團圍繞，幾乎要將她淹沒。

姸雅來到他們經常碰面的咖啡廳。才開門進去，便看到赫俊坐在窗邊。赫俊罕見地以輕鬆簡便的穿著現身。總是往後梳並以髮蠟固定的頭髮，此刻也自然地垂落額際。見妍雅走向自己，他不耐地皺起眉頭。

「赫俊。」

「坐。」

赫俊用下巴朝面前的空位比了比，妍雅猶豫了一會才坐了下來。

「那個……」

「是真的嗎？」

「嗯？」

「我問妳是真的嗎？」

既然他已經從敏京那裡聽說一切，那再怎麼掙扎也沒有用。赫俊眼神銳利地瞪著自己，無奈的妍雅只能點點頭。

「哇，妳真的是……太了不起了。」

「……」

「怎麼有辦法這麼神不知鬼不覺？」

「我只能跟你說對不起。」

沉重壓抑的空氣，幾乎令她要窒息。或許妍雅心裡一直有一絲期待，期待赫俊能夠理解她。希望赫俊能夠明白，火災意外發生的時候她年紀還太輕，而那不是她的錯，只是一場不幸的意外。妍雅希望赫俊不要劈頭就責怪她，而是能夠先問問她事情的始末。

「外面這麼多女人，妳知道我為什麼選擇跟妳結婚嗎？」

面對有些不著邊際的問題，妍雅也只能迴避赫俊的目光搖搖頭。

「因為愛？因為一見鍾情？不要開玩笑了，我們這個年紀，誰還在乎這個。」

「……」

「是因為妳看起來不會惹麻煩。妳看起來很平凡、沒什麼可挑剔的。長相還算不錯，銀行員這個職業也不差。家裡狀況不好，可以說是高攀，結婚之後就算遇到什麼辛苦的事，我想妳應該也會很聽話。而且我也覺得妳會對我媽和敏京很好。」

如同妍雅是為了錢與地位選擇赫俊，她知道赫俊之所以選擇自己，也是看上了自己的條件和處境。然而這樣毫不掩飾地把話說得這麼明白，確實也令她有些受傷。

「但妳竟然在結婚之前惹出這種麻煩？什麼？外遇？而且還是跟同一分行的次長？」

聽見赫俊這句話，妍雅猛然抬頭。原來赫俊在說的，根本就不是當年的火災意外。

「你說什麼？外遇？」

「今天晚上我媽去參加一個聚會，結果剛剛臉色鐵青地回到家。我問她怎麼了，她說認識的人聽說了跟妳有關的傳聞。說是妳跟在同一個分行工作，老婆小孩都在國外的次長搞外遇。」

「那不是真的！」

妍雅驚恐地跳了起來，接著慌忙擺了擺手，開始解釋她與高次長的外遇傳聞。從為了幫荷娜而被張聖才盯上說起，到跟高次長去喝酒的事，以及高次長離婚、與荷娜談戀愛的事情。但即使赫俊聽完事情的來龍去脈，臉色依然非常難看。妍雅心想，難道他是認為自己在辯解嗎？他不相信嗎？無法看清他的心思，讓妍雅感到非常陌生。

赫俊面無表情地看著凝結在杯子上的水珠，隨後才緩緩開口。

「首先，我知道妳的意思了。但我並沒有完全相信妳，因為妳也有可能是跟高次長串通好要說謊。」

「只要找高次長和荷娜一起出來，聽聽他們的說法，就可以知道我說的是不是——」

「妍雅，這我不管。我不相信人，其中也包括妳。妳還不了解我嗎？我相信的不是人，而是證據。所以妳最好帶通聯紀錄、簡訊內容還有刷卡明細來說服我，這樣我才有辦法判斷妳說的話是真是假。」

妍雅感覺自己的眼角不斷抽動。

「這種事妳怎麼不早說？妳應該很難過吧。」

她並不期待安慰或幫助，只希望赫俊相信自己的話，沒想到他卻絲毫沒有這個意思。

沒有理會嚇得渾身發麻的妍雅，赫俊逕自從沙發上站了起來。

「我會去跟我媽解釋，但我不知道她會不會信。畢竟連我都無法相信妳。」

18　沒有你的現實

「李妍雅！李妍雅人在哪裡？喂，李妍雅，出來！」

刺耳的喊叫聲響徹接待室，顯然來者不善。聲音大到即使妍雅正在諮詢室裡為定存到期的客戶諮詢，都還是能聽得一清二楚。熟悉的聲音讓妍雅決定請求客人的諒解，先離開諮詢室把事情處理好。果不其然，正淑有如一頭已經發狂，兩個鼻孔噴著氣的黃牛一樣朝她走來。

啪—啪！啪—啪！又一次，啪—啪！

突然眼前一陣天旋地轉，還伴隨著熱燙的疼痛感。一陣強大的衝擊，讓她整個人站也站不穩。正淑衝上前來，二話不說就賞了她幾個耳光。但即便已經動手打人，似乎仍無法讓正淑冷靜下來。只見她咬牙切齒，拿起自己的手提包就往妍雅的頭與身體打了起來。

「怎麼會有妳這種不檢點的女人？當初就是看妳像個婢女一樣聽話，我才答應這門婚事，結果什麼？搞外遇？就憑妳？妳怎麼敢讓我兒子丟臉？啊？」

「夫人，您這是做什麼？請不要這樣，請冷靜一點。」

在正淑的大吵大鬧之下，分行長跟玉次長趕緊跑上前來阻止正淑。

「放手！快放開我！這跟抹布一樣下賤的女人騙了我，我氣不過！怎麼敢讓我丟臉？敢這樣讓我兒子丟臉？妳知道就因為妳這賤女人，我在昨天的聚會上受到多大的羞辱嗎？」

「那只是謠言，不是真的。都是誤會！高次長都解釋清楚了，請您先把東西放下，先冷靜點。」

見正淑依舊揮舞著手中的手提包，分行長與玉次長趕緊抓住她的手。被怒氣沖昏了頭，整個人直跳腳的正淑，似乎根本聽不見誤會兩個字。分行長與玉次長幾乎是用拖的把她帶進分行長辦公室。

「我真是丟臉死了！唉唷，現在是要我怎麼有臉出去見人啊？都是因為她，因為那個賤女人……！到底是上哪找來這種人……哎唷喂呀。」

即使進到分行長辦公室，正淑依舊不停哀嘆。接待室裡來來去去的客人，都以極不友善的目光盯著妍雅，這也讓妍雅忍不住紅了臉。

「李代理，快回妳的諮詢室吧，這裡太多人了。」

玉次長走出分行長辦公室，並把失了神的妍雅帶進諮詢室。

「次長……」

高次長完成升遷考試回來後，隨即說明自己已經離婚，以及和張荷娜正在交往的事，但分行同事態度卻沒有太大改變。好像這一連串的騷動，都是因為姸雅行為不當所致，依舊沒有收回對她的批判態度。

「本來想讓事情就這樣過去，現在吵吵鬧鬧的，到底是在幹什麼？這樣下去，事情會傳進總行人事部監察室的耳朵裡。況且事情要是傳出去，其他VVIP客人不就會跑去別的分行了嗎？」

面對未來可能會遭遇的損失，玉次長比姸雅更加擔心。

「次長，誤會都已經解開了啊。高次長已經把事情都解釋清楚……」

「姸雅，妳真的這麼蠢嗎？妳覺得大家會記得他的解釋嗎？大家根本不關心這些，他們都只會記得我們分行發生過行員外遇醜聞。」

「次長，您怎麼可以這樣說呢？您一點都不擔心我嗎？我真的很委屈……」

這時，玉次長才正眼看了姸雅一眼。因為覺得要是哭了，就等於是自己向委屈低頭，因此姸雅已經決定不會哭，但眼淚依然在眼眶裡打轉，彷彿隨時都會奪眶而出。

「這裡是公司，哭什麼哭？」

玉次長冷漠的一句話，讓姸雅趕緊抬手擦去眼淚。

「嗚嗚。」

「外面很多人在看，妳今天先回去吧，我會跟分行長說。」

玉次長冷冷地轉身，氣惱地走出諮詢室，嘴上還不耐煩地抱怨：「到底是要怎麼樣啦！」

不知不覺，傍晚時分已經會吹起微微的涼風。看著逐漸被夕陽染紅的路樹，妍雅漫無目的地走著。狼狽地離開分行，她無處可去。雖想起允思跟浩允，但現在她不想見任何人。

四處徘徊的她，下意識朝著明確的目的地前進。看見不遠處坡道上的世賢高中大門，妍雅瞬間紅了眼眶。明知道他不在，卻還是覺得只要去那裡就能見到他。

「李妍雅，妳臉怎麼這樣？誰打妳了？是誰？到底是誰敢把妳的臉弄成這樣？」

總覺得他會比自己還要生氣。

「很痛吧？紅紅的地方讓我看一下。這樣臉上會不會留疤啊？」

總覺得他會用那雙大手捧著自己的臉，露出比自己還要痛的表情。

「志勳，我真的好委屈，難過得要死了。」

「那些人真是壞透了。明知道不是妳的錯，怎麼還可以這樣？要不要我去給他們一點顏色看看？」

「我跟高次長真的一點關係也沒有，你相信我吧？」
「當然啊！說這是什麼話？我哪會相信那種謠言？妳說不是那就不是！」
「志勳。」
「傻瓜，妳就是因為這樣在難過喔？笨死了，幹嘛為了這種事難過？妳又沒做錯事，抬頭挺胸啊！不要被做錯事的人踩在腳下。」
「志勳……」
「妳沒錯，這不是妳的錯。」
「好想你。」
內心沸騰的情緒化為淚水湧現。早已潰爛、早已滿目瘡痍、殘破不堪的廢墟，因為巨大的思念而逐漸恢復生機。如果是志勳，好像就會說這些話。不是妳的錯、妳沒有錯。是他們的問題，我去幫妳教訓他們。臭脾氣的他會氣得跳腳，大聲痛罵直到自己心裡變舒坦。
「志勳，你到底在哪裡？我好想你，真的好想你。」
只是把好想你幾個字說出口、只是承認自己的心情，彷彿就要被排山倒海而來的思念所淹沒。他不存在於所有人都背離自己的現實，實在令妍雅難以承受。
「好想你，你為什麼不在……」

雖然十四年來努力想忘記，卻怎麼也忘不了。她心裡一直都知道志勳已經死了，只是此刻這個事實比任何時候都要令她痛苦。

不久前你還在我眼前，還笑得那麼開心，為何現在你不在我身邊？

妍雅沒有擦去流下的眼淚，而是徑直往學校大門走去。現在才傍晚六點，距離晚上十二點還有一段時間，但她並不打算去其他地方等。她在左側操場邊緣的藤椅上坐了下來，隨後拿起手機打開風向程式，如望夫石一般坐在那裡等著畫面上顯示東風吹起。

噹——一、噹——二、噹——三、噹——四。

在掛鐘整點報時的鐘聲之下，妍雅一步步登上階梯。她從來沒有像今天這樣，如此迫切地渴望回到過去。她再一次檢視條件。

東風、右腳、十二點。

她已經多次確認過這個條件，不太可能有錯，但為了以防萬一，還是再確認了一次。今天如果無法回到過去看見志勳，她覺得自己似乎再也撐不下去。

噹——九、噹——十、噹——十一。

「拜託……」

心臟劇烈跳動，過度緊張讓她的腳有些不聽使喚，隨時都可能踩空。

噹——十二、十三。

階梯之間開始緩緩冒出白光，妍雅緩慢地閉上眼。

「志勳。」

閉著眼，隔著眼皮感覺強烈的白光在眼前閃現。光芒很快消失，妍雅才緩慢睜開眼。

首先映入眼簾的，是揹著背包的學生著急跑上樓梯的模樣。似乎是遲到了，一群學生正以一次跨兩階、三階的方式上樓。看女生們揹著LUCAS、LeSportsac、仿冒PRADA的背包，她才終於覺得自己是真的回到過去。

來了！終於回來了！

一股模糊的感動隱約浮現。

「還不快跑？李妍雅，妳在發什麼呆！」

一個冷冷的聲音在妍雅耳邊響起。蔡弘植老師拿著一根長長的棍子，一邊上樓一邊戳著她的肩膀。這下妍雅似乎知道，大家為何會跑得這麼急了。

蔡老師穿著舒適的棉褲配格子襯衫。他一頭短髮，表情十分嚴肅，但看上去還不到三十歲，依舊稚氣未脫。看到他，妍雅突然感到開心。

老師，你知道你以後會跟誰結婚嗎？

如今只有自己知道這件事，讓妍雅忍不住笑了。見她一笑，蔡老師隨即拿起棍子敲了她的頭。

「妳是吃錯什麼藥了？一大早就這麼開心？還不快給我跑起來？都超過八點了！」

「是，我知道了！」

她本來就打算趕緊跑起來，因為她想趕快見到志動，總覺得只有這樣才能治癒她潰爛的心。丟下睜大眼瞪著自己的蔡老師，妍雅趕緊爬上樓梯。一到四樓，便能看見右邊走廊盡頭的二年十二班班牌。往教室跑去的路上，她的心跳得十分劇烈。

打開這扇門，你會是什麼表情？看到我之後，你第一句說的話會是什麼？

一打開後門，妍雅隨即看向第一排最後一個位子。但無論是擺在那的空蕩坐位，還是三五成群的同學之間，都沒有志動。

「你應該知道吧？你怎麼可能不知道？」

第四堂課結束，午休時間開始的鐘聲響起。妍雅一刻也沒有遲疑地向坐在對面的浩允詢問。

「我就說了，我真的不知道。他不接手機，家裡的電話也不接。」

「他昨天都沒說嗎？例如家裡有事今天不會來學校，或是要去醫院之類的。」

「沒有，他什麼都沒講。」

「會不會是出什麼事了？要不要去問大禿？既然缺席，應該還是要先跟老師……」

「妍雅。」

浩允拿起課本往桌上拍了拍，並喊了妍雅一聲。

「嗯？」

「他又不是小孩子了，應該是有什麼狀況啦。既然老師也沒多說什麼，應該是已經有接到聯絡了。妳不要太擔心。話說，妳今天有點奇怪耶。」

「我怎麼了？」

「還問怎麼了？妳簡直像被主人丟掉的小狗一樣，一直在問志勳在哪？志勳在哪？妳是借他錢喔？怕被他賴帳喔？」

慶民代替浩允，把妍雅怪異的地方講了出來。

「真的拜託你們克制一點。一天沒見到面眼睛就會瞎掉是不是？」

這下連宇泰都跟著挖苦。妍雅瞪了他們兩人一眼，不甘地輕輕咬住自己的下唇。

回到二〇〇三年，過去的時間已經過了兩個多月，現在早已是七月，季節已經一腳跨入綠蔭濃密的夏日。學生們身上穿的，不知不覺換成夏季制服，教室裡充斥著潮濕悶熱的空氣與汗味，後頭兩支發出吵雜噪音的電風扇，正嗡嗡嗡吃力運轉著。

本以為一回來就能立刻看到志勳，本以為他會一直在那個位子上。然而四節課過去，志動的座位卻始終空蕩蕩。

妍雅再度拿起手機撥電話給志動。等待接通的訊號音持續不斷，卻沒能聽見她期待的聲音。

「不行，看是我出去等志動，還是要乾脆去他家一趟。」

妍雅放下手機站起身來，逕直往後門跑去。

「就跟妳說他沒事了。喂，李妍雅！妳應該知道沒有許可不能出校門吧？你們真的很奇怪耶。」

慶民的責怪傳入耳裡，妍雅卻充耳不聞，只顧著往樓下跑。穿過擠滿學生的操場往大門跑去，立刻便看到警衛大叔在門口巡邏。妍雅站在學校門口往坡腳看去，只見幾個人稀稀落落地在下面那些店家之間進出。但不管怎麼看，都沒能見到她朝思暮想的身影。

究竟發生什麼事了？

生病了嗎？

還是家裡發生什麼事了？

該不會又是他媽媽……

妍雅焦慮地咬著指甲，在大門口徘徊了好一段時間。她每隔一分鐘就探頭往外看一次，再加上不斷來回踱步的模樣，讓警衛大叔很難不去在意，甚至還幾次從警衛室走出來給她臉色看。

為什麼不接電話？你到底在哪裡做什麼？拜託，志勳。

就在妍雅咬著唇再次探頭往外看，只見遠方穿著短袖制服的男生，正緩緩爬上山坡往校門口走來。單肩揹著背包，再加上遠遠就能看見的高個子，顯然是個體格很好的男生。

「哈、哈……」

見遠方模糊的形體逐漸清晰，妍雅的眼淚幾乎要奪眶而出。她心情十分激動，想哭的衝動自體內最深處湧上心頭。她幾乎要喘不過氣，彷彿有誰緊捏著她的心臟。

志勳……

一看到志勳一手插在口袋裡，另一手撥著自己後腦頭髮的模樣，一直悶在胸口的情緒終於化作熱淚流了出來。妍雅情緒激動地控制不住自己，一下子衝出校門往志勳跑去。

「同學！妳要去哪？這樣是無故早退喔！」

警衛大叔揮舞著手中的棍子高聲喝斥，妍雅卻充耳不聞。

噠噠噠噠噠。

室內鞋踩在水泥地上的聲音傳來，惹得原本低頭的志勳抬起頭來。看見朝自己跑來的妍雅，他驚訝地張大了嘴。妍雅沒有放慢速度，一頭衝進志勳懷裡。雖然狠狠撞上志勳的胸膛，但她甘之如飴。雙手在志勳背後緊緊交疊，並把臉埋進他的胸口。強而有力的心跳聲，穿透襯衫傳進她的耳裡。那是溫熱血液在志勳體內不斷循環的生命之聲，也是他還活著的證據。

一直好想聽這個聲音。

「李姸雅，怎麼了？發生什麼事了？」

志勳張開了雙手，低頭看著緊抱著自己的姸雅。

「……沒事。」

姸雅低聲說道，頭埋得更深了。比起志勳說話的聲音，心跳聲更加如雷貫耳。

「什麼沒事？妳都哭了耶。怎麼了？發生什麼事了？」

極為渴望聽到的那些話語、只存在於想像中的話語，終於從志勳的嘴裡聽到了。

「誰弄哭妳了？哪個混蛋？嗯？」

「就那邊啦……那邊。」

「誰？是誰？哪個混蛋？他到底是講了什麼？怎麼把妳弄成這樣？」

激動的志勳趕緊把懷裡的姸雅拉開，雙手搭在姸雅的肩上，仔細查看她的臉。

「妳被打了嗎？」

被正淑打了三下巴掌，姸雅的臉似乎到現在都還有些紅腫。連她自己都忘了這件事，志勳竟一下就看出來了。

「是哪個混蛋？到底是誰？」
志動的聲音憤怒地顫抖著。
「如果知道是誰，你要去教訓他們嗎？」
「當然啊，我要把他們都宰了。妳儘管說，我絕對不放過他們！」
雖然不可能，但總覺得如果是真的志動，似乎就一定會這麼做。
口無遮攔地痛斥了好一陣子，志動雙手捧起了妍雅的臉。那是一雙又大又溫暖的手。
「很痛吧？」
妍雅點點頭。
「該不會留疤吧？我看還有刮痕耶。」
志動小心翼翼地轉著妍雅的頭，從不同角度查看她的臉。
「不知道。」
「沒關係，留疤又怎樣？反正我會要妳啦。」
妍雅噗哧笑了出來。
「難道妳以為有點疤我就不要妳了嗎？少做夢了，妳早就已經是我的了。」
那充滿自信的聲音從耳朵鑽進了心裡。
「先去保健室吧。刮傷的地方要擦藥，臉稍微冰敷一下，這樣才會消腫。」

志勳牽著妍雅的手緩緩爬上坡道。被志勳拉著，在後頭看著他稚氣未脫的背影，彷彿能看見要保護自己免受世上所有邪惡侵擾的強大堅韌。

「我就知道那兩隻蟑螂會這樣。早上沒看到人而已就鬧成這樣，現在又像強力膠一樣黏在一起了，真是有夠噁心。」

慶民站在教室窗邊，看著妍雅跟志勳抱怨。兩人正穿過操場往校舍走。站在一旁的浩允，則沒有任何回應。

「柳志勳那傢伙，說畢業之後就要跟李妍雅搬出去同居。真的是有夠煩人。」

「志勳有說喔？」

這下，浩允才終於轉頭看著慶民。

「是他自己在想啦。總之呢，那傢伙最近瘋狂在讀書，說以後要不靠他爸的幫助，要拿獎學金去讀大學。說要跟李妍雅上同一所大學，兩人找間房子一起搬出去住。他的夢也很狂耶，真的是活在幻想裡面。」

志勳不久前便經常會說畢業之後要如何如何。一下說一畢業就要跟李妍雅結婚，一下又說要拿獎學金讀大學。每一次他這麼說，浩允都只覺得是胡說八道，沒當一回事，沒想到志勳似乎非常認真。挫敗感再度抬頭，在浩允心底蠢蠢欲動。

相較於自己，對妍雅的心意、行動力、不挫折的熱情，都是志勳更勝一籌。但明明是他自己覺得友情應該先於愛情，因此主動放棄了妍雅。這份心意的大小，打從一開始就輸給志勳，事到如今這些可笑的情緒實在一點用處也沒有。

「但我覺得啊，他們應該也算是命中注定吧？多虧了李妍雅，柳志勳那傢伙真的變了很多。現在脾氣沒那麼壞，不會跟大家打架，還會提前擬訂計畫。李妍雅真的是把禽獸不如的傢伙感化成人耶。以前志勳真的是……要怎麼說，就像是放養在草原上的一條野狗。」

「沒錯，柳志勳現在比較有人性。」

「你們記得吧？我們國三的夏天發生他媽媽的事情，那時候他發瘋了好一陣子。」

慶民一說，浩允便開始回想起那個時期的事。當時浩允、慶民跟宇泰都不敢隨便跟志勳搭話。當時志勳不僅眼神凶惡，還渾身散發誰敢惹毛他就走著瞧的肅殺氣息。

「說不定就是這樣，柳志勳才會對李妍雅這麼執著。就好像小鴨從蛋裡面孵出來，會把第一眼看到的人當成媽媽一樣。對那個缺愛的傢伙來說，李妍雅可能就是一切。」

「……」

「總之呢，我這輩子都會一直盯著他們，看他們是不是到老都還這樣愛得死去活來。在旁邊看了這麼久，眼睛一直被攻擊，該看的不該看的都看了，沒看到最後我不甘心啦。」
「他們以後最好是不要給我分手還離婚喔。要是這樣，我絕對會把柳志勳這個王八打到半死。」
沒錯，自己的角色就是這樣，在旁邊看著比兄弟更親近的朋友，和自己曾經喜歡過的女生相愛終生。雖然偶爾必須承受這種心痛的感覺，但一想到這就是自己的角色，浩允便覺得舒坦許多。
「沒錯，到時候記得叫我，我也要揍柳志勳這混蛋一拳。」
浩允朝窗外看去，並淡淡地說了一句。妍雅與志勳互相拉拉扯扯，似乎正在打鬧。豔陽高照的運動場上，他們要是有誰先跑開，另一個就會趕緊追上去。只是無論是跑還是追，雙方都只是作作樣子。
「哎呀，看看他們。就是柳志勳這樣一天到晚綁著李妍雅，李妍雅才沒辦法認識女生朋友啦。」
「但最近好多了吧？她跟朴書庭似乎挺不錯的。」
「但女生友情的運作機制就不是這樣啊。她們應該要一起去福利社、一起去廁所、一起講秘密，可是李妍雅二十四小時都跟那傢伙黏在一起，除了允思跟多庭之外，還能交到別的朋友嗎？可能只是我們不知道，但肯定有不少私底下罵她的女生啦。」

聽完慶民這番話，一個想法突然閃過浩允的腦海。
「是因為這樣嗎？」
「什麼東西？」
「愛麗絲啊。」
浩允的一句話，讓慶民的臉色瞬間沉了下來，但浩允並沒有注意到他的怪異反應。
「什麼？啊……那個愛麗絲？」
「最近謠言又冒出來了，就那個聊天室的愛麗絲。」
「……什麼謠言？」
「你記得五月的時候，李妍雅說要抓那個讓自己揹黑鍋的犯人，跑去網咖聊天的事嗎？」
「哦，當然，當然記得。」
「那時候妍雅假裝是上班族說要抓犯人，進到聊天室裡跟愛麗絲約見面嘛，結果愛麗絲根本沒出現。」
「對啊。」
「後來愛麗絲突然就不見了，妍雅也沒繼續說什麼。我想說應該是謠言平息了，妍雅就決定吞下這口氣。」

「……然後呢？」
慶民的回答慢了一拍，與平時的模樣有些不同。態度總是輕佻冒失的他，總會在對方把話說完之前，就等不及把自己想說的話一股腦地說出口。
「最近那個謠言又開始傳了，所以我就進去天空之愛裡面觀察了一陣子，想說是不是那個愛麗絲的聊天室還在。可是根本沒有聊天室。既然沒有聊天室，那謠言到底是從哪裡來的？」
「是、是喔？」
兩人的對話短暫中斷，浩允轉過頭，迎上了慶民的視線。
「你覺得是誰啊？」
「不知道，應該是我們學校的學生吧？」
「到底是誰這麼討厭李妍雅，需要假裝她開那種聊天室？」
「我怎麼會知道？」
「但我可以確定一件事。」
「什麼？」
「當時在聊天室裡的愛麗絲，肯定是我們班的女生。」
「這你怎麼知道？」

「你不記得嘍？愛麗絲那時候不是說『葛格～你真的好有趣喔，比我們班的浮誇鬼好笑多了』嗎？」

浩允突然模仿起女生的口氣，把聊天室裡的對話唸了出來。

「這句話怎麼了嗎？」

「你是怎樣啦？我們班的浮誇鬼就是你啊！」

19 另一個嫌疑犯

妍雅牽著志勳的手，一起從中央大門走進校舍。在烈日下打打鬧鬧了一會兒，兩人正往廁所走去。

遠遠看到某人的身影，妍雅突然停下腳步。子賢抱著書站在一樓走廊盡頭，目光正盯著某個地方。

「志勳，等一下。你可以先上去嗎？我有事要找子賢。」

「嗯，妳別去做蠢事，趕快上來喔。」志勳瞇起眼瞪著她說。

真是要命，這個愛疑神疑鬼的傢伙。

志勳把背包揹好，用他的長腿大步大步走上樓梯。思念志勳的心情讓妍雅太難過，因而衝動地來到過去。但既然都來了，她還是有事要做。就如未來的子賢告訴她的，她必須找到讓自己揹上援交污名的始作俑者。

志勳一走出視線範圍，妍雅便趕緊朝子賢走去。子賢正專注地看著什麼，絲毫沒注意到有人正在靠近自己。子賢緊盯著教師辦公室內，順著她的目光看去，果不其然就看見蔡老師正在備課的背影。妍雅知道，那不是青澀膚淺的感情，未來這份心情說不定還會跟著子賢長達十年。她現在可以明白未來的子賢說自己當時被初戀沖昏頭，究竟是怎麼一回事。

這時，蔡老師從位子上站了起來走出辦公室，子賢似乎也嚇了一跳。老師發現站在辦公室門口的子賢跟妍雅，便拿起棍子一邊敲著自己的肩，一邊露出嚴厲的神情。

「崔子賢、李妍雅，現在幾點了？」

「距離第五節課還有十分鐘，現在還是午休時間。」

子賢的口氣十分冷淡，臉上不知何時已經換上女高中生的臭臉面具，彷彿對世間的每件事都有意見。

「但現在也應該要回教室準備上課了，不、是、嗎？」

老師最後的質問刻意加重語氣，還拿起棍子輪流敲了敲她們兩個的頭。

「很煩耶！打頭會讓人變笨，你不知道嗎？」

子賢皺起眉頭摸著自己的頭，沒好氣地頂撞了回去。老師沒有打得很大力，反應實在不需要這麼大。

「妳還有變笨的空間嗎？」

「我要是因為老師變笨，老師要負責嗎？而且我是有國文的問題要問林老師，所以才來辦公室的。」

「妳一天到晚跑來找林老師，但怎麼國文成績還是那樣？」

「什麼？老師，你有看過我的國文成績喔？」

「妳喔，我就是看林老師不知道為什麼那麼生氣，所以才看了一眼是誰的成績。多讀點書啦，拜託。問過一次的東西就趕快記起來，真不知道以後誰會娶到妳。」

這個嘛，應該是老師會娶到她吧。

蔡老師沒再繼續理會兩人，而是逕自離開了。子賢摸著被棍子敲的地方，一臉恍惚地盯著老師的背影看了好一陣子。

「妳不進去喔？」

妍雅一問，她便立刻回過神來，露出一臉「妳在說什麼」的表情。

「妳不是跟蔡老師說，妳是來問國文的嗎？」

「那個喔？沒有啦，算了，我已經知道答案了。」

子賢不耐煩地丟下妍雅，自顧自地走開，妍雅則趕緊跟了上去。

「我都知道。」

「什麼？」

子賢連看也沒看她一眼，只是快步穿越走廊，一副她根本不在乎妍雅究竟知道什麼的態度。妍雅往前跨了一步，一把拉住子賢的手臂。
「妳喜歡蔡弘植老師，還有在蔡老師的介紹之下開始玩樂團，還有妳是仙境的愛麗絲，在樂團練習室裡面換衣服，被中式餐廳的外送員看到，以為是在援交，還傳出謠言的事。」
不需要什麼前情提要，妍雅一股腦地把秘密全說了出來。在毫無防備的狀態下遭受攻擊，子賢驚訝地瞪大了眼睛。
她肯定沒想到。
「妳、妳……怎麼會……」
還會是怎麼知道的？都是從未來的妳那裡聽來的啊。
「我知道妳現在在想什麼。才沒有人在做什麼援交，這一切都是誤會，但要是說出來，妳擔心會影響到蔡老師，所以才會一直保持沉默。」
「妳到底是怎麼……」
「但這樣下去妳真的會後悔，妳可能會後悔十四年。」
「哪、哪會！」
是不是有人說過，人驚訝過度就會喪失語言能力？子賢現在就正好是這個狀態。她的喉嚨像是卡住一樣，連氣都沒能好好吐一口。

「真的會。」

「……」

「妳得幫幫我。」

一瞬間，一號嫌疑犯就成了一號助手。

「就說我不知道了！」

地下一樓的音樂室裡，充滿防備的尖銳嗓音在空蕩蕩的空間裡迴盪。妍雅才剛開口說要她幫忙找犯人，子賢卻立刻回說她什麼都不知道。她跟著妍雅來，是因為剛才發生的事讓她大受衝擊，同時內心也有許多疑問，但她似乎更不想參與這件事。

「妳不知道，那誰會知道？」

「不是啊，妳為什麼覺得我會知道？」

「因為妳一下子就發現，聊天室裡的愛麗絲是假的啊。而且從那之後開始，妳肯定是每天來上學都會一直觀察大家，想找出到底是誰。」

似乎是被說中了，只見子賢咬住自己的下唇。

一開始是被嚇到了。被外送的男生誤會，逐漸被謠傳成援交的時候、聊天室出現假愛麗絲的時候，她都嚇得差點暈過去。然後權俊碩說聊天室的愛麗絲是李妍雅，還到處去說她透過聊天室找援交對象的時候，罪惡感在她心底的角落逐漸發酵。與此同時，她也感到好奇。

「到底是誰？是誰假扮愛麗絲？」

所以當子賢從吳素拉那裡聽說聊天室愛麗絲的謠言時，才會露出怪異的表情，怪到十四年後吳素拉都還記得清清楚楚。

「對，沒錯，我一直在觀察大家。我想知道究竟是誰讓妳揹黑鍋，究竟是誰對妳有這麼強烈的惡意。」

子賢意外地輕易吐露真相。當人越是保守秘密，那個秘密的分量就會變得越大。對子賢來說，確實也想找個人吐露秘密，讓自己心裡輕鬆一點。

「妳有懷疑的對象嗎？」

「我有過幾個想法。到底是誰對妳抱有這種惡意、到底是誰這麼討厭妳。」

「……」

「不曉得妳有沒有類似的想法，但我最先想到的是跟柳志勳有關的事。」

「志勳？」

「柳志勳很受歡迎，喜歡他的女生很多。應該會有人想要讓妳成為謠言的主角，想辦法讓妳跟柳志勳分手吧？」

「喜歡志勳的女生有這麼多嗎？」

妍雅知道一年級有幾個學妹，還有其他幾個女生一直都在追著志勳跑。但她以為那只是類似喜歡藝人或偶像的憧憬。從來不覺得有誰對志勳是抱持著對異性的喜歡，以至於會把她當成情敵。

「什麼啊？妳這麼沒有自知之明喔？也是啦，根本不會有人跟妳講這種事。喜歡志勳的女生很多，非常多。」

妍雅這才覺得子賢的推論有道理。是不是有誰說過，純粹的惡與純粹的善其實相差無幾。十八歲，因為單純到近乎純白的惡意而團結的孩子們，心中沒有一絲罪惡感，完全能夠只為了一個目標而做出這種事。

「所以妳覺得，喜歡志勳喜歡到非要讓我揹黑鍋的人是誰？」

似乎是擔心牽連到無辜的人，子賢顯得有些猶豫。但在妍雅催促的眼神注視之下，她為難地開口。

「裴友莉。她應該從國中開始就很喜歡志勳了，以前還曾經到處去說她喜歡志勳的事，聽說她還組了一個類似後援會的東西。」

妍雅一下便想起她的臉。她的個性很開朗，跟班上的同學都處得不錯。很關心大家，總是把大家的事情當自己的事，很愛出手幫忙別人。身高跟體格都比同年的女生要高大許多，不過五官非常深邃，只要瘦下來肯定是個美女。她充滿活力又活潑，一直是籃球社的經理。仔細想想，上次體育課打雙人躲避球的時候，她還剛好跟志勳一組。

「我都不知道。」

「當然啊。妳是柳志勳的女朋友，誰會把這種事告訴妳？這根本只會製造誤會。」

妍雅開始回想雙人躲避球時的事。躲在志勳身後的裴友莉是什麼表情？記得當時自己曾經吃醋，說不定是下意識感覺到裴友莉的感情。

「好，我知道了，裴友莉是真的喜歡志勳。但裴友莉有陰險到會讓我揹這個援交的黑鍋嗎？」

「這部分我也不敢確定，所以才不敢跟妳說。從謠言來看，那個聊天室裡的愛麗絲非常會說謊，而且還很厚臉皮，感覺裴友莉不會這樣。她很喜歡看浪漫愛情小說，應該是個單純且感性的人。」

似乎對自己的看法也沒有信心，子賢說話越來越小聲。

「總之，只有妳知道這一切的真相。崔子賢，妳以後要幫我。」

妍雅一臉真誠地一把握住子賢的手。她所知道的事情實在太有限了。除了志勳的朋友和允思、多庭之外，她還需要有一個人幫忙，以從更多不同的人那裡獲取情報。她利用子賢的罪惡感提出這個要求，也相信子賢絕對不會拒絕。一想到未來的子賢足足被罪惡感折磨了十四年，就覺得這麼做對彼此都好。

「好，畢竟我一直沒有出來講話，我也有錯。」

「謝啦。我也會積極協助妳，我們互相幫忙。」

「妳有什麼好幫我的？」

「我一定會幫忙促成妳跟蔡老師。」

子賢不屑地哼了一聲，便搶先離開音樂室。

跟子賢一前一後回到教室，妍雅掃視全班，很快找到了裴友莉。裴友莉正在窗邊跟志勳聊天。不知在開心什麼，只見她笑得顴骨都要飛上天了。開始注意裴友莉的舉動之後，便能看到一些之前沒注意的事情。裴友莉是多麼專注熱情地在跟志勳對話、是多麼想繼續吸引志勳的注意力。還有……靠在窗邊背對著陽光的志勳是多麼耀眼，那微笑是多麼的引人注目。同時她也注意到，自己是什麼樣的心情。

看著兩人對話的樣子，妍雅突然心跳加速，感覺一陣燥熱，連呼吸都急促了起來。

這是怎麼回事？

妍雅朝志勳跟裴友莉走去。兩人似乎都沒察覺到她靠近，依然專注地聊著天。

不知是什麼原因讓妍雅突然猶豫了一下。

連自己都無法理解自己，讓妍雅忍不住笑了出來，隨後便繼續往兩人的方向走去。但奇怪的是，她邁不開步伐，心情也非常沉重。她有一股衝動，想要打破志勳與裴友莉兩人之間的連結。

該、該不會……

是啊，以前的我曾經是這樣的。

那青澀的、早已被遺忘的記憶逐漸湧上心頭。十四年前的夏日，脫殼的蟬叫得震天價響。

對，沒錯，以前其實是姸雅自己吃醋吃得比較凶。

二〇〇三年七月，十八歲的姸雅像一陣風一樣，一把推開教室後門衝向志勳。稍早還提心吊膽地期待成績單發下來，結果一看到自己的排名便瞬間愣住了。阿姨跟姸雅約好，期末考的成績要是夠好，就同意她在暑假時跟大家一起去溪谷玩。才一拿到成績單，姸雅便毫不猶豫地打電話給阿姨。得到阿姨的同意之後，她希望能讓志勳第一個知道這個好消息。但志勳跟裴友莉正靠在一起，專心地不知在討論什麼。

姸雅像支離弦的箭飛奔到志勳身旁。

「志勳，我跟你說，那個旅行啊，我阿姨同意了！」

「是喔？哇，太好了。」

志勳只對她笑了一下，視線又立刻轉回放在他跟裴友莉之間的筆記本上。妍雅偷看了一眼，那是校際籃球比賽的賽程表。他們似乎是在討論暑假期間要舉辦的籃球比賽。

「那個，我阿姨——」

「好，妍雅，妳等一下。可以把三班的崔有成跟五班的咸鎮宇放進選手名單裡。」

「咸鎮宇前陣子扭傷腳啦，把他拿掉比較好吧？」

「是喔？這傢伙真的是喔，我一直在叮嚀他要小心。」

志勳打斷妍雅的話，忙著跟裴友莉討論球賽的事。這讓妍雅覺得丟臉極了。雖然難過，但兩人討論得非常認真，她也只能留下一句「那之後再說」便轉身離開。

一個人放學，連腳步都沉重了起來。妍雅被憂鬱的心情籠罩，整天都有氣無力。她拖著腳步往校門走去，志勳就站在前面等著。雖然有一瞬間感到雀躍，但她並不想表現出來，只是裝作沒看到走了過去。

「幹嘛？妳跑哪裡去了？下課時間也都不在位子上。」

正如志勳所說，妍雅很不開心，整個下午都在躲著志勳。志勳一如既往問話的口氣，也實在令她惱火。沒有理會追在身後的志勳，妍雅自顧自地加快腳步。

「喂，李妍雅！妳幹嘛？在生我的氣喔？」

對，在生氣。氣了一整天，妍雅卻不知道這股情緒究竟是什麼。如今志勳精準地說出了她心裡的感受，反倒讓她更生氣。

「妳幹嘛啦？」

見妍雅沒有回應，志動一把拉住她的手，硬是讓妍雅轉過身來面對自己。

「我沒生氣啊。」

妍雅緊抿的唇、緊皺眉頭的神情，額頭上明明白白地寫著「生氣了」幾個字。都已經這樣了還否認自己生氣，讓志動忍不住笑了一聲，但妍雅還是不想承認，因為很傷自尊。

「那妳怎麼這個臉？」

「我的臉怎麼了？」

「一副就是生氣的樣子啊。」

志動一臉疲憊地皺著眉頭。瞬間，妍雅感覺自己的心沉了下來。

什麼啊，我生氣有讓你這麼累嗎？變了，你變了！

妍雅甩開志動的手甩頭就走。雖然聽見志動在她身後喊：「李妍雅！」但志動並沒有追上來。

隔天，妍雅因為沒頭沒腦地對志動生氣而感到抱歉。上學途中都一直在想，要怎麼主動跟志動搭話才好。

好，就在第一節下課的時候假裝沒事去跟他講話吧。

一到下課時間，妍雅便決定先去廁所再回來跟志動說話。就在她走向在教室後面的志動時，裴友莉又搶先喊了志動。

「喂，柳志動，你在那邊幹嘛？我們的賽程表出來了。」

「真的喔？在哪裡？我們第一場是跟誰打？」

「北城高。」

「真的嗎？哇，可惡，怎麼偏偏是北城啦？北城的主將是誰？」

「完蛋了，主將是……」

志動快步走到裴友莉身旁，兩人很快熱烈地聊了起來。大比賽即將來臨，志動如此認真投入的模樣，卻讓妍雅暗自覺得有些落寞。仔細想想，志動好像曾經說過，一年級的時候除了睡覺跟上課之外，他剩下的時間都在運動。

那這些日子以來，他都是因為我而沒辦法去做他最喜歡做的事嗎？

一想到這裡，妍雅心底便有一股奇怪的情緒逐漸萌芽。那樣激動的神情，真是好久沒見到了。一想到志動那興奮的神情是跟自己以外的人共享，她便覺得有些難過。妍雅盯著志動跟裴友莉看了好一會，突然感覺腦袋一陣抽痛，整顆頭開始發熱。從昨天開始就一直這樣，應該是感冒了。

「妳哪裡不舒服嗎？臉很紅耶。」

浩允擔憂地問道。

「有嗎？」

用手摸了摸額頭跟臉頰，才發現自己在發燙，似乎是真的發燒了。

「妳是不是該去一趟保健室啊？現在是夏天，天氣這麼熱，連笨蛋都不會感冒，妳該不會感冒了吧？」

「可能吧。」

「我幫妳跟班導講，妳趕快去保健室。」

在浩允的催促之下，妍雅起身離開座位。走出教室之前，她又看了志勳一眼，但志勳依舊專注地在跟裴友莉討論籃球比賽的事。

「李妍雅跑哪去了？」

下課鐘聲響起，志勳隨即抓著允思詢問妍雅的下落。第二節一整堂課李妍雅都不在座位上，雖然傳簡訊問了她去哪，卻始終沒得到回應。

「妍雅？她人不舒服，應該在保健室休息吧。」

「不舒服？哪裡？怎麼了？」

「不知道。天氣這麼熱，她好像還是感冒了，居然還發燒耶。」

聽完允思一番話，志動便像火箭一樣衝出教室。來到保健室打開門，發現最裡面那張床的簾子是拉上的。有別於吵雜的校園，安靜的保健室裡，正不斷發出低低的啜泣聲。志動來到床邊，一把將簾子掀開。

「生病嘍？」

志動一眼便注意到，聽見自己的聲音，拉起棉被將頭完全蓋住的妍雅似乎嚇得震了一下。

「妳在哭喔？很不舒服嗎？」

志動再度詢問，妍雅雖沒有任何回應，但還是能聽見拚命忍住哭聲的細微嗚咽。

「喂，到底是哪裡不舒服？有多不舒服才讓妳這樣？是發燒了嗎？」

「……走開。」

妍雅這才終於出了聲，那聲音還帶著一點哭腔。聲音非常細小，要是不仔細聽，恐怕還聽不清她在說什麼。

「妳就在不舒服，我是要去哪裡？」

志動一把拉開棉被，便看見妍雅漲紅著臉，不知究竟是因為發燒，還是因為哭得太凶。妍雅趕緊甩開志動的手，重新拉起棉被，轉身背對志動。

「我只是生病啦，睡一下就好了。」

雖然妍雅裝成沒事的樣子，志勳卻沉默不語。一陣短暫的沉默過去，志勳才動手拉了把椅子過來坐在床邊。

事到如今志勳才來假裝擔心她，妍雅可是一點都不領情。

「我叫你走開！」

明明在教室裡根本不把她當一回事。

「走開啦！不要待在這裡！」

她不知道自己為何要這麼大聲。她只是生氣，只是非常生氣，覺得自己氣到頭頂都冒煙了。

「因為妳生病，所以我不跟妳計較，快睡吧。」

志勳似乎是拿起保健老師平常看的雜誌來翻，妍雅聽見翻動書頁的聲音在耳邊響起。妍雅很生氣，又感覺腦袋一陣燥熱，整顆頭都在抽痛。但不知為何，她突然有一股懶洋洋的感覺，接著便逐漸有了睏意。沒過多久，妍雅便昏昏沉沉地睡著了。

睡了甜美的一覺，妍雅睜開眼睛，感覺身體輕鬆許多。摸了摸自己的額頭跟臉頰，原本燙手的溫度似乎稍微降下來一些。志勳原本坐的地方空無一人，看來是因為不能缺席而回去上課了。看了看時鐘，才發現不知不覺已經接近午餐時間。肚子咕嚕嚕地叫了起來，妍雅在生理時鐘的驅使之下打開保健室的門準備離開，卻沒想到志勳就站在門前。似乎是

第四節課才剛下課他就衝了過來，只見他還大口大口喘著氣。

「有睡飽嗎？現在好多了嗎？」

看著志勳的臉，姸雅卻說不出一句好聽的話。

「你從什麼時候開始在乎我了？」

消退的熱度彷彿再度捲土重來。姸雅用手背摸了摸額頭跟臉頰，果不其然，又是熱呼呼的。

「妳幹嘛又講這種話？是怎樣？還在發燒喔？」

「嗯，我好像還沒好。」

「要是真的受不了就直接講，說妳不喜歡我跟其他女生說說笑笑。」

志勳若無其事地扔下這麼一句話，便率先走開了。姸雅停下腳步，驚訝得一句話也說不出來。

「什、什麼？」

「妳之前也是這樣啊。就是我被別人騙去跟正信女高的女生聯誼的時候。」

「什麼意思？」

「妳那時候也是又發燒又吐的，整整病了四天。」

啊……姸雅似乎終於明白了。

她在吃醋，而且還是瘋狂吃醋。連她自己都不知道的嫉妒，引發了這樣的身體反應，志勳卻早就注意到了。

「等等，那你是明知故犯嘍？」

「嗯，當然啊，我怎麼可能不知道？只要我跟其他女生走得近一點，你就會生氣、鬧彆扭，最後又發燒又生病，鬧得不可開交。」

志勳的口氣依舊平淡，臉上甚至還帶著笑容。

「你……你這傢伙！你真的很可惡！壞蛋，我要殺了你！」

所以你一直都在捉弄我，是吧？

妍雅握著拳頭，毫不留情地捶打志勳。被人發現自己在吃醋、被發現自己竟有這麼喜歡志勳，實在是令她丟臉到想死。

「哎呀哎呀，好了啦，很痛。會痛，真的會痛。是因為覺得妳可愛啦！吃醋的樣子很可愛嘛！」

「這叫可愛？生病發狂叫可愛？你真的是！我絕對不放過你！」

雖然被妍雅痛打好久，但志勳臉上那開心的笑容卻始終沒有消失。

原來我曾經有這麼喜歡你。連你短暫跟其他女生相處都受不了，會用盡自己全身的力氣去吃醋。

原來我真的喜歡過你。

看著跟裴友莉有說有笑的志勳，妍雅摸了摸自己熱燙的臉頰。她深刻感受到雖然心智年齡是三十二歲，但身體依舊只有十八歲。看見志勳會心跳加速、會因為吃醋而發燒，都是十八歲的身體才有的反應。十四年前的自己，當時的自己，整個世界都充斥著志勳，身上的每一個細胞都渴望著志勳。

即使回到現在，也會因為思念你而落淚的我，究竟是十八歲，還是三十二歲？

妍雅甩了甩頭，試著穩定自己動搖的心。她沒有時間沉浸在感性之中，她不能忘記來到過去的目的。她要找到讓自己揹上援交污名的始作俑者，還必須要導正過去。這樣才能夠扭轉自己一片狼藉的人生。

穩定心情後，妍雅看著裴友莉。就如子賢所說，她看著志勳的眼神非常熱情。

裴友莉真的是犯人嗎？

「啊，妍雅來了！」

感覺到妍雅的注視，裴友莉有些洩氣地笑著說。

「下禮拜六有籃球比賽，是我們學校對北城高，我們正在講這件事。」

雖然她根本沒問，但擅長察言觀色的裴友莉主動解釋起現在的狀況，這個舉動是為了不要引起不必要的誤會。妍雅發揮自己在銀行任職六年累積的觀察能力，目不轉睛地盯著裴友莉的眼睛，但絲毫沒有發現她想隱瞞任何東西。

「嗯，好，你們繼續聊吧，我等等再跟志勳說就好。」

聽見妍雅這麼說，志勳點頭表示明白，便繼續跟裴友莉一起畫對戰表，專注討論比賽。

「妳沒關係吧？」

這時，書庭上前來拍了拍妍雅的肩。

「什麼？」

「柳志勳跟裴友莉……」

「當然沒關係啊。」

喂，十八歲的李妍雅，妳到底是有多愛發神經，才會讓裴友莉跟書庭都是這種反應？吃醋也該有個限度吧？

妍雅多少覺得有些丟臉，尷尬地搔了搔頭。仔細想想，書庭跟裴友莉算是很要好。她們的姓氏注音都是「ㄆ」開頭，所以點名表上的座號是相鄰的。也因為這樣，實驗課她們經常被分到同一組。

「書庭，妳知道裴友莉以前喜歡柳志勳的事嗎？」

「啊，呃……嗯，知道。」

「聽說她還組了一個後援會，她現在還喜歡志勳嗎？」

「哎呀，沒有啦。」

書庭不顧自己手裡還拿著藍筆，趕緊擺了擺手。

「她說沒有了嗎？」

「對啊。她知道志勳現在跟妳在交往，所以……而且裴友莉雖然是曾經喜歡過志勳，但該怎麼說呢，那只是像瘋狂追星的感覺啦。就像喜歡小說或漫畫人物一樣。」

「志勳不是明星，也不是小說或漫畫裡的人物，而是現實裡活生生的人，憧憬也有可能轉變成愛慕啊。」

「要是這樣說的話，那她也喜歡姜浩允跟崔有成嘍？裴友莉她喔，很外貌協會啦……只要看到帥哥就會有反應，還會表現出很喜歡的樣子……」

「真的是這樣嗎？」

「而且……啊，友莉以前曾經說過……志勳跟妳兩個人真的很配……她說她也想談像你們一樣的戀愛。」

「是喔？」

「她說等她以後成為作家，一定要把你們的故事寫出來。」

姸雅想起從允思那裡聽來的同學近況。

「啊，對了，妳記得裴友莉吧？塊頭有點大又愛管閒事的那個，她超愛看浪漫愛情小說啊，老是在上課時間偷看，看到不小心哭出來結果被老師罵，記得嗎？她現在變成浪漫愛情小說作家了！她的小說超紅，聽說很快就要拍成連續劇了，書名好像是叫《初戀的回憶》還什麼的。」

妍雅沉浸在思緒裡。如果書庭的話屬實，而且裴友莉真的成了作家，把妍雅跟志勳的故事寫成小說，那裴友莉應該就對她沒有敵意。如果裴友莉真是犯人，就不會蠢到把故事寫進書裡，承擔自己的惡形惡狀可能暴露在大眾之前的風險。

「啊，妍雅……我要去一下廁所……剩兩分鐘就要上課了。」

書庭露出像小狗一樣善良的笑容，隨後起身離開座位。妍雅將腦海中「犯人裴友莉」幾個字用力劃掉。好不容易找到的「二號嫌疑犯」，看起來也沒有嫌疑。她再度感到茫然，重重嘆了口氣。

「咦？」

隨意往書庭桌上一看，她卻突然感到有些疑惑。她轉頭看了看書庭走出後門的背影，隨後又再度看向書庭的桌子。記得剛才書庭拿的是藍色的原子筆，她沒有把筆放在桌上，直接拿著去廁所了。

但為什麼現在，書庭的筆筒裡也有一支藍色的原子筆呢？

20 所有人都很可疑

「她應該多買了一支吧？」

「沒錯，應該是之前那支快用完了，所以她才先買了一支起來。」

「但為何兩支筆的水都還剩那麼多。」

「還是因為她很喜歡藍色？」

放學路上，正值盛夏的七月，即使已經接近傍晚，天色依然很亮。妍雅正在把她對書庭那兩支藍筆的疑問告訴志勳。但志勳聽了她的話，似乎也不覺得有什麼問題。

「不，一定不是這樣。」

妍雅覺得自己的頭在抽痛。她實在越來越弄不清楚了。本來就已經為了找犯人而思緒混亂了，現在還有了新的問題。

「難道她當時真的有偷筆嗎？」

上次回到過去的時候，妍雅曾經幫助被誣賴是小偷的書庭。當時摩亞文具店的老闆娘，因為書庭口袋裡面的那支藍色原子筆而把她當成小偷，書庭則辯解說那是她前一天買了放在口袋裡的。

其實無論是姸雅還是文具店老闆娘，都不能確定書庭究竟有沒有偷東西。但姸雅沒想到，她現在竟發現書庭真的有可能偷了東西。

姸雅頭痛欲裂，感覺好像有誰拿針在戳自己的腦袋。如果書庭說謊，如果她明明偷了筆，卻還一臉天真地騙過她，那不就表示她可能很擅長說謊嗎？那她也很有可能以愛麗絲的名字出現在聊天室，假裝自己有在做援交。

但為什麼？她為什麼要這樣做？

「唉，那書庭真的有可能是小偷。」

聽見姸雅這樣唉聲嘆氣，志勳漫不經心地轉頭看著她。

「不要在這邊猜，要不要直接問她？」

「問誰？問書庭嗎？」

「嗯，與其在這邊抱著頭煩惱，懷疑好朋友是小偷，還不如直接問清楚比較好吧？只有書庭才知道答案，妳一個人再怎麼想也只會更懷疑她，能想出什麼答案嗎？」

志勳明快的提議，令姸雅有些啼笑皆非。她苦笑著說：

「有時候我覺得你真的很了不起。」

志勳的個性單純且直接，這樣直率的個性也經常讓他挨罵。她曾經罵志勳恣意妄為、目中無人，根本是單細胞的阿米巴原蟲。但此刻，她卻覺得志勳這樣的性格讓她舒服極了。

「哪裡？」

「你不會繞圈子啊，一直都是直線前進。」

「幹嘛繞圈子？路就在前面，直走就對啦，何必那麼辛苦？」

突然，妍雅想藉著志勳這樣的個性拜託他一件事。

「我跟你說，之後啊，如果我們遇到同樣的情況，你也可以像現在講的這樣去做嗎？」

「什麼狀況？」

「如果你懷疑我的行為，覺得我好像在說謊的時候。」

即使你曾經說過除非親眼所見，否則什麼都不會相信，但當你「看到什麼」而決定轉身離開我，因而讓我被霸凌的時候，希望你能這麼做。

「到那個時候，你可以來直接問我嗎？不要一個人在那裡誤會。」

突如其來的請託，讓志勳感到疑惑且不能理解。但他還是笑著撥亂妍雅的頭髮。

「妳喔，我當然會啊。妳是要做什麼奇怪的事嗎？幹嘛講這種話？」

「以防萬一啊，人的事很難說嘛。所以你一定要遵守現在的約定，一定要記得喔。」

「知道了。」

「不要隨口答應我，你一定要記住，一定喔，要答應我。」

「好。」

現在的約定，不曉得志勳以後會不會記得。也不知道這句話能否改變過去，或是維持原本的發展。但妍雅依舊迫切地在心中默唸了無數次。

一定要記得跟我的約定，一定要記得，一定要。

妍雅跟智勳來到舍堂站。妍雅跟志勳說今天就在這邊分開，志勳卻追問她今天要做什麼。妍雅敷衍說跟阿姨有約，送走了志勳之後，便依照原路折返。她來到學校附近常去的網咖，來到最角落的位置坐下。

不管怎麼想，她都覺得不該隨便懷疑班上的同學。像以前一樣，到聊天室找假愛麗絲，試著挖出跟身分有關的線索似乎更快。現在才五點半，上次人是超過八點才出現，她可能得等上一段時間。一連上聊天室，她便發現肚子咕嚕咕嚕叫了起來。妍雅到櫃檯點了泡麵跟餅乾，準備因應接下來的長期抗戰。

時間流逝，網咖的電腦螢幕上顯示「十點半」。妍雅一再重新整理視窗，卻依然沒有。她已經足足等了五個小時，但聊天室清單中卻連愛麗絲的「愛」字都沒看見。她並不期待能立刻找到愛麗絲，但都已經等了五小時卻一無所獲，想到自己這樣白費工夫，妍雅便覺得精疲力盡。

該怎麼辦才好？直接回家嗎？不，如果愛麗絲很晚才出現的話……

就在她天人交戰之時，畫面上跳出了一個視窗。

「普通的男高中生申請跟您聊天，要接受嗎？」

普通的男高中生？

這個帳號簡直像在模仿自己，讓妍雅覺得有些奇怪，但還是答應了邀請。一按下同意鍵，對話視窗便跳了出來，普通的男高中生立刻丟了一個「^^」。

「普通的男高中生：等到這麼晚，真是辛苦了。」

「普通的上班族：？」

「普通的男高中生：我有件事想跟你說，所以才邀請你聊天。」

「普通的上班族：你認識我嗎？」

「普通的男高中生：當然啊，我一直在注意你。」

這又是怎樣？

妍雅伸長脖子在網咖裡張望，完全沒看到任何可疑人物。只能看到一群男生整個人像要埋進螢幕裡一樣，認真打著遊戲的背影。

「普通的上班族：你一直在注意我？為什麼？」

「普通的男高中生：因為覺得你在白費力氣。」

妍雅的心臟狂跳。普通的男高中生知道她就是普通的上班族，也知道她在找愛麗絲。

「普通的上班族：什麼白費力氣？」

妍雅敲著鍵盤的手微微顫抖著。

「普通的男高中生：這一個月來我也一直在聊天室裡等，想說愛麗絲可能會出現。」

「但都沒等到。跟我們約在方背站碰面的時候，她可能察覺到什麼了吧。我在天空之愛窩了超過一個月，都沒看到愛麗絲。」

一個聲音突然傳進耳裡，讓妍雅嚇了一大跳。猛然轉頭一看，發現是浩允面帶奸詐的笑容站在身後。

「喂！嚇死我了！我差點要被你嚇瘋。」

妍雅大受驚嚇，拚命拍打浩允的背洩憤。

「喂喂喂喂喂，很痛耶！」

明明就不痛，還在那裡裝。

「搞什麼，你什麼時候來的？」

收回眼神裡的殺氣，妍雅問道。

「這個嘛，大概兩小時前？我打完遊戲本來想回家，就看到妳躲在這裡。所以我才親自來告訴妳，叫妳不要白費力氣。」

「這不是白費力氣，上次我也是花了三天才找到她。我今天也已經做好覺悟，知道自己有可能撲空才來的。」

妍雅站起身來關掉電腦。長時間待在空氣不流通的地方，讓她的頭有點痛，喉嚨也覺得不太舒服。

「我剛才說了啊，我每一次來打遊戲都會進去天空之愛找那個聊天室，但真的從來沒看到愛麗絲出現。」

浩允爬上階梯，一邊解釋他追蹤了一個月的結果。來到外頭，雖然依然悶熱潮濕，但迎面而來的空氣確實比剛才舒服許多。一直坐在同一個地方，脖子跟腰都很僵硬。姸雅伸展了一下，活動自己的關節。

「她只是目前都沒出現而已，不代表以後不會出現。其實除了這樣做之外，我也沒別的辦法能找愛麗絲了。」

「這個嘛，我覺得應該有其他方法喔。」

浩允話才說完，姸雅立刻眼睛一亮。

「什麼方法？」

「最近又開始有謠言了，妳也知道吧？」

雖然姸雅不知道，但她還是先點了頭。

「嗯。」

「也知道那個愛麗絲是我們班的女生？」

「嗯。」

「也知道我們跟愛麗絲約在方背站見面那天，池慶民有點奇怪？」

果然，浩允在對面的咖啡廳，也看到慶民有些奇怪的反應。

「你也看到了嗎？」

「嗯，我一直都在問池慶民，問他到底在麥當勞旁邊的巷子看到什麼。但這傢伙，每次講到這件事就刻意轉移話題。不管怎麼問，他都說他什麼也沒看見，一直鬼扯什麼老鼠的。」

「他也跟我這樣講。」

「但後來我突然有一個想法。」

「什麼想法？」

「那個時候，他是不是看到他喜歡的女生了？」

「池慶民喜歡的女生？」

「嗯。」

「他不是只要是女的都喜歡喔？他不是喜歡吳素拉還是崔仁京嗎？」

「他只是假裝的啦。假裝很隨便、只要是女生都喜歡的樣子，他從以前就一直是這樣，絕對不會把他喜歡的女生掛在嘴邊講。」

「對你們也是嗎？」

「嗯，而且他超癡情的，只要喜歡上了就會一直喜歡下去。」

「那你覺得，池慶民就是在那裡看到他喜歡的女生，為了掩護她所以才會騙我們說沒看到，是這個意思嗎？」

「我只是假設這是其中一種可能。別看那傢伙一直很輕浮、很隨便的樣子，其實他嘴巴很緊，有些地方也很認真。」

到底是哪些地方？

就算把標準放寬一點，那傢伙依然很不會保守秘密，行為舉止就像輕飄飄的羽毛，一點都不穩重。

「他也可能是因為不敢確定，怕引發什麼紛爭，所以才一直不肯講。尤其如果對方是他喜歡的女生，那就更有可能。」

「那池慶民喜歡的人到底是誰？你覺得是誰？」

聽到另外一個版本的推理，妍雅突然焦急了起來。浩允嘟著嘴，卻沒有立即開口，只見他穩重的眉眼閃過了一絲陰影。

「拜託啦，拜託跟我說，好嗎？」

面對妍雅的催促，浩允猶豫了一會才開口。

「這我也不知道。」

二年十二班還真是到處都有愛情萌芽的痕跡。

妍雅開始整理大家的關係。子賢喜歡蔡弘植老師，裴友莉喜歡志勳，多庭也喜歡志動。志勳則是喜歡自己，而他的好友浩允也喜歡自己。池慶民則是也喜歡著「某人」。

這是怎樣？又不是在打仗。

真是做夢都沒想到自己會身處在這種錯綜複雜的關係之中。能倖存下來，真是太了不起了。

「我覺得如果想找到愛麗絲，那從慶民那邊下手會更快，想辦法讓他開口。」

「你不是說一直在逼問他，但他都不講嗎？那我哪有辦法讓他開口？」

「要引導他不得不開口，或是讓他就算不說，也可以透露能讓我們察覺的線索啊。」

「要怎麼做？」

「就是……」

昨晚，浩允把自己想的計畫全盤托出。妍雅這樣聽下來，確實是個不錯的辦法。但實在無法立刻嘗試，得要再多等四天。竟然要在過去多待四天，她只能想盡辦法躲開金正慧了。幸好，再過兩天就要放長假了。

「爽啦！名次進步了！李妍雅，妳這次名次有進步嗎？妳這次期末考不是有認真讀嗎？」

允思用手肘撞了撞妍雅，試圖偷看妍雅的成績單。

今天是放暑假前，上學期期末考成績單發放的日子。妍雅手上拿著的是還不敢打開的成績單。記得成績單上第一排是國文、英文、數學、社會等科目名，科目名的下面則是分數，最後一排則是班排名與全校排名。

管他什麼愛麗絲跟金正慧，在拿到成績單的這一刻，妍雅滿腦都只有成績。她的名次該不會因為她回到過去所幹的這些事而退步吧？如果成績退步，那這不就又會產生其他變數嗎？

妍雅緊張兮兮地緩緩打開成績單。

國文一百分、數學九十二分、英文一百分……最後的排名是3/51，第三名？班上第三名？

「怎麼了？考砸了嗎？」

看妍雅的表情有些奇怪，允思探頭看了看她的成績單。

「喂，誇張耶！第三名？超爆讚的啊，恭喜耶！」

允思滿臉笑容，用她長長的手勾住妍雅的脖子，作勢要勒她。就算真的被勒住也沒關係。此刻，她真的很想抱住十八歲的允思大親特親。

哈，看來我還算滿會讀書的。

妍雅心滿意足地抬起頭來，才看到站在允思身旁的多庭表情似乎有些怪異。只見她一臉鐵青，拿著成績單的雙手不停顫抖。看她的樣子，實在讓人不忍心開口問她名次是不是退步了。

「多庭……」

妍雅開口的那一刻，不懂得察言觀色的允思便搶在她前面大聲說：

「李多庭！妳這次考試考爛嘍？哈哈哈哈，妳喔，就跟妳說去我們那邊一起讀書了啊。一天到晚說要自己讀，一下課就衝回家，到底是跑去哪裡偷玩了啦？」

允思話都還沒說完，多庭就拿著成績單離開了教室。允思這才意識到事情有些不對勁，趕緊追了上去，妍雅卻無法跟過去。自己的成績這麼好，別說是去安慰了，反倒會讓多庭難過呢。

「這個李允思喔，真的很不會看人臉色。看李多庭的表情就知道了啊，她就是沒考好。」

看著允思手忙腳亂地追上去的背影，浩允無奈地咂舌。

「真不知道該拿她怎麼辦。」

一旁，志勳也一臉擔憂。與細心謹慎這幾個字差了幾千萬光年的傢伙，今天不知為何這麼嚴肅。

「你是怎樣?居然在擔心李多庭?」

「她媽不是很可怕嗎?她媽就很在意這種事啊。她成績退步,回家想必是會被痛罵一頓,搞不好還會被打。不,她搞不好會被打個半死。」

「多庭她媽媽有這樣嗎?」

妍雅試著喚回遙遠的記憶,只可惜實在記不清楚。

「只要講到她媽媽,李多庭就算在睡夢中也會被驚醒。聽到她媽媽的聲音,她搞不好就會抽筋咧。從小她媽就為了讓她能當上法官,一天到晚喊她李法官、李法官。如果不是首爾大學法學院,她媽應該都看不上眼。現在她成績退步,她家今天應該會掀起一場腥風血雨。」

「對耶,李多庭她爸不是法官嗎?她那幾個哥哥好像也都是首爾大學法學院的。」

「嗯,而且李多庭是以全校第二名的成績入學的。」

「對耶,好像是。第一名是我。」

浩允在旁附和,還加上不必要的炫耀。

「但之後她成績就一直退步。上次期中考她好像還有在全校二十名裡面,這次可能又退步了。金在昱是班排第二,妍雅妳是班排第三,那多庭應該是第四吧。」

志勳這一番話,讓妍雅對多庭感到莫名抱歉。總覺得自己好像是故意把多庭擠下去一樣。

「李妍雅，妳不需要那個臉。讀書又不需要誰讓誰，妳成績進步了就應該要開心，高興一點！」

浩允的話讓妍雅硬是擠出一個笑容，但不舒服的感覺卻沒有平息。

話說回來，現在志勳、浩允和自己湊在一起。不用說，浩允一定是第一名，那在場的這三個人之中，唯一還沒公開成績的人就是……

「柳志勳，成績單給我看。」

妍雅伸手討成績單，讓志勳嚇了一跳。這傢伙，之前還說要拚命讀書，好跟妍雅能上同一所大學。

「幹嘛給妳看？這是我個人隱私耶。」

笑死人了。聽到志勳講出一點都不適合他的話，讓妍雅嗤之以鼻。接著她就像老鷹捕捉獵物一樣，一把搶走志勳藏到背後的成績單。來看看，國文八十八分、數學九十六分、英文九十二分……

咦？

妍雅看了看成績單，再看了看志勳的臉。

「怎麼樣？這傢伙又搞砸嘍？」

浩允彎下腰來，往妍雅手裡志勳的成績單看了一眼。

「喔喔喔喔！哇！柳志勳！你這傢伙！真的做到了！」

浩允誇張的反應，讓志勳覺得有些尷尬。8/51，第八名，是志勳歷來最高的名次。

「拿來啦，幹嘛隨便把別人的成績單拿去看？吵死了，你這傢伙，快給我閉嘴。」

「你可以拿出來炫耀啊，幹嘛在那邊害羞，太不像你了吧。」

最好的朋友有這樣驚人的成長，浩允似乎非常開心，他一手勾著志勳的脖子，呵呵笑個不停。

「我說到做到啊。李妍雅，我有遵守約定喔，講好要上同一所大學。」

感覺有什麼東西塞在胸口。為了自己逐漸改變的志勳，讓妍雅覺得心裡有些難受。希望一定能遵守那個約定。要更認真讀書，高三的時候一起拿第一名，然後上同一所大學。

「嗯，一定要守約喔。我們還有一個約定，對吧？你說說看是什麼。」

妍雅帶著盼望，像是抓住最後一絲希望，用近乎洗腦的方式追問。

「如果我心裡產生任何懷疑，一定要直接問妳。」

像隻聽話的小狗一樣，志勳乖乖回答。

「很好，做得太好了。」

妍雅一邊稱讚志勳，一邊用鵝毛般柔軟的動作輕撫著志勳的頭。

「那妳也要遵守約定。」

這是他們第五次約定了。

下課後，擔任值日生的妍雅拿著垃圾桶去垃圾焚燒場。志勳跟在她身後，像不斷重播的錄音帶一樣，一直說著同樣的話。不知究竟在不安什麼，即使聽到了回答，志勳依然一而再地確認。

「好啦，我要走了，我會遵守約定。」

這可惡的疑心病患者。

「妳上次也突然放我鴿子啊。」

志勳說的是五月的時候，兩人約好趁著連假出去玩兩天一夜，最後妍雅卻沒去成的事。當時確實是有一些狀況。妍雅為了去玩而存下來的錢，被舅舅給拿走了，使得她不得不缺席。

「那時是有個傢伙搶了我的錢……」

妍雅本打算解釋，但說到一半還是決定作罷。仔細想想，志勳根本不知道她有舅舅。

志勳知道妍雅跟弟弟還有阿姨住在一起，卻不知道舅舅泰光的存在。一方面是因為妍雅不把他當成家人，另一方面則是因為他實在太讓人丟臉，實在無法坦蕩蕩地把他的事告訴志動。不曉得他現在人在哪裡，又在做什麼。已經很久沒在家裡看到他，也因此雖然志動經常來訪，但從來沒碰過他。

「你也知道，我那時候就沒錢啊。」

「我不就說我要代替妳出了？」

「我又不是乞丐，怎麼能拿你的錢？」

妍雅尖銳的回應，讓志動意識到自己說錯了話，趕緊轉移話題。

「反正呢，這次一定要去。我已經跟管理的叔叔講好，他已經把楊平的別墅打掃乾淨了。」

「好啦，我知道了，不要再說了。」

就算志動不逼她，她也已經決定一定要參與這次兩天一夜的旅行。因為浩允準備好讓慶民開口的計畫，就要在旅行的時候執行。

「真心話大冒險？」

「對，就提議玩真心話大冒險，然後就問慶民喜歡的人是誰。」

「欸，他會這樣就回答嗎？」

「雖然不知道他會不會回答，但妳跟我都要一直逼問他，這樣應該有機會得到線索吧？」

雖然不曉得慶民會不會為了掩護喜歡的女生，為了保守秘密而決定說謊，但越想越覺得慶民肯定在那裡看到了假愛麗絲。既然如此，照浩允說的，利用真心話大冒險來動搖慶民，確實也是個方法。假愛麗絲不再出現在聊天室，也無法查明最近再度開始流傳的謠言是從何而來。就現在的情況來看，慶民是唯一的希望。

而且，姸雅也隱約有些期待這次的旅行。雖然旅行另有目的，但她也希望能在那兩天的時間裡，讓自己回到學生時期盡情玩樂。

「真的喔，一定要去喔。」

似乎是終於相信了，志勳看起來安心許多。

「是說兩天以後嗎？」

「嗯，明天是結業式，然後隔天就出發。趁補習班全日班開始之前，趕快去玩一玩。啊，對了，也找朴書庭一起去吧。」

「書庭？」

這樣才剛好是四男四女，可以湊成雙數啊。妳不是也有事情要問書庭？」

妍雅噗哧一聲笑了。雖然她沒特別說，但志勳有時候觀察力真的很敏銳。

「好，我去問她要不要一起去。謝啦。」

「謝什麼。」

志勳咧嘴笑了。那是早知道自己會被稱讚的自信笑容。這樣的他讓妍雅覺得十足可愛，也只能對著他笑。

變得這麼熟悉彼此，實在是不行。跟志勳相處在一起的時間變得理所當然。剛來到過去的時候，光是看到他的臉就會氣到胸痛，現在卻已經稀鬆平常。早已死去的你，彷彿依舊活著。這或許比生氣到心痛還要令人害怕。妍雅已經無法明確區分，過去與現在究竟哪邊才是現實。不，她的心反而逐漸傾向了過去。

「我不想回去。」

竟然有這種想法，真是毛骨悚然。

「我去倒垃圾。」

志勳的聲音把她拉回現實，志勳提著四方形的垃圾桶往焚燒場走去，妍雅則跟在後頭。

「不要啦，我來倒。」

妍雅從志勳手上搶回垃圾桶，將裡頭的垃圾倒得乾乾淨淨。就在這時，她注意到一個完全不應該出現在焚燒場的東西。一支灰色的摩托羅拉手機，就混在垃圾堆裡。

「手機為什麼會……」

是誰把手機丟到可燃垃圾裡？

無論過去還是現在，手機都是高價品，絕不是一介高中生會當成可燃垃圾丟棄的廉價物品。

「幹嘛？還不走？」

妍雅盯著焚化爐看了好一會，直到志勳拉著她的手離開。

「啊，好，走。」

兩人往主校舍後門走去。

「妳在看什麼？」

「手機，有人丟在可燃垃圾裡。」

「什麼？妳是不是看錯了？不可能吧？哦，是李多庭！」

志勳一喊，妍雅便立刻往他指的方向看去。透過一樓的窗戶，可以看見站在走廊上的多庭。不知是不是因為成績退步讓她大受打擊，她看起來依然失魂落魄。多庭從口袋裡掏出紅色手機打了通電話。她緊皺著眉頭，表情十分激動，似乎在與電話那頭的人吵架。但妍雅覺得有些奇怪。

是哪裡不對？多庭的手機是紅色的啊。

妍雅總是有個奇怪的想法。

灰色手機與紅色手機。

她與多庭對上眼，多庭掛上電話對她露出一個尷尬的笑容，並揮了揮手。

瞬間，妍雅的手臂起了雞皮疙瘩。

21　灰色與紅色的手機

隔天，去焚燒場倒完垃圾回來的路上，妍雅接到一通不受歡迎人物打來的電話。不，應該說對方是令她恨之入骨的人。

〔妳藏到哪去了？真的不說嗎？那我就去學校找妳嘍？〕

「我就說沒有了。」

〔那那筆錢去哪了？既然不在家裡，那會在哪裡？〕

「你為什麼要找我的打工費？放在哪裡跟你有什麼關係？」

舅舅泰光打來的電話，實在令妍雅反胃。

狗改不了吃屎的傢伙，一直是這副德性。竟然算準她領打工薪資的日子跑回家來，為了連塞牙縫都不夠的錢在那著急。

妍雅想著放在書包裡的工資，拍了拍自己的胸口。不知為何，今天上學之前，她就覺得把錢放在抽屜裡實在很不安心。書包裡裝了幾十萬韓元，感覺確實有些沉重，但把錢帶來學校真是神來一筆。

〔我在妳學校門口，立刻出來。〕

手機那頭，泰光大聲咆哮。

「什麼？你在學校？你瘋了嗎？你幹嘛跑來我們學校？趕快回去！」

〔哼，我哪裡管妳那麼多？妳現在不立刻給我滾出來，我就進去大鬧一場。妳要是以後還想在學校做人，就趕快給我出來。〕

「煩耶！」

〔我數到十。〕

「……」

〔妳以為我不敢嗎？妳不了解我的脾氣嗎？〕

「……」

〔一、二……〕

「好啦，我知道了！不要數了！」

妍雅氣得對電話大吼，吼完便掛上電話。

真是讓人受不了！

這不是單純的恐嚇，舅舅是說到做到的人。如果她不交出工資，舅舅真的會衝進學校裡來大鬧一場。雖然她也曾經想過要反抗，但十八歲的妍雅絕對不會做這種事。過去她總是提心吊膽，怕被人發現自己有個無賴舅舅，她也不想輕舉妄動讓過去改變。妍雅一邊往教室走，一邊在心裡痛罵舅舅。教室裡空蕩蕩的，大家都不在，只有允思跟多庭在等她。

「結束了嗎？可以走了吧？」

允思拿起書包，從位子上站起身。

「等等，老師有交代我一些事，我很快回來。」

妍雅迅速抽出書包裡的信封，藏好之後便離開教室。

她上氣不接下氣地跑著，來到學校外頭世賢小吃旁邊的巷子裡，泰光果然躲在那裡抽菸。

「拿來了嗎？」

泰光將快抽完的菸扔到地上踩熄，二話不說便伸手向妍雅討錢。妍雅緊咬著牙，從口袋裡掏出信封。泰光卑鄙地笑著，一把抓住信封的另一端，試圖將信封搶走，但妍雅並沒有輕易鬆手。

「還不快放開？反正都是要給的嘛。」

雖然知道這錢遲早都得讓出去，但如果不做點反抗，她可能會委屈到睡不著覺。那都是她這些日子以來，犧牲讀書的時間賺來的工錢。多達三十萬韓元的鉅款，到了舅舅手上肯定一天就花光。

「快點放開！妳現在還想抵抗？要不要我去掀了你們學校？要嗎？還是要我去姊姊店裡大鬧一場？」

憤怒使妍雅的心跳瘋狂加速。

這跟水蛭一樣的傢伙。他很清楚妍雅的弱點是什麼。總有一天要給他好看。

正當兩人為了裝著錢的信封對峙時，巷子外傳來某人急促的腳步聲。妍雅猛然轉頭一看，對方卻早已消失無蹤。

「是誰？」

就在妍雅的注意力轉移到他處時，泰光一把將信封裡的錢抽了出來，塞進自己的口袋裡。隨後將信封塞回妍雅手裡，再用手背敲了幾下。

「下個月多打一點工吧。我走了。」

看著泰光離開巷子的背影，妍雅氣得咬牙切齒。不幸中的大幸是，她先把兩天一夜的旅行經費抽出來交給允思了。

今天本來跟允思、多庭說好，要一起去買件新襯衫的。

本來想穿著新衣服，漂漂亮亮地拍張照片。不知不覺間，妍雅已經變得非常期待這趟旅行。

回到教室，約好要一起去購物的允思和多庭聊得非常起勁，絲毫沒察覺妍雅已經回來了。

「之前看到那件黃白條紋的T恤怎樣？」
「欸，不行啦，不行。是要去溪谷玩的時候穿的耶，進到水裡都會被看到啦。」
一想到要去購物，兩人就非常興奮。妍雅不想把剛才泰光做的事告訴她們，更不希望讓她們知道有這個人的存在。不，她希望沒有人知道舅舅的存在。
「所以絕對不能說是跟男生一起去的，一定要說是跟我姊姊一起去。妳不會又傻傻地說是我們幾個要去吧？」
「沒有啦，我又不是笨蛋。反正呢，我媽會打電話給妳媽，妳再去講一下啦。」
「嗯。還要說回來之後就要認真讀書，這次是為了跟允思和妍雅創造最後的高中回憶才去旅行的，妳要很認真地說喔。」
「不要擔心，只要妳媽媽能幫忙好好講一下就行了。」
允思很擔心多庭沒辦法參加這趟兩天一夜的旅行。多庭家裡本來就管得比較嚴，再加上這次的成績又退步。如果是以前，她爸媽應該會答應，但這次很有可能會被取消。
看著兩人熱烈討論著，妍雅突然覺得這個場景十分熟悉。那一股感受十分強烈，令她有那麼一瞬間幾乎忘了稍早跟泰光發生的事。
多庭背靠著第三排後面數來第二張桌子坐著，正專注地跟允思聊天。桌子旁邊，她的粉紅色背包正掛在上頭。多庭撐著下巴，不時附和允思的話。看著眼前的情景，妍雅隱約想起了什麼，卻又無法清楚說明。她只覺得腦中被一片濃霧覆蓋，能想到的只有灰色手機與紅色手機。為了喚回十四年前的記憶，妍雅極盡所能。好奇怪，為何看到被丟進焚化爐的那支灰色手機會想起多庭？多庭的手機是紅色的啊。

就在這時，多庭察覺到動靜，轉頭看向妍雅。

「妍雅回來啦？時間好晚了，我們趕快走吧。」

多庭白皙的臉上露出清新的笑容。

跟多庭疏遠，是從什麼時候開始的？

「妍雅，妳要買什麼？想好了嗎？」

她們不是突然疏遠的，也沒有什麼契機。就是一點點，非常緩慢地疏遠了。到了十月左右，她們就不再玩在一起了。

「妳的臉怎麼了？發生什麼事了？」

多庭跟允思一起站了起來，開始收拾書包。

「啊，對了，手機！差點忘了拿。」

多庭啪一聲拍了下手，隨即從書桌抽屜裡拿出紅色的手機。

「啊！」

就在這時，久遠的記憶在眼前閃現。以為永遠消失的記憶碎片、在潛意識深處沉睡的那一個畫面，就在那一刻浮上水面。

二〇〇二年十二月，第二學期期末考第二天，第二節課考國文的時候，多庭把灰色手機放在課桌抽屜裡作弊。妍雅雖然立刻別開頭，但還是能感覺到多庭看向自己的視線。

「好，聽我說！妳們先去吧，我今天可能沒辦法去了。」

雖然能聽到允思喊自己的聲音，但妍雅只顧著往焚化場跑去。遠遠看過去，焚化爐裡堆滿了垃圾，這表示垃圾車還沒來把垃圾清走。東西說不定還在那裡。

來到焚化場，妍雅往用來充當焚化爐，裝滿了垃圾的貨櫃裡探頭。堆滿整個貨櫃的垃圾，發出了嗆鼻的臭味。看了看四周，幸好有一根拖把掉在地上。妍雅深吸了一口氣，撿起那根拖把開始翻起了垃圾。灰塵飛散，更加惡臭的氣味竄入鼻腔。就昨天的記憶來看，東西應該沒有埋得很深。

不知過了多久，翻了好久的垃圾，妍雅只覺得自己手都要斷了。她把垃圾往左邊撥，看了看之後再往右邊撥。幾次反覆下來，拖把終於碰到一個硬邦邦的東西。撿起皺巴巴的紙和麵包外包裝往旁邊一扔，果然看見灰色的手機。

找到了！

妍雅的肚子靠在貨櫃邊，彎下身子把手機撿了起來，接著她趕緊打開手機。雖然簡訊跟通話紀錄都刪了，但還是有個東西沒刪掉。

妍雅看著手機畫面，露出滿意的微笑。

抓到妳的尾巴了。

李多庭，果然是妳。

22 回憶旅行

天氣非常好！

真的，是最適合去旅行的和煦天氣。

「快出來，李妍雅！」

外頭傳來允思洪亮的聲音。距離約定的時間還有十分鐘，她似乎提早到了。妍雅一邊拿吹風機吹頭髮，一邊看著鏡中的自己。瀏海以一種奇特的方式往某一邊捲，讓她實在看得很不順眼。為什麼越是費心，吹風機就越是不聽使喚？她正因為頭髮不聽話而想嘆氣，這時又聽見呼喚她的聲音。於是妍雅趕緊揹上背包衝出房間，卻發現阿姨雙手抱胸站在房門外，一副打算要好好唸她一頓的樣子。

「允思的姊姊真的要一起去，對吧？」

「真的啦。」

「到了要打電話給我，明天回來之前也要。」

「好。」

「不要去搞一些有的沒的，也不要偷喝酒亂闖禍。是因為允思的姊姊有去我才答應妳，但妳們幾個女孩子自己去，我還是很不放心。」

別擔心，阿姨，還有男孩子。

「我不會去做什麼有的沒的啦。我會注意安全，不要擔心。」

妍雅露出笑容，讓阿姨安心之後便離開家門。家門口，允思那個已經是大學生的二姊，開著一輛車等在那裡。微微打開的車窗流瀉出歡快的舞曲，車內的允思、多庭與書庭一臉興奮，不停招手要她趕快上車。妍雅打開後門，多庭與書庭便趕緊挪動自己的屁股，讓她能有位置坐下。

「路上小心！不要搗亂。允珠小姐，孩子們就拜託妳了。」

阿姨一路跟到巷口，還不忘叮囑允思的二姊好好照顧她們幾個。

「阿姨，好了啦！我們會注意安全。」

阿姨的擔心卻只讓妍雅覺得丟臉，車上的四人則異口同聲地回了聲「好」。車子發動並噴出一陣白煙，緩緩駛離了巷子。

她們一大清早就出發，因此高速公路十分暢通。允珠發揮賽車手的本能，車速快得讓車裡的孩子們不知道該抓哪才好。但也多虧於此，她們飛也似地抵達了楊平的別墅。

「哇，柳志勳家真的很有錢耶，這別墅超誇張的。」

這確實很值得讓允思如此驚呼。志勳家的別墅，比照片上看起來還要氣派。把車停在停車場之後，沿著路一直走進去，便能看見高度及腰的木製大門。漆成白色的小巧大門幾乎沒有安全作用，只是觀賞性質。

一行人經過大門進入院子。寬敞的院子，可以一眼眺望漢江。院子裡有精心修剪的造景樹、果樹與小蓮池，盡頭則座落著高級的歐式雙層別墅。看三人嚇得嘴巴都合不起來，妍雅才想起她早已遺忘的一件事。

「志勳家確實很有錢。」

被推進學校這樣的空間裡，穿上同樣的制服時，確實感覺不到差異。但退一步來看，她能深刻地體會到自己跟志勳是天壤之別。女生們一邊驚呼一邊走上石台階。

站在別墅門前按下門鈴，便能聽到裡頭傳來提前來到別墅的男孩子們「就是這樣！」「好！」的喊聲。

「妳們來啦？」

聽見門鈴聲，志勳跑出來開門。他身穿白色短袖T恤配牛仔褲，是非常休閒的搭配。雖然已經很熟悉那張臉，但好久沒看志勳穿便服，讓妍雅莫名地心跳加速。出發前志勳天天都在說要一起去旅行的事，本以為他會非常興奮，沒想到他的聲音卻依然十分平靜。

「女生可以去二樓，二樓有兩個房間，妳們兩個人用一間。」

允思不滿地看著客廳。幾個男生已經將電視遊樂器Play Station接到電視上，專注地玩著《世界足球競賽》，完全不知道她們已經來了。

「你們是認真的嗎？出來旅行還要玩遊戲喔？」

「等一下！」

宇泰使勁地跟著畫面裡的足球選手擺動身體，一下往這裡甩，一下往那裡歪。允思氣沖沖地衝上前去狠狠打了他的背一下，伸手想搶宇泰手中的控制器。

「李允思，打完這場就好啦！這場我就要贏了耶，拜託！」

「管你是一場還幾場，拿來啦！沒收！」

「一場就好啦啊啊啊啊啊啊～！」

「一場？你是真的想跟我打一場嗎？」

允思毫不留情地拔掉電源線，再搶走慶民跟宇泰手上的控制器。

「可惡，魯尼絕對不會原諒妳。」

「對啊！我們去年才辦世界盃耶。身為一個韓國人，應該要為足球發展貢獻一份心力啊，妳現在是在幹嘛？」

「就是說嘛！這不單純只是遊戲，是祈求韓國職業足球長足發展而進行的一種儀式……」

「少在那發神經了！你們都給我閉嘴。沒收就是沒收！」

見慶民跟宇泰開始胡扯，允思抬腳像在踢球一樣，朝著心繫韓國職業足球發展的兩人屁股各踢了一下。把搶來的遊戲機收好之後，女孩子們帶著行李往二樓前進。上到二樓，左右兩邊都是走廊，兩邊也都各有一間房間和浴室。

「那房間……」

「我跟書庭一間，允思妳跟多庭一間吧。」

跟書庭比較要好，而且提議說要邀請書庭一起來的也是妍雅。當然，她選擇跟書庭同一間房，並不只是因為如此。因為今天晚上，妍雅打算問問書庭有關兩支藍筆的事。

「好，那我們換一下衣服就下去一樓吧。」

妍雅跟書庭一起，進到走廊右邊的房間放行李。

換好衣服來到一樓，便看見穿著背心配短褲的男生們聚在一起有說有笑。剛才還因為遊戲機的插頭被允思拔掉而哭天搶地，現在居然已經準備好要出門了，真是神奇。

現在是上午十點，今天的計畫很簡單，就是走路移動到距離別墅最近的溪谷。到那裡後先玩水，簡單吃個午餐之後再玩水，預計下午四點返回別墅，晚上開烤肉派對，最後再通宵玩桌遊，這就是所有的行程。計畫非常健全，幾乎讓阿姨的擔憂顯得有些遜色。

「都準備好了嗎？」

多庭邊走下來邊問，男生們胸有成竹地拿起手上那些準備要帶去溪谷的零食給她看。

「要換的衣服……」

「都放這邊吧。」

慶民放下自己空空的背包，大家便紛紛把要換的衣服放了進去。

要去溪谷，他卻不是帶防水包，而是布包？

雖然覺得有些不安，但妍雅還是跟著大家一起，把裝著內衣的小包包和替換用的T恤與短褲放進背包。準備完成後，他們才發現行李實在太多了。

「會不會很重？行李會不會太多了？一定要帶西瓜去嗎？」

「喂，是要去溪谷玩耶，當然要帶西瓜啊！」

「我可以不吃。」

「妳在講什麼？去溪谷就一定要吃西瓜。」

雖然大家對西瓜的反應不太熱烈，但宇泰依然無法放棄，死守著西瓜不放。一群人就這樣帶著一堆行李離開別墅，經過別墅前的小路來到雙向單線道的馬路上，開始往溪谷前進。雖然還只是上午，但七月白天的直射光線照在頭頂，讓他們才沒走幾步就渾身是汗。

一開始，大家都還吱吱喳喳地熱烈討論著要去溪谷玩水的事。慶民跟宇泰要是胡扯了些什麼，允思就會立刻出手教訓他們，其他人則會因為他們耍寶的樣子而大笑。一路上他們不斷大聲喊叫，一下往這裡跑、一下往那裡跑，還不時鼓掌大笑。在學校裡總被要求安靜、被罵太吵、被要求乖一點、被要求不准作怪的孩子們，此刻有如自由的鳥兒一般活動筋骨、放聲大笑。妍雅也忘了這趟旅行原本的目的，完全沉浸在歡快的氛圍中。彷彿真的回到十八歲一樣，連一些無聊的小玩笑都能讓她開心地捧腹大笑。

就這樣走了三十幾分鐘，身上所揹的行囊開始讓他們感到沉重。熾熱的陽光令他們汗如雨下，身體彷彿就要被融化，他們也逐漸沉默了下來。而且不知為何，眼前這條馬路似乎沒有盡頭。

「怎麼這麼遠？喂，柳志勳，真的是走這裡嗎？」

浩允一邊擦著汗一邊疲憊地問。

「嗯，是這裡沒錯。沿著這條馬路走，從右邊一直往上就會到溪谷。」

什麼？馬路後面還有？

所有人的臉色都瞬間沉了下來。

「你不是說很近嗎？不是說只要十分鐘？」

「嗯，是十分鐘啊……我前年來的時候，搭車很快就到了。」

志勳說完，除了他之外的七人全都愣住了。

「搭、搭車……開了多遠……？」

慶民提問的聲音都在顫抖。

「不記得了，只記得搭車很快，大概十分鐘吧？」

這時，一輛汽車從眾人身旁呼嘯而過。路上空蕩蕩的，車速也快得像一陣風。

「該不會……是用那種速度……吧？」

「對啊，在這邊難道還慢慢開喔？」

浩允、慶民跟宇泰的臉一陣青一陣紅，變得非常駭人。

「媽的，你這神經病！那你應該要講清楚啊！那種速度開十分鐘，走路要超過一小時耶！」

「天啊，會相信他的我才是白痴啦！是我太蠢！」

「這傢伙就物理很爛啊。你喔，時間乘速度就是距離，你這是什麼豬腦袋？」

男生們紛紛踢了志勳幾腳，不停撻伐他，志勳只能尷尬地搔搔頭說：

「我跟你們說，我只考四十八分啦……」

已經走了四十分鐘，卡在半路回頭也不是，繼續走也不是。如果要回頭，他們所有的行程都會受到影響。他們只能重新揹好隨著時間與距離而越來越沉重的行囊，一邊痛罵志勳一邊走在豔陽高照的馬路上。

「到了！」

「終、終於……終於到了。」

「哇，是水！真的是溪谷！終於，我們終於到了！」

真是要哭了。孩子們就像發現沙漠中的綠洲一樣，在溪谷裡歡快地跑跳。他們整整走了一個半小時，流了一大堆的汗，即使立刻倒下也絕不誇張。雙腿更是痛得像要斷掉一樣。此刻涼爽的風迎面而來，像是要撫慰他們的辛勞。環繞溪谷的蒼鬱綠蔭，瀰漫著樹木的香氣。潺潺流過的溪水，沖淡了他們苦不堪言的心。

孩子們歡呼著，撲通一聲跳進溪水裡。為了消暑而朝彼此潑水的動作，不知不覺間多了點攻擊性，目標是讓他們吃盡苦頭的志動。浩允長長的手臂勾住志動的脖子，慶民也上前去抓住他的手，宇泰則用他魁梧的身軀從上頭壓制志動。三人的動作一氣呵成，只靠眼神便能發揮這樣的默契。

「你們這些混蛋！還不快放手？想死嗎？你們死定嘍！啊……水。」

「你今天就是要多喝點水啦。居然讓我們這麼辛苦？嗯？給我在這邊多喝點水，然後再跟你大哥好好重新學物理。」

復仇的血戰瞬間展開，一群男生絲毫沒有罷手的意思。那根本不能說是在玩水，而是利用噴水來報仇的戰鬥現場。直到被周圍悠閒戲水的老人家們唸了一頓，男生們才停止這場亂鬥，稍微冷靜下來。

「不要鬧了，趕快先上來。我們先把墊子鋪開來，弄個位置出來才能放背包啊。」

書庭下達指令，渾身濕答答的男生便趕緊上岸幫忙鋪起墊子。

「哦，對了！西瓜要先放在溪水裡。溪水很冷，玩一個小時再來吃，溫度應該剛剛好。」

宇泰拿出自己當命一樣寶貝的西瓜，小心翼翼地掛在岸邊凸出來的樹枝上，試著完成自己小小的心願。將行李拿出來放在墊子上，才發現他們帶的零食已經減少了很多。走了一個半小時，一路上已經吃了不少餅乾和紫菜包飯，也喝了不少水。

「沒剩什麼食物了。」

剩下的只有兩條紫菜包飯、一包餅乾、一瓶一公升的水。

「看吧，是不是幸好有帶西瓜來？」

宇泰看著掛在岸邊的西瓜，驕傲地聳肩說。

「啊，對了，我們裝替換衣物的背包呢？」

「一來就扔下去了……」

裝著替換衣物的背包是由慶民負責，他可能一到溪谷就因為太熱而扔掉背包，立刻跳進溪水裡……而他可能是將背包扔到了……

不安的八雙眼睛快速掃視了溪谷。

「天啊！」

所有人瞬間露出驚嚇的表情。所有人的視線都往溪水的源頭附近看，有個紫紅色的背包悲慘地在那載浮載沉。

「你、你……池慶民你這傢伙……！」

允思氣憤的聲音響徹整座溪谷。

豔陽之下花一個半小時前往溪谷的旅程、見底的糧食、濕透的替換衣物……接連的打擊，讓妍雅覺得有氣無力，靈魂幾乎都要脫離身體了。

「抱歉，書庭，我不該隨便邀妳來旅行的。我不該相信那種蠢蛋，找妳來受這種苦。」

妍雅向書庭道歉，並一頭倒在墊子上。來到溪谷後已經打了一輪水仗，濕透了的衣服都黏在身上。

「沒有啦，很好玩啊……這些都是回憶嘛……以後年紀大了，反而更會記得這種事。」

書庭像小狗一樣的眼睛笑得非常溫柔。這時，慶民跟宇泰拿著盤子從遠方跑了過來。

「喂，拿到了！我們要到了！」

只見他們手上拿著白色的免洗保麗龍餐盤，上頭放著地瓜、玉米和幾塊肉，似乎是去跟其他來溪谷玩的人要了一些。才把盤子放到墊子上，八人的眼睛便立刻亮了起來。兩顆地瓜、一根玉米還有五花肉……總共有七片。沒有一個人敢輕舉妄動，只能虔誠地看著眼前這些食物。這時，浩允率先打破沉默開口。

「四個女生可以各拿一片五花肉，兩顆地瓜也給女生。」

「好、好吧。」

慶民跟宇泰哭喪著臉答應。他們才一回答完，四片五花肉跟兩顆地瓜便瞬間消失，男生們只能看著消失的糧食暗自垂淚。

「然後犯了大錯的人不准吃。」

志勳跟慶民的眼神變得非常凶惡。浩允的意思，顯然是要排除志勳跟慶民，讓他自己跟宇泰兩個人分剩下的一根玉米跟五花肉。

「好啦，五花肉你們三個人吃，玉米也給你們啦。」

靜靜坐在角落的宇泰沒好氣地說完，便起身離開了。所有人都懷疑自己的耳朵。宋宇泰、那個扯到食物就會發瘋的宋宇泰、聽到五花肉都會從睡夢中爬起來的宋宇泰，竟然要放棄食物？擔心宇泰可能會收回這句話，志勳、浩允跟慶民趕緊將剩下的三塊五花肉塞進嘴裡。當然，玉米也瞬間消失。

宇泰踏著悠閒的步伐，沿著溪谷一路往下走。為了朋友放棄食物的義氣，讓他高大的背影看起來閃閃發光。只是稍後，宇泰悲慘的哀號響徹整座溪谷。

「啊，媽的！西瓜漂走了啦……！」

那聲音有如一頭飢餓野獸的咆哮。

又是一次大長征。

回程的疲累程度，似乎比去程要更加倍。疲憊的身軀、飢餓的肚子、渾身濕透的衣服。一行人走在路上，不時接收到路人驚訝的目光，以為他們是從哪來的難民。

回到別墅，大家沒有立刻換衣服，而是呈現大字形躺在客廳。所有人逐漸沉默了下來，陷入沉沉的夢鄉。直到晚上六點，再也受不了飢餓的慶民，才摸著咕嚕嚕叫個不停的肚子起身。

「喂，柳志勳，不要睡了，趕快起來。」

慶民用腳把志勳踢醒。

「啊？喔……」

睡到有些迷糊的志勳，拖著疲憊踉蹌的身軀往浴室走去。在慶民跟志勳帶頭之下，所有人一一從睡夢中醒來。他們受盡飢餓的折磨，一起來便立刻喊著要吃東西。其中喊得最大聲的，自然是宇泰。

「喂，快點，快點啦，我要急死了！」

「什麼？你想拉屎喔？」

剛走出廁所的慶民問。

「不是啦，趕快烤肉……快點開始烤肉啦。我快餓死了，再這樣下去我真的要餓到前胸貼後背，我的胸跟背要湊在一起相見歡了啦。不只是相見歡啦！他們可能會一直在一起不分開，百年好合啦！」

所有人梳洗了一番，換上新的衣服之後，便聚集到廚房。大家分工合作，從冰箱裡把肉拿出來，拿到大門外簷廊上的烤肉桌。五花肉、香腸、鮮蝦、香菇、萵苣、包飯醬、紫蘇葉、泡菜、泡麵……一整桌的美食，光看就令人食指大動。再不趕快開始動作，恐怕就有人要直接拿起生五花肉來啃了。

他們將烤肉架放到已經擺滿炭的烤爐上，接下來只要點火就好。所有人圍在擺滿食物的桌邊，滿心期待地看著志勳。志勳卻一臉疑惑，不知為何大家要看著他。

「幹嘛？」

「生火啊，你不生火在幹嘛？」

「生火？」

「嗯，生火。」

「我不會生火啊。」

志勳是在講什麼夢話？
妍雅絕望地閉上眼。
「這又是什麼鬼話？」
「我說我不知道要怎麼生火，每次都是叔叔弄的。」
「靠，你這傢伙！不是有那個嗎？長得像瓦斯桶的，一按下去就會噴火的。」
「啊。」
幸好，別墅裡似乎有瓦斯噴燈。
「但我不知道在哪裡。」
「靠！」
飢腸轆轆的男生們，一邊翻著白眼一邊拖著志勳往別墅裡走。
等了二十多分鐘，男生們依然沒有任何消息。不管怎麼找，都沒能聽見他們欣喜地大喊找到了。
「妍雅……我們真的能吃到肉嗎？」
似乎是已經到達極限，書庭的臉因為飢餓而發黃。
「我真的沒想到來旅行還會餓成這樣。」
就連平時為了保持身材而吃很少的多庭，現在都摸著自己的肚子。

「我們大家都不要講話，講話會浪費能量，反而會更餓。」

允思說完，所有人便緊閉上嘴，看著空無一人的院子。太陽早已下山，院子裡一片漆黑，而男生們便在這時出現了。看他們空手而歸，顯然是沒找到瓦斯噴燈。

「沒有，都沒有，廚房裡甚至連平底鍋都沒有。」

慶民的話如晴天霹靂。兩天一夜的旅行夜晚漸深，他們的憂鬱也越來越濃烈。最後，晚餐就成了零食派對。鹹的、甜的、巧克力的、奶油的，八人把所有口味的零食都拆開來，攤在客廳地板上，並圍繞在零食周圍。

「好，現在時間也差不多了。」

慶民露出一個詭異的眼神，宇泰便以笑容回應。女生們不明所以，顯得有些疑惑，然後才發現剛走進一樓男生房間的宇泰，手上拿著燒酒跟啤酒走了出來。

「喂！你、你們！」

「你們知道我為了帶酒來，吃了多少苦嗎？為了瞞著我爸偷偷從店裡拿出來，真的是演了一場大戲耶。」

宇泰驕傲地說完，跟志勳擊了個掌。看著那瓶身佈滿水珠的燒酒跟啤酒，妍雅忍不住吞了口口水。真是好久沒喝了。聽說在空氣清淨的地方，酒也會比較好喝。而且她本來也在想，少了酒是真的有些可惜。

「李妍雅，妳幹嘛那麼興奮？不行，妳只能喝一杯。」志勳嚴厲地說。

志勳，別看我這樣，我可是個酒鬼。

浩允跟慶民從廚房拿來杯子，先是倒了一些燒酒，然後又往裡面倒了啤酒。大家一一接過杯子。雖然不太滿意燒酒跟啤酒的比例，但很想喝酒的妍雅還是心懷感激地接下了。

「先來乾杯吧。」

這些小鬼頭，是從哪學來這種講話方式？

「要為什麼乾杯？」

「不知道耶，為了友情？」

宇泰的話展現了他貧乏的想像力，瞬間遭到所有人的嘲笑。

「還是為了十年後？」

這雖然也不太適合，但他們實在也沒想到別的，只能勉為其難地同意了。他們先是提議，十年後要以同樣的陣容再來玩一次，隨後又補上說不需要等到十年後，考完大學就要再來玩。

「十年後我們幾歲了？嘔，二十八歲耶，到時都是阿姨叔叔了。」

妍雅覺得自己的額頭瞬間冒出青筋。但想想也是，對十八歲的孩子來說，二十八歲確實很遙遠。

「到時一定要開車來，你們一定要有人考到駕照。」

允思咬牙切齒地說完，慶民便趕緊接話。

「還要記得帶瓦斯噴燈來點火，然後拜託多帶一點吃的。」

「沒錯、沒錯。」在眾人的笑鬧聲中，妍雅卻一句話也說不出口。一看到志勳的笑臉，她便覺得心頭有些鬱悶。因為她知道不會有那樣的未來，因此看著大家對未來充滿期待，反倒令她更心痛。

「那我們乾杯吧。乾嘍？雖然很幼稚，但敬十年後！」

「敬十年後！」

裝著燒啤的杯子在空中碰撞。幾個男生跟妍雅都一口乾杯。他們發出「哈～」的讚嘆聲，書庭與多庭卻只喝了一口便皺起眉頭。

嗆辣的燒酒順著食道往下流，他們很快便有了醉意。妍雅這才意識到「這不是我已經習慣酒精的三十二歲身體，而是沒有接觸過酒精的青春肉體」。飄飄然的醉意，反倒讓她一看到志勳便更感到鬱悶。

我找到假愛麗絲、找到誣陷我在做援交的犯人，是不是就能把你救活？如果你現在還活著，那會怎麼樣？如果你還活著，我們會怎麼樣？

也許是因為醉意，讓妍雅心中開始燃起不切實際的希望。第一次回到過去時，她只是一個勁地躲著志勳。她一心認為，只要不跟志勳交往，那她就不會被霸凌，也不會發生那起火災，因此避免跟志勳接觸是最好的選擇。但隨著她越了解過去的真相，她也開始期待能找到其他方法。

如果能抓到假愛麗絲，如果可以……就能夠阻止火災。不，就能夠救你一命了。

「現在才是真正的開始。」

妍雅暗自下定決心並點了點頭。

現在才是開始。沉醉在已逝青春的這段旅程之中，讓她短暫忘了這趟旅行的真正目的。即使所有人都醉醺醺，但此刻的她可不能被酒給迷惑。

「喂，我們帶來的遊戲也都玩過了，現在要不要來玩那個？」

浩允用一副稀鬆平常的口吻提議。

「玩什麼？」

正跟多庭聊天的允思問。

「真・心・話！」

所有人你看我、我看你，隨後便紛紛同意了。這個年紀，正是對彼此感到好奇的時候。大家都想知道，對方的內心深處究竟藏著怎樣的秘密。

於是，真心話遊戲的夜晚正式揭幕。

韓流精選 4

時間的階梯（上）

시간의 계단 1

時間的階梯/周榮河作；陳品芳譯. -- 初版. -- 臺北市：春天出版國際文化有限公司, 2025.03
冊 ； 公分. -- (韓流精選 ; 4)
譯自 : 시간의 계단 1
ISBN 978-626-7637-27-2(上冊 : 平裝)

862.57 114000255

ISBN 978-626-7637-27-2
Printed in Taiwan

作　　者　周榮河
譯　　者　陳品芳
總 編 輯　莊宜勳
主　　編　鍾靈

出 版 者　春天出版國際文化有限公司
地　　址　台北市大安區忠孝東路4段303號4樓之1
電　　話　02-7733-4070
傳　　眞　02-7733-4069
E－mail　bookspring@bookspring.com.tw
網　　址　http://www.bookspring.com.tw
部 落 格　http://blog.pixnet.net/bookspring
郵政帳號　19705538
戶　　名　春天出版國際文化有限公司
法律顧問　蕭顯忠律師事務所
出版日期　二〇二五年三月初版

定　　價　570元

總 經 銷　楨德圖書事業有限公司
地　　址　新北市新店區中興路二段196號8樓
電　　話　02-8919-3186
傳　　眞　02-8914-5524
香港總代理　一代匯集
地　　址　九龍旺角塘尾道64號 龍駒企業大廈10 B&D室
電　　話　852-2783-8102
傳　　眞　852-2396-0050